O PARAÍSO DAS LEMBRANÇAS

HOLLY CAVE

O PARAÍSO DAS LEMBRANÇAS

Tradução de Elisa Nazarian

Rocco

Título original
THE MEMORY CHAMBER

Primeira edição na Grã-Bretanha em 2018 por Quercus Editions Ltd.

Copyright do texto © 2018 *by* Holly Cave

O direito moral de Holly Cave para ser identificada como autora desta obra foi assegurado em concordância com o Copyright, Designs and Patents Act, 1988

Todos os direitos reservados.
Nenhuma parte desta obra pode ser reproduzida ou transmitida por meio eletrônico, mecânico, fotocópia ou sob qualquer outra forma sem a prévia autorização do editor.

Direitos para a língua portuguesa reservados
com exclusividade para o Brasil à
EDITORA ROCCO LTDA.
Rua Evaristo da Veiga, 65 – 11º andar
Passeio Corporate – Torre 1
20031-040 – Rio de Janeiro – RJ
Tel.: (21) 3525-2000 – Fax: (21) 3525-2001
rocco@rocco.com.br
www.rocco.com.br

Printed in Brazil/Impresso no Brasil

preparação de originais
PEDRO KARP VASQUEZ

CIP-Brasil. Catalogação na publicação.
Sindicato Nacional dos Editores de Livros, RJ.

C373p

Cave, Holly
    O paraíso das lembranças / Holly Cave ; tradução Elisa Nazarian. – 1ª ed. – Rio de Janeiro : Rocco, 2023.

    Tradução de: The memory chamber
    ISBN 978-65-5532-342-9
    ISBN 978-65-5595-190-5 (e-book)

    1. Ficção americana. I. Nazarian, Elisa. II. Título.

23-82764

CDD: 813
CDU: 82-3(73)

Meri Gleice Rodrigues de Souza – Bibliotecária – CRB-7/6439

O texto deste livro obedece às normas do
Acordo Ortográfico da Língua Portuguesa.

Este livro é uma obra de ficção. Todos os personagens, empresas, organizações, lugares e acontecimentos são produtos da imaginação da autora, foram usados de forma fictícia. Qualquer semelhança com pessoas reais, vivas ou não, eventos ou locais é mera coincidência.

Para minha Mummy-in-the-Oak-Tree

CAPÍTULO UM

Antes de mais nada, digo meu nome aos pacientes terminais. Depois, lhes ofereço um lugar no sofá, ao meu lado, e dou um tapinha no assento, de uma maneira que espero ser convidativa. Gosto muito da forma que organizei o lugar. Gosto do fato de nos sentarmos lado ao lado, na mesma peça de mobília.

No início, alguns dos meus clientes acham estranho se sentar tão perto de mim. Mas, ao nos aproximarmos do fim do tempo que nos resta juntos, isso torna mais fácil estender o braço e tocá-los, oferecer-lhes conforto. A essa altura, muitos deles precisam desse toque silencioso, demorado. Este é um dos motivos pelos quais cuido tão bem das minhas mãos. Embora, dito isto, é raro que eu precise de um hidratante. Às vezes, brinco que minhas mãos ficaram macias de tanto afago. Esfrego uma na outra, examinando as cutículas e as meias-luas rosadas. Uma ou duas das minhas unhas sempre parecem crescer mais rápido do que as outras, e essa irregularidade arranha a pele. Gostaria de lixá-las agora, mas não tenho tempo.

Olho pela grande janela do meu escritório. Meu próximo cliente está chegando à porta de entrada da clínica, atravessando o caminho cercado de arbustos. A luz do sol de agosto cintila sobre seu rosto; lança um rubor artificial de saúde sobre o cabelo e a pele que estão se despedindo da vida. Ele bate com a descrição que tenho na minha ficha: homem, trinta e seis. Apenas cinco anos mais velho do que eu, mas velho o bastante para morrer. Qual é a justiça nisso tudo?

Percebo que a maioria dos meus clientes chega atrasada, então, com frequência fico apenas aqui, sentada, a postos, esperando. Apesar das vibrações micromecânicas dos chips em seus pescoços — o alarme que os impele adiante para o esperado compromisso —, acho que eles consideram difícil atravessar as portas da clínica. Fazer isto é uma admissão, uma aceitação. Às vezes, quando o dia está ensolarado, meus clientes param para olhar o prédio acima, ou admirar as plantas e flores. Homens, que não consigo imaginar que tenham pegado uma ferramenta de jardinagem sequer em toda sua vida, param para esfregar entre os dedos a penugem macia de uma folha, ou se agacham para observar a pétala cor de manteiga de uma prímula na primavera. Às vezes, eles decidem que aquele é o momento perfeito para fazer aquela ligação que adiaram por semanas. Para dar a notícia a alguém que amam ou que amaram. Ainda que o alerta vibratório do chip na carne de seu pescoço esteja lhes dizendo, *Você está atrasado, você está atrasado, você está atrasado*. Isso é que é sentimentalismo, né?

Mas este homem não. Ele é alto. Anda com vigor e certeza, embora sua cabeça incline-se para um lado, como se ele estivesse escutando a voz de um duende pousado em seu ombro. Seu queixo está escondido e inclinado para sua clavícula. Acho que qualquer um o consideraria bonito, embora seja difícil analisar seu rosto daqui. Perco-o de vista, conforme ele se aproxima da entrada principal, e sinto a conhecida reviravolta de nervosismo em meu estômago. Dou uma olhada nas notas no meu Codex. Ele se chama Jarek Woods. Está morrendo de um tumor cerebral raro e agressivo.

Eu jamais pensaria em entrar numa sala sem ser anunciada, mas ele não bate. É tão alto que parece se curvar para passar pelo batente da porta. Então percebo que não é que ele seja especialmente alto, e sim que anda desse jeito. A inclinação de sua cabeça conduz o restante do corpo para uma ligeira inclinação à esquerda. Já vi seus exames de imagem, então sei que isto é resultado do tumor que tem no cérebro. Enquanto assimilo seu porte amplo e bem constituído, o cabelo cor de ferrugem e os calmos olhos verdes, é quase possível esquecer o fardo que ele deve estar carregando. Mas o sinto, como acontece com todo paciente. Nunca fica mais fácil.

— Oi, meu nome é Isobel. — Seu olhar sincero me pega desprevenida. Sinto-me dando uma respirada extra, e minha voz desce de tom. — Sou sua arquiteta do Paraíso. — Meu tom é mais seco do que eu pretendia, e me repreendo com rapidez suficiente para que meu sorrisinho cuidadosamente ensaiado não se desfaça. É importante parecer acolhedora, mas uma expressão radiante revelaria demais meu entusiasmo pelo meu trabalho. Ninguém quer achar que me inspiro na ideia de sua morte.

— Me desculpe o atraso.

Conforme seus olhos encontram os meus, seu sorriso enche a sala. Algo nele me é familiar. Seu cabelo está úmido e se enrola em torno das beiradas de suas orelhas, agarrando-se à cartilagem. Ele exige muito mais espaço do que qualquer pessoa em estado terminal que já conheci. A pouca serenidade que eu tinha se esvai, e não consigo me lembrar do que dizer a seguir.

Ele fecha a porta ao entrar. Vejo-o correr a mão pela brecha entre a porta e o batente, verificando se está nivelado, antes de vir em minha direção. Mesmo diante da morte, todos nós nos preocupamos com assuntos insignificantes. Meus clientes ignoram listas de providências para resolver seus problemas, enquanto me preocupo se eu mesma deveria abrir a porta e fechá-la depois que entram em minha sala. Quando as pessoas deixam-na aberta, sinto como se meu peito fosse explodir de agitação.

Ele para perto do sofá e parece se firmar. Seu olhar forte dirige-se ao tapete, e em sua testa insinua-se um cerrar de sobrancelhas. Está mais vulnerável do que pareceu à primeira vista. Senta-se e pressiona a base da palma da mão no pescoço, para desligar o alerta produzido pelo seu chip. Depois, olha para mim e volta a sorrir, aliviado da vibração incessante e irritante.

— Sou o Jarek. — Estende a mão. — Prazer em conhecê-la.

— O prazer é todo meu.

Ele se inclina à frente para tirar a jaqueta de couro, e vejo as linhas de sua clavícula se destacarem, enquanto seus ombros giram. O cinza sarapintado da manga de sua camiseta combina com as sardas que se espalham pelos seus braços.

— Pensei que seu nome pudesse ser pronunciado de outro jeito. — Luto contra a tentação de alterar a posição das minhas mãos, evitando dobrá-las sobre o peito. — Pensei que pudesse ser um *k* mudo. — Tento não sorrir perante minha própria vulnerabilidade, comprimindo os lábios.

Ele balança a cabeça, fingindo formalidade.

— Nada a meu respeito é mudo.

Não posso deixar de sorrir.

— Você veio de longe?

— Não, Maida Vale. Em outros tempos eu diria que dava para vir andando.

Ele sabe que está meio brincando. O sarcasmo desliza por sua voz como um fio metálico atravessando uma seda; não como pode ser meu próprio sarcasmo fora desta sala: pontiagudo e insolente.

Procuro avaliá-lo o mais depressa possível. É difícil estar totalmente preparada, e estes primeiros momentos são vitais. Os seres humanos são criaturas imprevisíveis, principalmente aqueles que estão morrendo. Já vi de tudo nos últimos dez anos, um caleidoscópio de reações diferentes. Alguns dos meus clientes mal conseguem falar. Alguns querem que eu os abrace. Os homens mais seguros de si riem, e às vezes até flertam, agarrando-se às chances que vão rareando. Todos nós somos muito diferentes, mas me vejo querendo agir dentro das normas, ao mesmo tempo em que sei que elas não existem. Tenho consciência de que pessoas como eu estão estabelecendo as tradições para este novo rito de passagem, e não posso escapar à compreensão de que os arquitetos do Paraíso não apenas são respeitados, como também insultados.

— O que está acontecendo com aqueles malucos lá fora? — ele pergunta. — Isso não deve ser bom para o negócio.

Suspiro.

— Os manifestantes? Peço desculpas. Em geral, eles são rapidamente dispersados.

— Eu simplesmente não entendo — ele continua, enquanto se recosta no sofá e foca o olhar em mim. — Como eles podem não entender o quanto o que vocês fazem é louvável?

Inclino a cabeça de lado, fascinada com sua ingenuidade.

— Ah, muita gente acha que os Paraísos artificiais são moralmente duvidosos.

Como Don, penso; como minha mãe.

— Bom, ei. — Ele se inclina à frente e pousa a mão no sofá, perto de mim, mas sem chegar a tocar. — Não escute os que duvidam. Tenho certeza de que o que você faz vem do coração.

Enquanto ele fala, lembro-me que o que ele diz é a minha verdade; minha motivação para fazer este trabalho sempre foi emocional. Sempre acreditei que fosse a coisa certa a ser feita, a coisa generosa a ser feita.

— Quando surgiu a ideia de vir aqui eu fiz uma pesquisa — ele continua, estremecendo ligeiramente ao voltar a mão para o colo. — E eles dizem que você é a melhor, mas que é sensata. Estou certo?

Apesar do seu comportamento positivo, e da força residual do seu porte, não há dúvida de que esteja doente. Tem o rosto cansado e a pele amarelada. No entanto, uma energia juvenil o envolve. Parece emanar dele para toda a sala, feliz por ser compartilhada com quem quer que calhe de entrar em contato.

— Parece bem preciso — digo, dando de ombros e apertando os lábios.

Provavelmente, ele esperava que eu reagisse com modéstia, mas sei que sou boa no que faço. Com certeza, em Londres sou a melhor, e é isto o que imagino que ele esteja dizendo. Mas não significa que eu seja suficientemente boa.

— Você tem glioblastoma, confere, Jarek?

Ele acena com a cabeça e torce os lábios num sorriso triste.

— Em casa, chamamos de tumor cerebral.

— Sinto muito. — Preciso manter o foco para não tropeçar nas palavras. — Espero que seu tratamento esteja fazendo com que se sinta melhor.

Ele dá de ombros.

— É puro azar eu ter o único tipo de câncer que eles ainda não conseguem curar.

— Bom, existe mais de um — digo. — Mas entendo como você deve estar se sentindo. Como está indo o seu tratamento?

— Meu especialista descartou qualquer tentativa final de cirurgia, o que, por um lado, me deu certo alívio. Já fui operado vezes demais. — Ele passa a mão na cabeça, e imagino que esteja percorrendo as linhas deixadas por elas. — Em vez disto, ele está injetando uma nova película PCL, que deveria levar mais células cancerosas para o cartucho de ciclopamina. Mas não posso dizer que esteja me sentindo nem um pouco melhor.

— Você parece bem.

Ele sacode a cabeça e junta as mãos, correndo os polegares um sobre o outro.

— Como queira, Isobel. A beleza está no olho de quem vê.

Evito seu olhar e coloco meu Codex na mesinha de centro. Faço um aceno com a mão, e toda minha documentação aparece no vidro escurecido. Os registros de Jarek materializam-se e os documentos de que preciso sobem ao topo da pilha digital. Depois de apenas algumas semanas comigo, este novo sistema me conhece, conhece minha voz e meus gestos intimamente. Em minha opinião, sua capacidade de prever minhas necessidades faz valer a pena o investimento. Além disto, ele coloca nossa clínica ainda mais em destaque em relação às outras, em Londres, que ainda se valem de computadores comuns e papelada física. Sou distraída de sua imponência por uma pequena mancha no canto do vidro, e esfrego-a com a base do pulso. Eu mesma deveria limpar este escritório.

Jarek pousa o queixo no punho e se inclina à frente sobre a mesa.

— Você tem mãos muito pequenas.

Eu não o havia notado olhando, mas ele desvia o rosto das notas e sorri para mim. Mordisca a pele da lateral do polegar, e uma grossa aliança de ouro reflete a luz da janela. Escondo da vista minhas unhas desiguais, dobrando-as para dentro dos punhos. Os nós dos dedos ficam rosados em minha pele marrom-clara.

— Você fez muita pesquisa sobre Paraísos artificiais? — pergunto-lhe. A maioria das pessoas faz, considerando a quantidade de dinheiro que estão gastando.

— Um pouco. Os conceitos gerais, esse tipo de coisa.

— De qualquer modo, vou te dar uma visão geral do que faremos juntos. Só para que você saiba, todas as nossas sessões serão gravadas em um formato impossível de ser editado por mim ou qualquer um. Dito isto, terei acesso futuro a elas, assim como seu parente mais próximo. Imagino que, juntos, teremos de cinco a oito sessões de duas horas, o que, para a maioria das pessoas, é tempo suficiente. Alguns precisam de mais; outros, de menos. Não existe nenhuma regra sobre isso. — Ele me deixa falar, pontuando minhas frases com gestos de cabeça e murmúrios de concordância. — Você tem alguma pergunta antes de começarmos?

— Não, vamos em frente.

— O processo é o seguinte. — Empurro para a frente um diagrama da pilha de documentos digitais sobre a mesinha de centro. — Ao longo dessas sessões, passamos de dez a vinte horas juntos, tempo em que reúno as informações que me ajudam a planejar a espinha dorsal do seu Paraíso. Vamos rever lugares, acontecimentos, pessoas, pertences, até sua aparência física. É a isto que chamamos de arquitetura. Uma vez que estivermos satisfeitos, trabalho privadamente na avaliação de todos aqueles elementos, juntando-os em um conjunto coeso que funcione e flua; um pouco como aconteceria com os cômodos de uma casa. É como se criássemos passagens entre as lembranças; colocássemos pessoas em porta-retratos na parede; enchêssemos o jardim com todas as plantas que você ama. Existe muita criatividade nessa parte do processo.

— É o Feng Shui do Paraíso?

— Pode-se dizer que sim. — Sorrio. Gosto da ideia. Evoca uma agradável imagem de um cômodo arrumado, arejado, onde tudo está em seu lugar. Acho que vou guardar esta expressão comigo.

— Depois, mando todo o trabalho feito para nosso neurologista. Ainda não tenho certeza de quem lhe foi designado, mas vou descobrir e te conto. Trabalhamos com alguns, e são todos excelentes, os melhores em suas especialidades. Ele ou ela irá examiná-lo no laboratório e mapear o que fiz para os neurônios individuais. Os neurologistas tentam encontrar o que pedi; é como uma caça ao tesouro. Depois, traduzem os padrões de ativação para dados digitais.

— O meu tumor pode dificultar isso tudo?

— Pode ser que leve um pouco mais de tempo do que o normal, mas nada além disto. A maior parte do que eles estão buscando fica em algumas áreas específicas do cérebro que processam a autocrítica, a memória e as emoções: o hipocampo, principalmente, bem como o cerebelo, e possivelmente a amígdala, dependendo do que precisamos encontrar. Se houver algum problema, logo eles nos dirão. Depois disso, você terá mais uma sessão comigo, em que poderá ver uma simulação visual do seu Paraíso, e em seguida uma consulta final com o neurologista, para garantir que tudo esteja pronto.

Faço uma pausa.

— Na ocasião de sua morte — continuo em voz mais baixa, mais suave —, a parte complicada é que, em questão de horas, seu neurologista precisará reunir o conjunto de neurônios que codifica a sua consciência. E quando esses chamados neurônios-espelho forem extraídos do seu cérebro e conectados ao mapa digital do seu Paraíso no laboratório...

— Então, *voilà*! — Jarek interrompe.

— *Voilà*.

— Você faz com que isto soe muito objetivo. — As margens das suas palavras são tensas. Trêmulas com os medos que ele não expressa.

— Você não deveria se preocupar com nada.

Jarek abaixa a cabeça, murmurando em concordância para si mesmo, e depois torna a levantá-la, erguendo as sobrancelhas. Numa provocação, elas estão me pedindo que continue, como se ele já soubesse os tópicos embaraçosos que vêm a seguir.

— Juntamente com tudo isto, há procedimentos legais que sempre temos que cumprir. Em primeiro lugar, preciso fazer uma requisição para consultar seu registro criminal, e podermos confirmar sua elegibilidade.

— Eu pareço um serial killer? — Ele tenta franzir o cenho, mas a cordialidade lhe escapa pelos cantos dos olhos.

— Quem sou eu para dizer? — Aperto os lábios e dou de ombros. Nossos sorrisos se encontram no mesmo momento, e algo dispara dentro do meu cérebro, uma nova conexão, ou a chance de uma; ou, no mínimo, a possibilidade de uma em outra época, outro lugar.

Percebo que ele continua sorrindo para mim com uma simpatia que sugeriria que nos conhecemos há anos. Espera pacientemente. Dou um puxão nos fios dos meus pensamentos e enrolo-os de volta nas palavras que iria dizer.

— Mas, falando sério, assassinatos em série com certeza iriam eliminá-lo. E qualquer crime sério precisa ser avaliado posteriormente. Em geral, qualquer coisa que envolva um longo tempo de prisão precisa ir para um comitê. Mas tenho certeza de que sua ficha é limpa. Não notei nenhuma tatuagem de lágrima...

— Ah, você também tem senso de humor! A gente vai se dar bem.

Agora, seus olhos são como holofotes no meu rosto. Pisco para afastá-los e dirijo meu olhar para a mesinha de centro.

— A outra coisa importante a esta altura é que uma dupla autorização exige que você forneça uma concordância, por escrito ou verbal, de qualquer pessoa, viva ou morta, que deseje incluir em seu Paraíso. Trabalharemos juntos para criar esta lista, e depois nossa equipe legal tomará as providências necessárias.

Jarek ergue um dedo, e é a primeira vez que o noto expressar uma confusão genuína.

— Então, minha mãe, minha irmã... — Ele abre bem as mãos. — Elas estão fora?

— Se já não estiverem vivas, e não houver nenhum registro formal em que elas concordem em ser incluídas, feito antes de morrerem, então acho que sim. — Engulo e minha garganta se aperta. Nunca sei como suavizar este golpe.

— Que maneira de suavizar o clima, Isobel! — Ele esfrega as têmporas com as pontas dos dedos. — Então, sou um assassino em série, fugitivo, e agora a minha família está eternamente morta para mim? — Ele ri, antes de baixar a cabeça. — Elas morreram anos atrás, antes que qualquer uma dessas coisas fosse realmente possível — acrescenta.

— Sei que não parece justo, especialmente no caso de membros da família, mas é importante que tenhamos uma concordância de mão dupla. Essas lembranças pertencem a elas, tanto quanto a você.

Seu sorriso murcha, e ele vira a cabeça à esquerda, para a dor. Vejo a tristeza nos vincos de sua testa, e ela ressoa em um canto do meu próprio coração, batendo no sofrimento que se encontra ali. Somos ambos jovens demais para ter perdido um dos pais. Minha mãe estará no meu Paraíso. Ela concordou com isso, pelo menos.

— Entendo o que está sentindo — ouço-me dizer.

Ele ergue os olhos da própria mão para me olhar. Está se inclinando à frente, e agora estamos muito próximos. Em seus olhos, posso ver os quadrados úmidos e brilhantes das vidraças.

— Entende?

Eu não deveria prosseguir; é pessoal demais, mas parece que já é tarde para me preocupar com isto.

— Não vejo meu pai desde pequena, e minha mãe morreu seis anos atrás. Ela não permitiu que eu lhe fizesse um Paraíso. Não quis um.

Corro o dedo médio pelos arcos encadeados das minhas sobrancelhas, e penso na minha mãe, joelhos cruzados no chão da sala de visitas, puxando-me para ela, pela orelha. Conforme ela se punha a trabalhar nas minhas sobrancelhas rebeldes e espessas, sempre murmurava frases curtas em Bengali, palavras que mais tarde eu soube serem xingamentos, as únicas que ela falava em sua língua nativa. Penso em sua vaidade por mim, toda vez em que fico frente ao espelho, passando os fios de seda em minha própria testa. Em meu Paraíso, reviveremos a cena como adultas, rindo, enquanto entrelaçamos uma à outra em versões mais belas de nós mesmas. Tenho apenas algumas lembranças do meu pai que aparecerão no meu Paraíso; presumindo que eu possa entrar em contato com ele, é claro.

— Imagino que seja uma decisão pessoal — Jarek diz. Ele ergue as sobrancelhas, o que enruga seu nariz e distorce as sardas por ali. — Mas isso deve ter sido difícil para você. Sinto muito.

Resumindo, é como se eu fosse o cliente, e ele, o arquiteto. E é como tomar um gole de champanhe gelado, as bolhas estourando junto à carne da minha boca. Não está certo. Mordo o interior do lábio, como que para tomar de volta as minhas palavras.

— Podemos fazer algumas coisas em relação a sua mãe e sua irmã — proponho. — Podemos encontrar lembranças mais vagas, não marcadas com rostos ou lugares, que sejam mais do que simplesmente emoções. Existem maneiras de sentir a *presença* de pessoas, sem, de fato, retratá-las.

— Tudo bem — ele diz. — Isto parece bom.

— E é isto sem dúvida o que você quer? — pergunto. — Quer que eu te faça um Paraíso? — Enquanto falo, percebo que minha voz está tingida de necessidade. Fico com receio de que, no último minuto, ele mude de opinião. Já tive clientes que, a essa altura, foram embora. Percebo meus sentidos relaxando, voltando-se para o interior. Estou me protegendo.

— Existe alguma alternativa?

Sua voz está inexpressiva, e não sei se ele está me fazendo uma pergunta genuína.

— Bom, você é religioso?

Ele sacode a cabeça e contrai os lábios como que reprimindo uma risada.

— Então, a alternativa é... — Paro, procurando inutilmente a palavra certa. — O esquecimento. — É dramático, mas verdadeiro.

— Eu estava brincando — ele diz, dispensando minha sinceridade com um aceno de mão. — Comecei a tomar algumas notas... — Ele verifica um bolso, depois outro, agitando-se pelo sofá. Vejo-me sorrindo, aliviada e agradecida por seu entusiasmo. Poucos clientes são tão estimulados pela ideia, mas este homem dá a impressão de que pouca coisa o oprime, nem mesmo a ideia da morte. Ele me passa seu Codex e percorro os marcadores desorganizados. Depois, verifico a hora.

— Podemos tentar começar hoje mesmo. — Minha sugestão é recompensada com um sorriso ansioso. — Em primeiro lugar, é importante que você seja rastreável a partir de agora. Precisamos conseguir encontrá-lo o mais rápido possível...

Ouço minha voz ralentar, horrorizada. Descubro que não consigo dizer. Também não consigo olhar para ele. Coloco o Codex na mesa, e ele o enrola de volta, em um rolo apertado. *Depois que você morrer. Depois que você morrer.* As palavras correm em círculos por detrás dos meus lábios, enquanto atravesso a sala e busco o kit de monitoramento na gaveta da minha mesa. Jarek me observa. Sei disto não por estar olhando para ele, mas por sentir seus olhos queimando pontos de calor nas minhas faces. Travo os dentes e tiro o kit e um chip lacrado da caixa plástica guardada lá dentro. Limpo as mãos cuidadosamente com um lenço bactericida e rompo o lacre. Posso senti-lo me observando, enquanto o coloco dentro da pistola.

— Isto é quase idêntico à máquina que encaixou seu chip principal...

— Ah, é, lá nos meus dezesseis anos — Jarek murmura, fechando os olhos e inclinando a cabeça de volta para o teto. — Na época em que essa coisa de realidade aumentada estava justamente se tornando tendência.

— Eu também. E agora quase todo mundo tem um.

Volto para ele e me sento na beirada da mesinha de centro. Sempre me sento aqui. Isto me ajuda a ter um ângulo melhor.

— Embora isto fique logo abaixo do chip que você já possui, não vai interagir com seu Codex, nem levar qualquer conteúdo às lentes dos seus olhos — digo. — É menor, mais simples, apenas uma pastilha de grafeno que nos permitirá localizá-lo rapidamente, e conectar o conjunto de neurônios necessários para ativar o seu Paraíso.

Engulo em seco, enquanto corro as pontas dos dedos do seu maxilar até a reentrância do seu pescoço. Posso sentir o pequeno volume do chip dele me pressionando a cada batida do seu coração.

Esfrego a pele e sinto os fios de barba que cresceram ali desde esta manhã. Enquanto levanto a pistola com a outra mão e posiciono-a junto ao ponto que escolhi, sinto a respiração dele incidindo sobre meu próprio pescoço. Ela se infiltra sob o colarinho da camisa e desce pela minha coluna.

Disparo e, com um pequeno clique, a arma enterra o chip de monitoramento em sua carne.

— Ai!

Olho para ele, surpresa.

— Brincadeirinha. — Ele pisca para mim. — Recentemente abriram meu crânio, lembre-se.

Rio com certo alívio, afasto o dedo do ponto de entrada e aplico um pouco de gel antisséptico para mantê-lo fechado.

— Então, voltando ao dia de hoje, poderíamos começar falando sobre algumas ideias gerais daquilo que você gostaria, em termos de locais e cenários.

Devolvo o kit para a minha mesa e higienizo as mãos. Volto ao sofá e me sento ao lado dele. No último momento, percebo que estou perto demais. Alguns clientes se moveriam ligeiramente, desajeitados, mas ele permanece no lugar. Posso ouvir sua respiração pesada pelas narinas. Entrelaço as mãos sobre os joelhos.

— Então, se o meu Paraíso fosse uma peça, isto seria o pano de fundo e o cenário?

— É, caso queira pensar nisto desta maneira. No entanto, lembre-se de que tudo será mais fluido do que você possa imaginar, porque você vivenciará o seu Paraíso sem as dimensões de tempo.

Ele franze o cenho para mim. Eles sempre fazem isto.

— Nós ainda não falamos sobre a atemporalidade, mas é algo fundamental para se ter em mente — acrescento.

— Atemporalidade — ele repete, considerando-a, revirando a ideia. Vejo a palavra crepitar em sua boca.

— Então, essencialmente, nada no seu Paraíso, no Paraíso de ninguém, funciona dentro da dimensão do tempo. Em parte porque não sabemos como codificá-lo; em parte porque, em todo caso, não iríamos querer fazer isto. A atemporalidade é uma boa coisa. Ela me permite criar uma série de eventos, cenas e lembranças das quais você jamais se cansará. Isto a torna infinita; torna *você* infinito. Você vivenciará sequências, ordem em certas coisas, mas não sentirá a passagem do tempo.

— É difícil imaginar — ele resmunga, erguendo o olhar para a janela, antes de levar o queixo para o ombro esquerdo, como se estivesse se retirando para sua fraqueza. — Só escuto falar em tempo atualmente; estimativas de quanto tempo eu ainda tenho, quanto tempo levará uma cirurgia. Queria que minha filha mais velha chegasse aos seis anos, antes de eu morrer. Ontem à noite, na cama, calculei quantos dias ainda restam até o aniversário dela. Será um milagre se eu conseguir chegar até lá.

Concordo com a cabeça. Nunca me protegi da morte e prefiro quando meus clientes se abrem, em vez de esconder seus sentimentos. É muito mais fácil. Reajo contra a minha tendência natural de estender a mão e tocá-lo. Em geral, aperto a mão de um cliente, ou coloco a minha em seu braço. Mas, com ele, a ideia parece íntima demais, e me sinto desconfortável, inquieta em meu assento.

— Me desculpe. Imaginei que você estivesse acostumada a ouvir as pessoas tagarelarem sobre suas próprias mortes — ele diz, e sinto seu olhar sobre mim, enquanto enrubesço.

— Estou, claro que estou. — Falo mais lentamente, regulando meu tom. Ele ergue as sobrancelhas, pedindo que eu continue. — É só que não tenho muitos clientes tão jovens quanto você.

— Os exercícios faciais devem estar funcionando! — Ele ri com gosto e usa a mão direita para puxar a pele esticada sobre sua face.

Sorrio e gesticulo para ele.

— Viu? Nenhuma ruga! — Mas ele já está desviando os olhos, virando a cabeça, sem jeito, pela sala. — Que cheiro é este? — pergunta. — É estranhamente familiar.

— Ah, o *ylang ylang*? — indico o pratinho na prateleira sobre a minha mesa. — Não deveria ser forte; são apenas algumas gotas. Deveria ser calmante.

— E acho que afrodisíaco. — Ele sorri e, embora sorria muito, desta vez sua expressão é diferente; ela me desafia a reagir e sinto uma vermelhidão pelo pescoço. Olho de volta para as minhas notas.

— Seria bom se antes eu pudesse descobrir um pouco mais a seu respeito — digo. — O que você quiser, em suas próprias palavras.

Fico surpresa em como as pessoas reagem a este pedido de maneiras tão variadas. Muitos dos meus clientes veem-se inclinados a se definir por sua doença. Presumo que Jarek poderia ser um deles. Aposto que ele conversa com completos desconhecidos sobre células indesejadas que estão assumindo o seu corpo, a barreira hematoencefálica, e as nanopartículas de ouro rodopiando no interior do seu crânio. Observo-o atentamente. Estou esperando aquele momento de conexão. Uma mínima abertura que me dê acesso.

— Vou lhe contar tanto quanto você quiser ouvir — ele diz, afundando-se de volta no sofá. Sua voz recuperou uma gentileza, uma rendição. Os braços estão bem afastados, e ele está aberto para mim.

— Basta tanto quanto você estiver disposto a compartilhar.

Sinto que estou quase cochichando, inclinando-me para ele. Minha pele formiga, enquanto me corrijo, endireitando as costas, e tirando do rosto mechas de cabelo que se soltaram.

— Acabei de fazer trinta e seis anos. Moro aqui em Londres com a minha família, em uma casa cujo telhado não vou conseguir reformar antes de morrer. Cresci além-mar, no exterior, meu pai era do exército.

— Como foi isso?

E antes mesmo de ele responder, avisto a fenda, e a escuridão atravessando o brilho da sua armadura.

— Não é uma infância que eu gostaria que alguém tivesse — ele diz, estreitando os olhos para mim, antes de olhar para os pés. — Meu pai tinha... a mão pesada, digamos. Ou isso, ou nem um pouco presente.

Posso ouvir o rancor dissolvendo as bordas claras da sua voz. Suas farpas se cravam em meus próprios sentimentos em relação a meu pai: a tristeza e uma culpa inevitável de que talvez tenha sido eu que, de algum modo, o fiz ir embora. Anos de histórias não contadas e mágoas entrelaçadas no espaço entre nós, ligando-nos. Tenho que recuperar o fôlego antes de falar.

— Relações familiares são difíceis.

— De todos?

— Bem, não, mas a sua... e a minha.

Sinto o olhar de Jarek me perfurando.

— E no que você trabalha? — pergunto.

Há uma pausa, antes que ele responda, como se ele estivesse interessado em que eu contasse mais.

— Por enquanto, sou jornalista.

Eu me pergunto como é que isto vai dar para pagar pelos meus serviços. Ele tem o tom de uma educação particular, e a aura de um homem que jamais se preocupou com dinheiro. Deve ser de família.

Isto explicaria como tem dinheiro para investir na criação de um Paraíso.

— Mas um dia serei um ator famoso.

Rio espontaneamente. Ele poderia ter sido um ator. Tem o carisma.

— Que tipo de jornalismo?

— Política, política interna. Então, pelo amor de Deus, não me pergunte sobre esta guerra. Não sei nada. — Ele revira os olhos dramaticamente. Sim, ele seria um bom artista. — Ah, e a minha esposa acha que é culpa do tumor que nossa relação esteja se deteriorando. — Uma amargura gutural é transmitida pela sua voz, e formiga na minha pele. — Ela acha que o câncer me modificou, mudou o meu cérebro.

— E é verdade?

— Não, não. — Sua cabeça pende para frente, de modo que o queixo bate no peito antes de voltar para trás. — Já faz um bom tempo, agora, que nosso casamento está acabando. Nós dois largamos de mão. — Ele corre a ponta de um dedo sobre a pálpebra e olha para o teto.

Percebo que comecei a me reclinar e me corrijo, colocando os cotovelos sobre as coxas, e pressionando-os nelas. Vejo-me imaginando qual seria o nome da esposa. Imagino os nomes dela como uma aliteração. Talvez seja Winnie ou Winona. Ou Willow. Willow Woods. Ela tem pele clara e é linda, com longos cabelos pretos e uma risca precisa no centro do couro cabeludo.

— Meu médico disse que tenho alguns meses — ele continua. — Não acredito nele. — Seus olhos fixam-se em mim então, e posso ver que eles se firmaram no que parece ser uma determinada centelha.

— Ótimo, você é otimista. — Balanço a cabeça e finjo tomar nota, desviando o olhar.

Uma risada precipita-se com força do seu peito. A energia dela me deixa perplexa, e sinto minha mão direita encaminhar-se para o braço do sofá. Ele está olhando para mim, surpreso que eu o tenha julgado tão mal, sacudindo a cabeça de maneira quase imperceptível.

— Você está brincando, certo? Me sinto pra lá de péssimo.

Ele ri enquanto fala, mas quase estremeço com o medo dele. Os segundos passam e me recomponho, fazendo o que fui ensinada a fazer, enquanto as vozes na minha cabeça acotovelam-se para ser ouvidas, gritando perguntas. Não conheço a sensação de estar morrendo, mas como posso perguntar? Sempre haverá este abismo entre mim e meus pacientes.

Espero e escuto. Por fim, ele se entrega ao silêncio.

— Eu me dei um mês — diz. — Já mal consigo ver com o meu olho esquerdo.

— Pode ser que você se surpreenda. Tive clientes que vieram aqui às portas da morte e se recuperaram.

— Você diz todas as coisas certas, Isobel. Estou muito satisfeito de ter escolhido você. — Ele estende o braço e aperta meu ombro. Seu rosto está sério, contemplativo. Seu maxilar, determinado. — Não quero morrer — murmura —, mas sei que você me fará o Paraíso mais notável. Eu quase, quase, não consigo esperar. — Ele pressiona o dedo na pele exposta da minha clavícula, e, surpresa, não consigo evitar pular do sofá. Vejo-me caminhando para a janela, e por um momento encosto no vidro, meu nariz quase o pressionando, braços cruzados. Tento repelir o peso da expectativa dele, mas ela se adere, como uma mortalha, ao redor dos meus ombros.

— Farei o possível.

— Sei que fará. Será ainda melhor do que a coisa em si.

— A coisa em si?

Não olho ao redor, e não ouço resposta. Nunca deixa de me surpreender a quantidade de pessoas que, a essa altura, admite algum tipo de fé; como elas podem chegar aqui, a esta sala, mesmo com a mais vaga crença em um mundo criado por Deus, e alguma pós-vida universal, magnífica. Já sonhei com isso antes, de atravessar os portões prateados do Paraíso, levada por um bando de anjos. Não passa de uma dessas coisas esquisitas, um motivo psicológico gravado, como uma cicatriz, em algum lugar do meu subconsciente. Na verdade, sonhar é um dos meus problemas. Às vezes, os sonhos parecem tão reais que me assombram durante dias. Semana passada, sonhei com Don, enrodilhado como um gatinho recém-nascido, na palma da minha mão, morrendo. Ainda não consigo tirar da cabeça o pestanejar enfraquecido de suas pálpebras, e seu pedido subentendido de não o imortalizar. *Escolho a morte. Escolho a morte em sua totalidade.* Ele detesta o que eu faço, sei que detesta. Assim como a minha mãe, ele pode me amar, mas questiona o que eu faço e duvida de mim. Isto não me deixa espaço para eu mesma duvidar.

CAPÍTULO DOIS

O dia termina de uma maneira que ainda é incomum, por enquanto. Minha última cliente chama-se Clair, e é nossa última sessão conjunta. Ela pula para dentro da minha sala como uma mola enrolada, sua excitação e energia nervosa tangíveis.

— Clair! — Levanto-me do sofá e nos abraçamos como velhas amigas. O fato de ela não estar morrendo, no momento presente, alterou um pouco a relação arquiteta-cliente. — Como você está?

— Estou bem, obrigada, Isobel. Agora, está tudo pronto. Parto para o Pacífico na semana que vem!

Ela veio direto do trabalho e parece muito mais uma oficial do exército do que nas outras vezes em que a vi. Listas amarelas reluzem nos ombros do seu pulôver azul-cobalto, decote em V. Já não usa suas botas de salto alto e cano baixo, substituídas por sapatos militares pretos engraxados. Estão amarrados ao modo regulamentar em seus pés pequenos.

— Nada mal, hein? — ela diz, sorrindo e abrindo as mãos, ao notar que a estou avaliando.

— Uau, é mesmo. E todo este tempo eu me perguntava se você estaria delirando e inventando tudo isto. Venha, sente-se.

Clair senta-se na beirada do sofá, como que pronta para entrar em ação a qualquer momento, e me sento a seu lado.

— Quer dar uma olhada? Ter um gostinho final de como será?

— Ah, quero! — Ela acena a cabeça, ansiosa.

— Está bem. — Pego sua mão esquerda e conduzo-a a uma área ativa do tampo da mesa. — Coloque sua mão aqui e não mexa. Feche os olhos.

Sua ansiedade esmorece para uma expressão que quase poderia ser interpretada como impassível. Admiro o declive acentuado das maçãs de seu rosto, enquanto seus globos oculares dançam sob a camada frágil de pele. Clair sabe que é afortunada por ter esta oportunidade. Os militares estão começando a implementá-lo como um benefício de emprego. É gratificante, revigorante, criar Paraísos para pessoas que, normalmente, não poderiam arcar com isso.

— Lembre-se, esta é apenas uma amostra visual, uma simulação. Não podemos colocá-la agora na coisa pra valer, mas lembre-se de que você experimentaria sons, gostos, cheiros, toques e reações emocionais mais fortes, mais imediatas.

— Então, você também não viu?

— Vi sim o que você pode ver, mas não mais. Seria ilegal eu entrar no seu Paraíso, Clair, além de ser perigoso.

— É... — Suas palavras vão sumindo, e ela leva à boca as pontas dos dedos da sua mão livre. Percebo que não está, de fato, me escutando.

— Nesta forma, ele pode parecer ligeiramente desorganizado ou confuso — continuo. — Isto porque você o está vendo com um sentido de tempo. É difícil explicar, mas como você já sabe, não existe sensação de passagem de tempo nos Paraísos Artificiais.

Uma quietude rara baixa na minha sala. Em geral, as pessoas que estão morrendo estão tão amedrontadas que preenchem o vazio com palavras, atropelando-se para dizer alguma coisa, qualquer coisa, descontrolando-se num esforço palpável para disfarçar sua iminente ausência do mundo. Clair é diferente. Sabe que *pode* morrer, claro que sabe, mas, apesar da profissão escolhida, ainda é suficientemente jovem para acreditar que isto pode nunca acontecer. Alguns anos atrás, teve uma filha; escutei seus planos para depois da próxima missão. Ao contrário de mim, ela não acredita que esta guerra fria vá se intensificar. Os riscos existem, riscos que parecem aumentar a cada dia, se você decidir acreditar nos jornalistas. Tento imaginar sua personalidade esfuziante extinta em algum campo de batalha, e acho impossível. Não, digo comigo mesma, ela voltará.

As sobrancelhas de Clair sobem e descem, e conforme a simulação prossegue, seu maxilar relaxa e os lábios desabam. Assim como Jarek, ela é jovem. A natureza do meu trabalho faz com que normalmente meus clientes sejam bem mais velhos. E gosto disso, embora uma porção de homens e mulheres com quem estudei na universidade não consiga entender. Trabalhamos com perspectivas completamente diferentes. Agora, a maioria deles trabalha em pesquisa. Eles tentam curar coisas. Tratam mentes e beneficiam vidas. Constroem novos órgãos e otimizam terapias genéticas. E eu fico aqui, deixando a vida e a morte fluírem sobre mim: um seixo no rio.

A injustiça da morte é algo sobre o qual ando pensando mais ultimamente. Meu trabalho não me insensibiliza para isso, como um dia esperei que fizesse. O que faço, dia após dia, é tentar exercer controle sobre esta coisa tão natural e tão terrível. E esse controle não sabe onde termina sua missão. Nunca consigo fazer o que baste.

Clair puxa a mão da mesa e seus olhos azuis estão fixos nos meus, como se finalmente ela percebesse que vi dentro da sua alma. Fico perturbada com sua reação.

— Você está bem? Era o que esperava?

— Era... — ela começa com uma voz pesada, parando para passar o polegar sobre o lábio inferior. — Foi incrível.

— Você não viu muito.

— Vi o parto da minha filha. — O tremor em sua voz me diz que está reprimindo as lágrimas. — Foi como passar por tudo aquilo de novo. Como a lembrança que tenho daquilo, mas de certo modo mais forte. — Ela aperta a mão contra o peito. — Caramba, nunca tinha tido vontade de morrer! — E ri do seu próprio humor ácido. A Clair que vim a conhecer está de volta na sala.

— Bom, ao contrário de muitos dos meus clientes, acho que você ainda tem uns bons anos à frente! — Logicamente, é sarcasmo, e apesar de Clair morder o lábio numa preocupação fingida, preocupo-me, depois, se ela levou aquilo ao pé da letra. Pela primeira vez em sua curta vida, ela anteviu sua morte, e me vejo perguntando se isso poderia estar certo.

— Você tem mais alguma pergunta para mim? — pergunto.

— Não, não. Acho que já revimos tudo.

— Então, só preciso rever os compromissos finais com você. Uma assinatura verbal, digamos assim.

Ela concorda com a cabeça.

— Clair Petersen, você concorda que os detalhes aqui gravados com sua Arquiteta do Paraíso, Isobel Argent, da Oakley Associados, sejam usados para constituir seu Paraíso artificial, no caso da sua morte?

— Concordo.

— E que pelo acordo de autorização dupla, você concede acesso ao citado Paraíso artificial às doze pessoas registradas nesta lista?

Giro as notas digitais sobre a mesa para ficarem de frente para ela. Dou uma olhada nos nomes, meus olhos ardendo, como sempre acontece quando me lembro das histórias, do amor que elas contêm. Sua filhinha tão pequena, Joy Rosa Petersen; seu marido, Reginald James Petersen; a mulher que ela amou antes dele, Tally Eliott White, seus melhores amigos, seus pais... todas as pessoas que jamais deveriam ter que assistir à sua morte. Espero que ela viva o bastante para acrescentar mais pessoas a esta lista, e expandir a riqueza de seu Paraíso.

— Sim — ela diz. — É claro.

— Como você sabe, Clair, toda informação que você me forneceu é estritamente confidencial. Não divulgarei nenhum aspecto dela, a não ser que seja exigida por lei, no caso de uma investigação criminal. Está entendendo?

— Estou.

— Vejo pelas suas anotações que sua neurologista já explicou a situação referente à coleta de seus neurônios-espelho. — Pareço tão executiva que isto me dá arrepios.

— Não precisa se sentir mal — Clair diz, sorrindo. — Para mim não é nenhuma novidade que eu possa explodir em pedacinhos no meio do nada. A Dra. Sorbonne disse que você fará todo o possível, caso o pior aconteça. Assinei verbalmente a cláusula no contrato. Se você não conseguir chegar até mim, não consegue. Sei que todos fariam o possível. — Ela dá de ombros.

Clair sabe que, se for morta em batalha, terá sorte se algum dia vir seu Paraíso. Seu corpo teria que ser resgatado, e a equipe médica precisaria operar rapidamente para recuperar do seu córtex um número suficiente de neurônios-espelho vivos. Essas células teriam que ser transportadas de volta do outro lado do mundo, em um ou dois dias, e entregues a salvo ao laboratório. Ainda que o programa já tenha vários anos, o processo de produção do Paraíso ainda não está aperfeiçoado para quem não morre de maneira previsível, ou perto de casa.

— E aqui diz que você tem um último encontro com a Jess, a Dra. Sorbonne, amanhã de manhã? — pergunto a ela.

— Ah, é, às mil e cem horas. — Ela faz uma careta, sabendo que acho divertidos os lembretes de sua formação militar.

— Ótimo. Ela explicará o processo de transferência, e você terá que dar seu consentimento final para a cirurgia e armazenamento do seu tecido, seus neurônios-espelho.

Percebo que estou me atrapalhando, ficando sem palavras. Quando chego normalmente a este ponto com os meus clientes, a morte está a apenas dias de distância, ou é uma ameaça constante, turvando cada minuto da vida que lhes resta. Preciso enfrentar as dúvidas de última hora e garantir que eles fizeram a coisa certa, como se eu nunca estivesse mais certa de algo na minha vida.

— Então, acho que te vejo quando você voltar — digo, por fim.

— Claro.

Ela me joga um beijo da porta, e vejo-a deixar a sala. Meus pensamentos juntam-se atrás dos meus lábios, dando pancadinhas nervosas, até que consigo formular as questões em palavras.

— Clair? — Minha voz sai tão baixa que fico surpresa que ela tenha chegado a me ouvir, mas sua cabeça surge de volta, os lábios franzidos em interrogação. — Está tão ruim quanto dizem?

Seu corpo reaparece por completo, e ela se apoia na beirada da porta aberta, apoiando-se nas mãos.

— Está, está ruim. — Seu rosto está solene. Nunca a vi falar deste jeito. — Já tivemos impasses como este antes, mas talvez não de tão longa duração. Embora, acredite em mim, Izzy, seja recuperável. — Ela quase sorri, e depois me faz uma breve continência. — Continue fazendo o que está fazendo.

E lá se vai.

Recuperável. Ela pareceu muito decidida ao escolher essa palavra. Será que sabia as associações que tem para mim? Em seu contexto médico, é o termo otimista usado por neurocirurgiões bem dispostos, ao tentar fazer o melhor de uma situação terrível. Não consigo deixar de imaginar se algum dia voltarei a vê-la.

CAPÍTULO TRÊS

Ao sair do escritório, passo pelos manifestantes. Hoje, não reconheço dois deles e reparo que esses dois novatos são mais jovens do que os outros. Um homem alto, de olhos claros, passa pelos dedos contas de madeira de um rosário, enquanto olha fixamente para mim. Um folheto é empurrado no meu peito, e reconheço as unhas curtas e acinzentadas. É sempre a mesma senhora idosa que me tem como alvo. Sinto-a cutucar as minhas costas, enquanto minha mão segura firme a alça da bolsa. O papel esvoaça para o chão.

— Deixem as almas subirem! Deixem as almas subirem!

Os mais novos berram as palavras, mas os homens e mulheres que reconheço entoam com bem menos agitação do que no primeiro dia em que começaram a fazer piquetes contra nós. Talvez seu entusiasmo esteja começando a se desgastar. Dirijo meu olhar para o calçamento, enquanto atravesso a rua. Em minutos, Caleb fará com que eles vão embora.

Chego ao estúdio menos de uma hora depois de sair do trabalho. Eu havia puxado o desenho da tatuagem do meu Codex para as lentes dos meus olhos, projetando-o na calçada enquanto andava até aqui. As penas elegantes flutuaram sobre o chão cinzento e rude, e decidi que estava feliz com ele.

Neste momento Don deve estar voltando para nosso apartamento, perguntando-se onde estou. Desta vez, ele ficou fora por quinze dias, mas passou rápido. Espero que as negociações tenham corrido bem. Descobri que namorar um assessor do ministro da defesa não é nada relaxante. Sinto-me culpada por estar mais preocupada com o que anda acontecendo com a guerra do que com o próprio bem-estar dele.

 Ele vai estar dolorido com o cansaço que só uma viagem de avião pode trazer. Cada célula do seu corpo se sentirá como se estivesse seca. Suas vias aéreas estarão recobertas pela respiração cheia de germes de algumas centenas de outras pessoas. A ideia de todas aquelas bactérias o fará se sentir abalado. Para piorar as coisas, seu braço direito estará dolorido por carregar a maleta de couro que comprei para ele em seu quadragésimo aniversário. Gosto dele porque não se sentirá decepcionado pela falta de aromas escapando da cozinha. Imagino o gosto com que ele estará revirando os olhos neste exato momento, ao tirar uma lata do armário. Talvez nem tenham restado latas.

 Penduro minha jaqueta no encosto de uma cadeira, no quartinho do andar de baixo; tiro os sapatos de salto e me acomodo na cama. Olho ao redor do quarto, analisando-o com a mesma atenção que tive da última vez. Continua impecável. Brooke faz sinal para que eu suba a perna da calça.

 — Então, quer ficar com o desenho que vimos na semana passada?
 — Quero.
 — Vou fazê-lo a mão livre — ela acrescenta, antes de me dar as costas. Inclina-se sobre uma mesa de instrumentos. Sua carne clara se expande sobre a parte superior do jeans, e vejo gavinhas pretas tatuadas, enrolando-se em sua coluna. — Você não quer fazer um pouco maior, no fim das contas? — Ela olha por sobre o ombro ao fazer a pergunta, pousando a curva do queixo no ombro, as sobrancelhas erguidas.
 — Não, pensei nisso, mas não.
 — Tudo bem, a escolha é sua.

Percebo que está desapontada, mas a tatuagem é para mim. Não quero que chame muita atenção das outras pessoas.

Não a vejo aprontar o equipamento. Em vez disto, viro a cabeça de lado e olho o conjunto de tatuagens que recobre a parede dos fundos. É como uma tapeçaria. As molduras mesclam-se com a tinta preta e umas com as outras. Conforme me concentro em cada uma, é exibido um curta holográfico do dono da tatuagem enrolando uma manga, ou levantando a camisa para expor o desenho em seu corpo. Uma senhora idosa mostra a língua, ao abaixar a traseira da calça. Rio enquanto Brooke instala-se em sua cadeira e se arrasta nela até mim. Fecho os olhos porque não quero ver a geringonça que ela está segurando de novo.

— É, ela era uma figura!

Sinto o arrepio gelado de Brooke passando algo sobre meu tornozelo, e percebo que estou prendendo a respiração.

— Prepare-se para a dor! — avisa ela, animada.

Murmuro uma concordância e luto contra a tensão nervosa que vai se formando no meu pé, os dedos apertando-se uns contra os outros. Ela deveria saber que o fato de me avisar que vai doer só faz com que doa mais. Tento me distrair da compulsão de puxar pé, pensando no dia que acabou de se encerrar. Um dia típico sob vários aspectos: atualização de registros, verificação de clientes que estejam à beira da morte, confirmação de acordos de acesso, apresentação a Clair de um vislumbre de seu Paraíso.

Mas a adrenalina pulsa nas minhas têmporas, efervescendo atrás dos meus olhos. Mordo o lábio e fecho os punhos quando a agulha começa a zumbir. Meu cérebro intensificou a tensão, já decidido pelo fato de que a dor é iminente. Quando ela vem, é um tipo suportável de dor, como a picada de uma agulha para colher sangue. Você sabe que é para o bem e, quando a agulha começa a mordiscar a minha pele, não é mais, nem menos desagradável do que eu esperava.

Durante minha formação, o professor conversou conosco sobre a *preparação do cérebro para a morte*, como se ele fosse uma espécie de ente sensível à parte, um alienígena em seu corpo. Esta ideia me perturbou por várias semanas. Sonhava com o meu cérebro subindo e descendo a escada do meu prédio de apartamentos, com pernas como se fossem de desenho animado, punhozinhos furiosos pressionados nas dobras de uma massa cinzenta, onde seu quadril deveria estar. Eu estava no meu apartamento, escutando-o pisar com força por perto, e bater à porta. Mas não o deixava entrar.

Há anos não tenho esse sonho.

O cérebro prepara-se para a morte. Talvez neste exato momento, o cérebro de Jarek esteja começando a aceitar sua sina. Apesar de sua firmeza, percebi que seus olhos estavam resignados. Tento afastar a imagem, mas o verde das suas íris reluz sob minhas pálpebras como luzes fortes para que se olha por demasiado tempo. Os olhos fecham--se primeiro. As pessoas que estão morrendo dormem cada vez mais, enquanto seu metabolismo esmorece. O cérebro muda para um estado comatoso, retraído, ao começar a desistir. Mas não para de escutar. A audição é o último sentido a ir embora. Sempre me perguntei por quê. Por que não guardaríamos a última de nossas faculdades mentais para falar, bater palma, ou beijar o rosto de nossos entes queridos? Agora que estou um pouco mais velha, posso entender por que a escuta é mais importante. A maioria dos meus clientes chega ao ponto em que não tem mais nada a dizer. Às vezes, a última sessão, ou as duas últimas, pode beirar o constrangimento. Com frequência, repassamos velhos assuntos, revemos o Paraíso deles pela última vez. E então, escutamos o silêncio por um momento, antes que seus pesares comecem a aflorar.

Já ouvi todos: o desejo de ver os netos crescerem; a vontade de ter conhecido o sul da França; a necessidade insatisfeita de ser detido pela polícia e passar a noite em uma cela. Alguns são mais estranhos do que outros. Alguns são misturados com risadas, para tentar esconder a honestidade total das palavras. Mas, ao longo dos anos, percebi que todos esses desejos e lamentos equivalem à mesma coisa: sempre queremos mais. Queremos aprender mais e sentir mais, até o último suspiro. Nossos cérebros ficam desesperados para colher o que puderem de nossas curtas vidas. Estamos sempre escutando, sempre esperando algo mais.

A risada de Jarek interrompe minha meditação, e enquanto sinto a agulha enfiar em um novo ponto perto do osso do meu tornozelo, uma sensação familiar palpita entre as minhas coxas. Penso *Ai, não, não, não, Isobel*.

— Quase acabando por hoje — Brooke diz, como se tivesse notado meus olhos se abrindo.

A voz dela incomoda mais do que a agulha. É como se ela tivesse quebrado alguma espécie de silêncio sagrado, e fico irritada. Sinto-me como se devesse ter pus ou sangue, ou no mínimo algum tipo de fluido celular vazando do meu tornozelo para a cama, mas quando ergo a cabeça para olhar, só consigo ver o contorno de um anjo emergindo à volta do osso do tornozelo.

Escuto o zumbido da agulha, agora intermitente, enquanto imagino Brooke preenchendo os detalhes mais delicados. Uma tatuagem. Don vai achar que fiquei maluca, mas talvez eu lhe conte que eu a expandi. "Um anjo?", ele vai perguntar, com os olhos arregalados.

Algumas pessoas dizem que sou o anjo delas, direi, rindo disto, juntando as palmas das mãos em frente ao meu peito, fazendo beicinho e olhando para o céu.

Mas não será a verdade.

O anjo não sou eu. Não é para ser a percepção que meus clientes têm de mim. É um lembrete do que eu poderia estar tirando deles.

CAPÍTULO QUATRO

O estrondo me acorda e, no início, recuso-me a abrir os olhos, desejando voltar a dormir. Meu chip não vibra em alerta, como configurei que fizesse, caso aconteça algo sério por perto. Nenhum aviso público de emergência pisca perante minha visão, ou emite instruções diretamente no meu canal auditivo. O mais provável é que seja um caminhão de lixo passando pela rua. Ele se vai às quatro da manhã. Preciso voltar a dormir, digo comigo mesma. Mas e se for alguma outra coisa?

Saio das cobertas e o frio do ar parado do quarto envolve meu corpo. Vejo-me abrindo a porta para o hall da escada, onde a janela dá para as ruas de trás. Os aviões são sombras na noite sem lua, mas sinto-os no meu peito, conforme cruzam no alto. Estão muito baixo. Meu coração bate junto à minha caixa torácica, fora de sincronia com o tremor da minha pele nua. Os dois movimentos divergem, forçando a subida de uma náusea vinda do estômago. Olho para o céu escancarado, as pontas dos dedos pressionando o vidro gelado.

Devo estar imaginando isto. Devo estar sonhando.

Acordo com os dígitos do relógio, projetados pelo meu chip nas lentes dos meus olhos. Conforme minha consciência vai surgindo, percebo que algumas horas se passaram. Bocejo e flexiono os pés, sentindo a carne sensível da tatuagem na parte inferior da perna, quando ela roça nos lençóis. Dou-me conta que não estou acordando com a luz solar artificial do meu despertador, mas com Don se aconchegando no meu pescoço. Por um momento, me rendo, espreguiçando-me e depois me aninhando em seu corpo, aquecendo-me em seu calor. Ele só voltou ontem à noite, mas amanhã partirá de novo. Pegará o trem para a costa, para visitar sua ex-namorada e os filhos deles. Eu deveria me incomodar, sei que deveria, mas de certo modo isto não me incomoda. Ele beija o meu rosto, e sinto a barba por fazer em seu queixo normalmente escanhoado. Tento pensar em um motivo para empurrá-lo para longe, e então me lembro de que tenho uma reunião hoje, logo cedo.

— Tenho uma reunião no café da manhã — tento murmurar, mas descubro que sou incapaz de modular a voz em meio a meu cansaço. Ela sai quase como um grito, e acho que isto me perturba tanto quanto a ele.

— Tudo bem, tudo bem! — suspira Don. — Não dá tempo só para uma...? — Ele corre as mãos pela minha barriga, pressionando a base da sua mão na reentrância do meu quadril.

— Não, desculpe, querido. Hoje à noite, talvez, ou amanhã, antes de você viajar.

Ele resmunga e rola para longe de mim.

Dou um tapinha em seu ombro.

— Tive um pesadelo, acho, sobre aqueles aviões enormes voando no alto. Parecia muito real.

— Ah, sinto muito, querida.

— Está acontecendo alguma coisa? Você sabe de algo?

Ele se vira de volta para mim, com um olho aberto sobre o edredom.

— Não se preocupe — resmunga. — Soa pior na mídia do que é de fato. O Comando dos Estados Unidos no Pacífico considera que eles têm tudo sob controle.

— Você confia nos americanos?

Ele revira os olhos em resposta. É sempre muito evasivo. Como se dizer para eu não me preocupar fosse fazer com que eu ache menos provável o evento de que tenho medo, e não mais. Sei que ele não pode me dizer o que faz. Simplesmente preciso ter esperança de que se ele recebesse o alerta de algo sério, garantiria que eu estivesse a salvo.

— Tenho que me levantar — digo.

Dormir nua oferece a ilusão de juventude, limpeza e despreocupação, mas torna imensamente mais difícil levantar-se de manhã. Rolo para fora da cama, me espreguiço e me sacudo no lugar, abanando sobre os ombros os cachos de meu cabelo escuro, desgrenhados pela cama. Sinto o sorriso lascivo de Don em mim, enquanto ele observa. Dou a volta na cama rapidamente, com os braços cruzados sobre os seios para me defender do ar frio. Antes de abrir a porta, olho de volta para ele, envolto até o queixo no edredom. Seus olhos passeiam pelo meu corpo, e em seu rosto cintila um estranhamento, ao ver a tatuagem no meu tornozelo. Ele não dará sua opinião sobre isto agora, porque seus olhos estão sendo atraídos para outras coisas. Eu deveria me sentir sortuda que, após quatro anos, tenho um homem que ainda olha para mim deste jeito.

— Você está linda — ele diz, tão baixinho que sei que está falando sério.

Mas as coisas lindas nunca são perfeitas.

*

Para mim, chegar na hora é me atrasar. Gosto de chegar cedo, então, estou sentada na sala de reuniões inundada de sol, nos fundos da clínica, antes que mais alguém chegue. Não existe zumbido no meu pescoço, nenhum sinal surgindo na minha visão, vindo das lentes. Sinto-me satisfeita, aqui sozinha com meu café esfriando, usando um terno cinza, recém-passado, com meu Codex desenrolado a minha frente. Deixo-me impregnar pela paz límpida e boa da sala, fechando os olhos e permitindo que sua luminosidade tinja minhas pálpebras de rosa.

Solto meu cabelo, que está preso na nuca. Puxo a massa emaranhada sobre um ombro e passo os dedos pelas pontas. Não faço ideia de como ele fica tão rebelde em um rabo de cavalo. Desta vez, tranço-o, empurrando a trança de volta para atrás da orelha. Desabotoo a gola da minha camisa e espano as pontas quebradas de cabelo das lapelas do paletó do meu tailleur. Ao longo da costura, uma linha solta levanta-se como uma cobra encantada. É o meu melhor paletó, o mais caro que pude pagar. Luto contra a tentação de voltar para a minha sala, pegar a tesourinha na gaveta sob a mesinha de centro e cortar fora a linha.

Há uma batida educada à porta, e me assusto com o barulho repentino. Um respingo de café cai da beirada da minha xícara no peito da minha camisa. Faço uma careta e sopro-o para longe. Só Harry bateria para se juntar a uma reunião à qual foi convidado. Ele entra, seguido por Caleb e por uma mulher que não reconheço.

Harry ergue a mão em sua saudação característica e sorri.

— Bom dia, Isobel. Esta é Maya Denton. Ela está implantando autorização única nos Estados Unidos.

— Oi. — Levanto-me e estendo a mão por sobre a mesa de reuniões. Ela a pega com a mesma maneira frouxa que eu a ofereço. Não posso culpá-la por isto. Sinto os olhos de Caleb me queimando enquanto ele se senta. Quando Caleb irá aprender que suas exigências têm o efeito oposto ao que ele deseja?

— É um prazer — fala ela, de forma arrastada, num sotaque sulista granuloso. — Só gostaria que esses remédios para *jet lag* fossem mais eficientes!

Forço um sorriso para ela, voltando ao meu lugar, e mexo o café na xícara. Vejo-a arrumar as camadas macias de seu cabelo e endireitar o vestido-envelope.

Caleb volta a ficar de pé em um pulo.

— Quer beber alguma coisa, Maya? — pergunta, lançando-me um olhar fuzilante ao fazer isso. Como se fosse minha função fazer café para outras pessoas.

— Não, estou bem, obrigada, Caleb — ela responde, reprimindo um bocejo. — As pílulas devem funcionar melhor do que cafeína!

Como eu esperava, Lela é a última a entrar na sala, parecendo afobada. Seu cabelo preto cacheia aleatoriamente ao redor do rosto, e percebo que ela passou o batom vermelho-escuro no metrô. Há uma pequena mancha debaixo do nariz, mas agora é tarde demais para lhe dizer isto. Seu estado desorganizado nunca deixa de alegrar minhas manhãs. É um assombro que ela tenha se tornado gerente de qualquer coisa, ainda mais da melhor firma de Arquitetura do Paraíso da cidade.

— Bom dia a todos! — ela exclama com um ar de entusiasmo espontâneo, fechando a porta ao entrar. Ninguém puxa uma cadeira para ela. A esta altura, eles já sabem que ela não se senta. — Maya! Caleb! Harry! — Ela agita os dedos enquanto percorre a sala. — Isobel.

Ela para, pousa a mão no meu ombro, e sorri para mim de um jeito afetuoso. Perambula ao redor da mesa até ter as costas junto à parede totalmente branca. A luz do sol entra por um lado dela. Lela desenrola seu Codex na mesa e enfia a camisa para dentro. Vejo que não está usando cinto e fico tentada a revirar meus olhos para ela.

— Agora, pessoal — ela diz —, a adorável Maya veio lá da Califórnia para estar aqui conosco. Vamos lhe dar o final de semana em Londres, para se acomodar, e depois ela trabalhará conosco a partir da semana que vem.

Ela faz uma pausa e olha para nós, um a um, como se esperasse algum tipo de aplauso em favor de Maya.

— Então, Maya, você já conhece o Caleb, nosso diretor. Harry, aqui, é nosso arquiteto-líder júnior, e esta é Isobel, nossa funcionária mais antiga.

Inclino a cabeça e ergo as sobrancelhas. Esta é a maneira com que ela sempre me apresenta: nossa funcionária *mais antiga*. Talvez só eu ache que essa frase confere uma lufada de inferioridade aos meus dez anos aqui na Oakley. Penso em todas as palavras que ela poderia ter usado em vez disto. *Mais experiente* serviria. Lela percebe meu olhar e isto a faz vacilar na sequência de pensamentos.

— Nossa mais antiga e melhor — acrescenta, sorrindo abertamente para mim. — Talvez até *a* melhor.

— É uma honra, Isobel — diz Maya, batendo os dedos na mesa, como que para enfatizar seu prazer. — Ouvi muito sobre você, o bastante para saber que é um patrimônio para esta companhia.

Inclino a cabeça à guisa de agradecimento, mas Maya já se virou para Lela, que está percorrendo as notas no seu Codex.

— Agora, Maya, você se incomodaria de nos contar um pouco sobre a sua formação, e como vamos trabalhar a implementação na próxima semana?

— Claro que não. — Maya levanta-se e vai até o fim da mesa. — Como tenho certeza de que vocês sabem, dirijo a Valhalla, com sede em San Diego e Mumbai. — Ela passa os dedos ao longo da borda da mesa e fala lentamente, com cuidado, dirigindo sua atenção a cada um de nós alternadamente. — Acho que conquistamos uma boa reputação com o passar dos anos!

Todos, com exceção de mim, concordam devidamente com ela, com sinais de cabeça e murmúrios de confirmação, enquanto ela pressiona os lábios e joga o cabelo loiro e comprido por cima dos ombros. A Valhalla é a principal firma de Arquitetura do Paraíso no hemisfério norte. Os neurocientistas do Instituto de Tecnologia de Massachusetts, MIT, que desenvolveram, originalmente, o conceito de Paraísos Projetados e fundaram a companhia anos atrás, mudaram-se rapidamente para o outro lado do país. Só posso imaginar que quisessem calor, sol e mulheres seminuas em biquínis, para combinar com seus bilhões.

— O principal motivo de eu estar aqui é explicar a vocês a decisão de abandonar a cláusula de autorização dupla.

Isto de novo. Pigarreio e dou o último gole no café.

— Puta que pariu — murmuro.

— Isobel! — diz Lela. Caleb flexiona o maxilar, furiosamente evitando meu olhar.

— Me desculpe, me desculpe. — Estalo a língua para mim mesma e aponto a minha camisa. — Café. — Sinto seu olhar penetrante, enquanto esfrego o lugar onde o respingo de café extraviado caiu da minha xícara no tecido imaculado. — Vá em frente, Maya.

— Claro. Então, a cláusula de autorização simples. Como, sem dúvida, vocês souberam, conseguimos obter apoio nos Estados Unidos. O projeto de lei acabou de passar pela Câmara dos Representantes e esperamos que o Senado vote a favor nos próximos meses. Poderá haver emendas adicionais, mas nosso lobista na Casa Branca está convencido de que temos uma boa chance de ele ser aprovado pelo presidente. Com alguma sorte, até o final do ano a autorização simples se tornará lei, e gostaríamos de ver o Reino Unido seguir o exemplo.

— E vamos concordar com isto, é? — pergunto, olhando para Lela.

— Acreditamos sim que seja a direção certa a seguir — ela responde secamente. Seus olhos têm uma expressão suplicante. — Se você tiver alguma preocupação, Isobel, podemos conversar a respeito...

— Sim, eu tenho preocupações! — exclamo, interrompendo-a. — Qualquer indivíduo deveria ter o direito de não ser usado no Paraíso de outra pessoa. Esta é a única maneira de o sistema funcionar moralmente. — Sinto meu pulso acelerando-se.

— Mas estamos falando apenas de lembranças, recordações — diz Maya.

— Não! Isto simplesmente não é verdade. Isto é um desserviço para o que fazemos. Crio muito mais do que lembranças para os meus clientes. — Respiro fundo, tentando controlar meu humor. — E pode me chamar de idealista, mas acredito que apenas relacionamentos realmente amorosos deveriam preencher os critérios. *Relacionamentos*, com dupla autorização. — Dou um tapa na mesa para reforçar o meu ponto.

— Tenho inúmeras lembranças aqui do meu ex-marido. — Maya dá uma batidinha na cabeça e joga os ombros para trás. Ela está com uma serenidade admirável. — Para meu azar, elas estão presas aqui. São minhas lembranças. Assim sendo, são minha propriedade. Não pertencem a ele, então por que ele teria que dar alguma opinião sobre o fato de estar no meu Paraíso?

— Sua escolha de exemplo escapa um tanto ao ponto. — Espero que ela me conteste, mas ela aguarda, estampando no rosto uma imagem de calma. — Deixe-me perguntar uma coisa: tudo bem se um homem levasse para o seu Paraíso lembranças de uma criança abusada por ele? Seria aceitável para você caso um estuprador não condenado pudesse continuar atacando-a sem parar, na mente dele, até o fim dos tempos? A lei atual existe por um motivo, Maya.

— Isobel, agora basta. — Caleb fala em tom baixo, mas autoritário. Sinto-me vacilar.

— Entendo perfeitamente o seu ponto de vista — Maya diz, inclinando o corpo para mim. Está tentando ser graciosa. — Caso você queira, podemos estender esta discussão, enquanto estou aqui.

— Ótimo.

Caleb gira a cadeira de costas para mim, para se dirigir ao restante da mesa.

— As opiniões pessoais de Isobel são um bom lembrete de que a mídia não está exatamente alinhada com a ideia de uma autorização única — diz. — Ou seja, algumas continuam totalmente contra Paraísos artificiais. Aqueles idiotas com seus cartazes reunidos diante da nossa porta ainda conseguem descolar uma primeira página.

— Pois é — Maya diz, balançando a cabeça. — Eu diria que tem sido uma campanha bem ativa no meu país levar a mídia a destacar os lados positivos da mudança. Nos Estados Unidos, muito mais do que aqui, o sentimento antiparaíso é, em geral, muito forte. Existe um baita falatório infernal sobre almas perdidas. — Sua risada é metálica, e travo meu maxilar. — Com o dinheiro que tem, a Valhalla poderia subornar qualquer um.

— Lela, precisamos verificar quem podemos acessar na mídia. Influenciar a opinião popular é fundamental — diz Caleb.

Lela contrai os lábios, pensando, enquanto olho fixo para ela.

— Tem o James, no *Mail*, e temos laços próximos com vários blogueiros.

— É, providencie uma entrevista comigo ou coisa assim. — Caleb já está seguindo em frente, percorrendo seu Codex. — Então, precisaremos de alguém que organize alguns outros encontros com Maya para a próxima semana, para discutir tudo isto mais a fundo. E estabelecer uma lista de pontos a serem discutidos de antemão. Harry?

— Eu cuido disso — digo. — Sem problemas. Sei como deve ser feito.

— Não, Harry se encarrega. — Caleb fala sem levantar os olhos. Harry olha para mim, apertando os lábios num pedido de desculpas, e rabisca uma nota no ar, registrando-a em suas lentes.

— Acho que estamos quase encerrando aqui — diz Lela, enrolando seu Codex. — Caleb, tem mais alguma coisa que você gostaria de acrescentar?

— Sim, claro. — Caleb levanta-se da cadeira e coloca as pontas dos dedos sobre a mesa, inclinando-se sobre ela. Maya sorri para ele, calmamente. — Sei que conversei sobre isto com cada um de vocês, individualmente, nas últimas semanas, mas só queria dizer que a Valhalla continua interessada na compra da empresa. Sei que isto contribui para um período instável, enquanto prosseguimos com as negociações, mas quero tranquilizar a todos que, caso a fusão se concretize de fato, nada mudará na Oakley. — Ele olha para cada um de nós por vez, e quase acredito nele.

— Nossos empregos estarão protegidos? — Harry pergunta, olhando com mais atenção para a mesa do que para Caleb.

— Sim, claro. A Oakley *é* seus arquitetos.

Tento prestar atenção no restante da reunião, mas estou irritada demais. Por fim, Maya para de falar, e o encontro é encerrado. Ela sai, ladeada por Harry e Caleb, ambos evitando olhar para mim ao deixarem a sala.

— Izzy? — Lela me chama, quando estou saindo porta afora. Está recostada na janela que vai do chão ao teto, de braços cruzados. Ela odeia confrontos, portanto seu tom só demonstra que ela me ama de verdade.

— Sim?

— Você não vai conseguir nada se continuar se comportando desse jeito, você sabe.

Viro de costas, encostando-me ao batente da porta, de modo que ele pressiona entre minhas omoplatas. Minhas mãos vão para dentro dos bolsos, e inclino a cabeça para trás.

— Me explique, Lela: o que estou querendo conseguir?

— Tenha dó, Izzy; não faça assim comigo. Estou falando como amiga, não como sua gerente.

— Eu sei e estou dizendo que sua observação é irrelevante.

— Me desculpe, não pretendia...

Analiso seu rosto abatido. A luz da metade da manhã suaviza o nariz forte e as maçãs do rosto pronunciadas, herança do pai iraniano.

— Pareço nervosa? — pergunto, sorrindo. E é claro que não estou. Não com ela, apenas com o sistema. Um sistema que começa a me assustar.

Lela sacode a cabeça e suspira, enquanto caminha em minha direção. Ela sabe o que resolverá isto.

— Um vinho depois do trabalho?

Viro-me e saio da sala, erguendo um polegar sobre o ombro. Ao pisar no saguão, ela já me alcançou. Aperta meus ombros e chia no meu ouvido.

— Ah, espere aí — digo, girando de frente para ela e pensando na minha promessa a Don. — Sinto muito, esta noite eu não posso.

Ela estica o lábio inferior.

— Mas amanhã sim.

— Tudo bem — ela diz. Pisca para mim, e eu pisco de volta.

Deixo-a no saguão e sigo pelo corredor, de volta a minha sala, acompanhando com o olhar as lajotas de mármore de Carrara. Não tenho muito tempo para socializar, para amizades, mas a presença gentil de Lela sempre me tranquiliza. No entanto, a raiva ainda ferve no meu peito. Conheço clientes o suficiente para entender as delicadezas da situação deles. Para mim, a dupla autorização é um fator decisivo. Digo comigo mesma que, se for descartada, não farei isto. Não farei mais isto.

Quando Caleb me alcança e toca meu braço na entrada da sua sala, sinto como se ele estivesse escutando meus pensamentos.

— Entre, por favor, Isobel. — Seu tom é baixo e pragmático.

Seu olhar é fixo, e percebo o pouco que me conhece porque, se conhecesse, entenderia que sou facilmente incitada a uma briga. Um bom conselho para ele seria levar as coisas de maneira mais gentil, mas Caleb não é o tipo de homem que aceita conselhos. É um desses caras perfeitos para se admirar, de pele macia, olhos castanhos leoninos e cabelo loiro-escuro. Já o vi na academia uma vez, esforçando-se no supino com grunhidos fortes, e o resultado é que é sólido, uma parede de tijolos que não deixa passar nada.

— A que devo este prazer, me pergunto, Cal? — digo, enquanto passo por ele para entrar na sala, e me sento em sua grande poltrona de couro verde. Inclino-me à frente e coloco os cotovelos em sua mesa, entrelaçando os dedos sob o queixo, em desafio. Ele bate a porta e parece que poderia gritar de fúria. Isso só serve para concentrar a raiva na minha barriga em um nó mais apertado e mais determinado.

— Que diabos você acha que está fazendo? — ele pergunta, inclinando-se para mim sobre a mesa.

— Estou dizendo a você e a ela o que penso. — Forço uma calma artificial na voz, que sei que só servirá para enfurecê-lo ainda mais. — Você me disse uma vez que valoriza minha sinceridade.

— Bom, não me lembro de ter dito isto, mas se disse, devia estar mentindo. Valorizo sua competência, Isobel, e com toda honestidade, não passa disto.

— Minha *competência*? — Estou surpresa que ele possa ser tão evasivo. — Sou a melhor arquiteta do país, e você sabe disto. — Assim que digo essas palavras, fico incomodada por ter me exposto. Deixei minhas emoções estampadas no rosto. — E por falar nisto, se você for de fato vender a Oakley para a Valhalla ou qualquer outra, eu valho bastante para você, não é?

— Caia fora da minha cadeira. — Sinto a mão dele se fechar em volta do meu cotovelo.

Raramente me sinto frágil, mas olho para baixo e vejo seu polegar e o dedo médio encontrarem-se na parte interna do meu braço. Fico parada em frente a ele, olhando as linhas fortes do seu rosto. Sua mão continua em volta do meu braço, e percebo uma breve fraqueza em sua expressão, conforme nossos corpos se aproximam. Já pensei nisso antes. Ele me *deseja*.

Aperto os lábios, enquanto reflito sobre esse homem sólido e poderoso vacilando por uma mulher pequena e leve como eu. Aposto que ele gosta de ser dominado, pisado, machucado. Sinto seus dedos soltarem o meu braço e arrumo a manga do meu paletó, puxando-a de volta para o pulso.

Cerro os dentes. Lá vai:

— Não posso apoiar uma autorização única. Se ela passar, estou fora.

Ele me encara, e só posso imaginar os pensamentos que lutam dentro da sua cabeça. Não pode se permitir me perder; a excelente reputação da clínica e (mais importante neste momento) seu valor de mercado devem-se, principalmente, a mim. A questão é o dinheiro, sempre o dinheiro. Ele sempre quer mais clientes, especificamente os ricos sem moral, homens que querem conseguir ter suas ex-esposas em seus Paraísos sem sua autorização, para poderem fazer o que quiser com elas.

Penso nas pessoas que conheci que poderiam escolher me incluir em sua pós-vida artificial, e isto faz eu me contorcer. Embora eu não fosse estar lá para vivenciar, ainda assim seria uma violação.

Caleb ainda não abriu a boca. Ele não tem para onde levar esta discussão. Estava reagindo a seu humor, como sempre, ao me arrastar para dentro da sua sala.

— Mais alguma coisa? — pergunto.

— Não vou te deixar destruir meu negócio, Isobel — ele sussurra, chegando tão perto do meu rosto que posso sentir seu hálito. Se me sentisse atraída por ele, sua força de caráter seria desejável. Ele me rodeia e senta-se em sua cadeira, recostando-se para trás e levando um pé sobre o joelho. — As coisas estão melhores do que nunca para nós. A fusão será uma coisa boa. E nós te pagamos bem, não pagamos? Não sei o que você quer mais.

Trata-se de uma mudança de tática, e percebo que prefiro quando ele está zangado a chantagista.

— Tenho o bastante para viver. — Sou arrogante, sabendo muito bem que ele não pode me pagar mais. O salário é excelente, mais do que um dia imaginei que ganharia, e ele sabe que faço este trabalho porque amo. Só tento não pensar em qual é o lucro que ele amealha no topo. — Mas não sou como você, Cal. Eu realmente me importo com o que faço. Me importo com meus clientes e suas famílias e pessoas queridas.

Ele sacode a cabeça como se entendesse, mas não acho que entenda. Não tenho certeza de que ele tenha a capacidade de entender amor. Engulo a emoção que me vem à garganta e cruzo os braços antes de continuar.

— E me pergunto o que acontecerá se formos oficialmente à guerra. Se nossas tropas deixarem de se concentrar à margem e assumirem uma posição militar ao lado de Taiwan.

Ele ri.

— Então, o negócio vai bombar!

— Ontem, eu finalizei minha primeira soldado — conto a ele, embora tenha certeza de que ele já conheça minha lista de clientes. — E ela era jovem demais, muito cheia de vida para ter de olhar para sua morte. — A umidade nos meus olhos surpreende-me, e preciso piscar.

— Jovem demais para enfrentar a morte? Está de brincadeira, Isobel? — Ele nunca abrevia meu nome. — Sei que você está acostumada a lidar com velhos e doentes, mas ela é um *soldado*. Acho que eles estão bem acostumados com a ideia de morrer.

Sei o que ele quer dizer e não consigo explicar por que isto me incomoda tanto. Penso no deslumbramento que iluminava o rosto de Clair, quando ela saiu da simulação. *Foi incrível*, ela me disse, e reconheço como culpa o sentimento estranho, encolhido atrás dos meus olhos. E se não fosse incrível? E se faltar alguma coisa no Paraíso dela, algum fator crucial que nenhum de nós jamais previu? Assim como todos os meus clientes, ela confia em mim totalmente, e eu nunca estou totalmente segura de que seja merecedora. Não vivencio o produto final. Este é o principal problema deste sistema.

— Se entrarmos em guerra, entrarmos de fato, não mais este eterno impasse, como vamos lidar? Como vamos dar conta? Ela não me pediu, mas não posso nem mesmo prometer a Clair que vamos resgatar seu corpo a tempo! — Sei que estou me exaltando, mas as palavras presas se libertam, porque muito raramente as digo em voz alta. — Inúmeras pessoas podem morrer muito longe, e será uma enorme confusão. Pessoas vão morrer e eu não sei nem como vamos garantir que nossas obrigações para com os clientes atuais serão cumpridas, muito menos com todos esses outros...

— Isobel, Isobel. — Agora, seu tom é confortador e quase crível. — Você não pode pensar assim. É possível que nunca aconteça, você sabe disto.

Balanço a cabeça, concordando.

— O que seu namorado do governo diz? — Ao fazer a pergunta, ele admite seu próprio medo.

— Ele tem viajado bastante. Diz o que você acabou de me dizer: para eu não me preocupar.

Caleb deixa seu queixo cair até o peito.

— Posso ir? — pergunto, deixando a irritação se insinuar de volta na minha voz. — Tenho um cliente que vai chegar daqui a pouco.

Não preciso consultar minhas notas para saber que é Jarek. É como se eu pudesse senti-lo se aproximando, colocando a mão na maçaneta de cobre da porta da frente e encostando seu peso nela. Sinto uma leve tontura chegando.

— Sim. — Caleb suspira. — Vá. Falaremos com Maya sobre a autorização única na semana que vem.

CAPÍTULO CINCO

O segundo encontro é quase tão importante quanto o primeiro. É quando você deixa para trás a polidez social e fica preso nas minúcias de construir um Paraíso para o cliente. Pode ser uma transição delicada de negociar.

Estou observando Jarek agora, enquanto ele se senta à minha frente. Sorte minha gravar todas as nossas sessões, porque estou tentando escutar, mas minha atenção é atraída para o seu rosto. Concentro-me em reparar na combinação de emoções enquanto ele fala, estendendo-se nos pontos altos da sua vida e em suas esperanças para seu Paraíso. Assim como a maioria dos meus pacientes, ele é cheio de contradições.

Meus dedos movem-se pelo cordão de pequenas pérolas creme ao redor do meu pescoço, que faz conjunto com os brincos de pérolas pendentes que sinto puxarem os meus lóbulos. Ali, a pele está quente ao toque. Talvez seja uma reação. Não estou acostumada a usar joias, mas quando me vesti hoje, quis me sentir tão atraente quanto profissional.

Uma sombra parece passar pelo rosto de Jarek, e quase me viro para ver se há algo bloqueando a janela. Sua testa se enruga, e ele para de falar no meio da frase.

— Está sentindo dor?

Vejo-me procurando sua mão, mas a frieza da sua pele me faz recuar.

Ele confirma com a cabeça.

— Você não tem alguma coisa, tem? Algum analgésico?

— Não, sinto muito. Aqui não — digo.

— Aqui não?

Reluto em explicar, mas vejo o tormento gravado em seu rosto, atrelado, em desespero, a meu significado pouco explícito.

— Só em casa, para uso pessoal.

— Uns bem fortes? Você precisa deles?

— Quando minha mãe estava doente, consegui alguns opioides. Não sou das mais valentes. A ideia de sentir dor e não poder fazer nada me desestabiliza.

Desestabiliza não é, propositalmente, a palavra certa. Fico apavorada, quase tanto quanto agora, com o olhar penetrante de Jarek. Censuro-me por compartilhar uma informação tão pessoal.

— Não estou licenciada para fornecer medicamento — acrescento.

Ele murmura em resposta e cruza as mãos no peito, apertando os ombros. Fico empenhada em seguir em frente e volto minha atenção novamente para minhas notas na mesinha de centro, tentando me lembrar sobre o que estávamos falando.

— Então, conversamos sobre suas primeiras ideias sobre imagens e ambientes — digo. — Outra coisa importante, que precisamos considerar desde já, são as emoções, o que entra e o que não entra. — Fico ansiosa para ouvir sua resposta. É sempre interessante descobrir o que as pessoas pensam a respeito. A sociedade tem obsessão por felicidade.

— Por onde começar? — Ele respira fundo e franze o cenho. — Depressão, por favor. Seria bom algum ressentimento e ciúmes. E talvez um traço de insegurança.

Mantenho o rosto impassível enquanto espero que ele sorria. Passam-se dois segundos até ele me dirigir um sorriso cintilante. Mas seus olhos estão desafiadores. Vejo o orgulho disparando atrás deles. Percebo que ele não vai me pedir para explicar o que quero dizer, e momentaneamente vejo-me tentada a não o fazer. Mas não sou Isobel nesta sala. Sou um arquiteta do Paraíso para um homem terminal. Preciso deixar meu ego de lado.

— Algumas pessoas acham estranho quando pergunto a respeito. — Abro as mãos e pouso-as nos joelhos. *Você não, é claro; estamos falando hipoteticamente*, diz o gesto. — Mas imagine se você não sentir nada além de felicidade o tempo todo. — Contraio os lábios e estreito os olhos para ele.

— Bom, acho que eu ficaria pra lá de feliz! — Ele dá um tapa definitivo na mesa e depois se recosta de volta no sofá. Existe algo de tentador na maneira como ele apoia o rosto na mão e me lança um olhar de lado. Me transporta para fora desta sala. Poderíamos estar em qualquer lugar.

— Mas você não ficaria, não é? Você ficaria quase entorpecido. A verdadeira felicidade só é percebida em comparação com os momentos difíceis, da mesma maneira que a luz só é enquadrada pelas sombras.

— Você quer que eu abrace a minha escuridão? — ele pergunta. — Tem certeza? — O meio sorriso não deixa seu rosto, e sinto como se ele estivesse me perguntando muito mais. Respiro fundo e o oxigênio vibra em meus pulmões.

— Quero — murmuro. — Um pouco.

Jarek torna a pousar a cabeça no sofá, como se fosse uma criança se ajeitando para ouvir uma história de ninar.

— Uma maneira de eu ajudar você a fazer isto é dando às pessoas a *lembrança* de emoções negativas — continuo. — Ela enquadra a sua experiência sem encobri-la. Você poderia selecionar uma determinada lembrança, ou escolher a *sensação* de uma emoção, que não esteja ligada a nenhuma experiência. Funciona dos dois jeitos.

— O que *você* faria?

Lá vamos nós, de novo, falar sobre mim. Não sei como ele transforma a conversa deste jeito, com tanta suavidade. Reflito sobre sua pergunta, mas não posso respondê-la. A sensação é de que novamente deixamos a sala, e estamos em algum outro lugar. É como nadar em águas desconhecidas. Olho a hora.

— Nossa sessão de hoje está chegando ao fim — digo, aliviada. — Então, pense no que acabei de dizer, e podemos discutir o assunto na próxima.

Ele assente, mas percebo que está imerso em pensamentos. Suas faces estão puxadas para dentro, aguçando a linha do maxilar. Os lábios formam um biquinho. Levanto-me, e ele me segue até a porta.

— Ligue para o escritório se houver alguma coisa que você queira discutir enquanto isso. — Eu me reprovo. Na Oakley, não distribuímos nosso tempo de graça. Todo minuto é cobrado. Mas me sinto um planeta em órbita, afastando-me dele, para o inverno. Não quero que ele vá embora. Seus olhos encontram os meus, e as pupilas estão grandes e intensas: tristes.

— Você escolheria vivenciar uma lembrança, certo? — ele pergunta, e me surpreendo por ele saber. — Alguma coisa triste?

Meus pensamentos rodopiam e desvio o olhar. É uma pergunta muito íntima, sei disso. Hesito, mas seria mais fácil simplesmente deixar as palavras saírem. Estou agarrando a maçaneta da porta, parada na fronteira da minha vida profissional. Quase não estou na minha sala. Quase não sou sua arquiteta.

— Sua mãe, certo? Você escolheria se lembrar dela morrendo?

Meus olhos voltam-se rapidamente para os dele, e ele deve perceber que está certo.

— Sinto muito, não deveria ter tocado nesse assunto. — Sua voz é suave, e ele deixa passar vários segundos em silêncio, com o olhar pousado em seus sapatos. Estão maltratados, em comparação com meus oxford recentemente engraxados. — Mas eu ainda não entendo de verdade — Jarek continua. — Por que você não escolheria se lembrar apenas dos bons tempos?

— Porque o luto é o que dá a dimensão do amor que veio antes dele.

Ainda estou me perguntando por que ele fechou os olhos, quando sinto sua mão no meu rosto. Perplexa, olho de volta para suas pálpebras, enquanto seus lábios roçam o canto da minha boca. Ele pressiona o polegar no alto da minha bochecha. Meus lábios abrem-se no silêncio, mas então ele pede desculpas baixinho, a porta se abre, e ele se vai.

*

Eu deveria querer voltar para Don assim que possível, mas decido ir para casa caminhando. É mais de uma hora, da clínica até nosso apartamento em Earls Court, um percurso agradável se o tempo estiver bom. Normalmente contorno o Hyde Park e depois atravesso as ruas residenciais atrás dele, de Knightsbridge e South Kensington. Faço muito isto no verão, especialmente em dias como esses, quando preciso clarear as ideias. Quando estou no parque, as folhas absorvem o caos das ruas fora do seu perímetro. Sempre há uma quietude aqui. A brisa desliza pelo meu rosto. O céu ainda está claro e o ar limpo, mas frio para uma noite de verão. Envolvo melhor minha echarpe de algodão ao redor do pescoço.

Quando Maya me encontra, estou vagando pela margem leste do lago Serpentine, caminhando à sombra da cafeteria, tentando não pensar na respiração de Jarek contra meu rosto.

— Isobel? — Quando me chama, ela já está a meu lado. Não me sobressalto ao ouvir meu nome, não dou um pulo. Já tinha registrado o deslocado clique de seus saltos agulha apressando-se atrás de mim. Ela parece sem fôlego. Sorrio internamente, enquanto ela passa a ponta dos dedos no suor ao lado da testa.

— Oi, Maya. Seu caminho é por aqui? — Ela não deixa de notar o ressentimento enfurecido sob minha polidez forçada.

— Bom, não, na verdade. — Seu sotaque destrincha a última palavra em três sílabas separadas. É de enlouquecer. — Você anda mesmo rápido!

Meus olhos disparam dos meus oxford para seus escarpins envernizados, e noto que é preciso saltos de sete centímetros para ela ficar da minha altura. Ela deve ser minúscula, porque não sou alta. Quero perguntar o que está fazendo aqui, mas resisto. Não suporto que ela tenha qualquer tipo de controle sobre mim, então caminhamos em silêncio por um tempo, enquanto somos ultrapassadas por mães com carrinhos de bebê e corredores pós-expediente. Busco vislumbres da cintilante água azul por entre as folhas das árvores, à nossa direita. Não estou ansiosa para ouvir o que ela tem a dizer.

— Não é bonito? — ela diz, como se nós duas fôssemos turistas aqui, vendo tudo juntas pela primeira vez.

— Espere até darmos a volta para o outro lado, quando você puder ver o lago todo.

— Escute, Izzy. Posso te chamar de Izzy? — A mão dela pega no meu braço, e não estou me sentindo suficientemente generosa para ir muito além de um encolher de ombros. Sua simpatia forçada me irrita. — Me desculpe por como as coisas transcorreram esta manhã, quando falamos sobre a autorização única. Não acho que começamos com o pé direito, e me sinto meio mal por isso.

— Tudo bem.

— Você é durona, dá para ver. E é óbvio que tem fortes convicções sobre tudo isto.

— É óbvio. — Tento, mas não consigo disfarçar a irritação na minha voz. Paro e cruzo os braços, ao me virar de frente para ela. — É sobre isto que você veio conversar comigo? Porque não quero discutir este assunto no escritório, muito menos fora dele.

— Não, não é — ela diz, olhando ao redor. Parece quase uma criança, a boca curvada para baixo numa expressão de desapontamento, e as ondas loiras balançando em volta dos ombros. — Podemos continuar andando?

— Sim, por favor. Gostaria de chegar em casa. — Agora, estamos fazendo o trajeto sozinhas, e quando ela recomeça a falar, me pergunto se estava esperando por este momento.

— Tem outra coisa que eu... nós... queríamos conversar com você.

— Nós?

— A Valhalla, a minha firma, e algumas outras partes interessadas.

— Ok. — Digo a palavra com um suspiro.

— É meio o que poderia ser chamado de uma proposta de trabalho.

— Vocês querem que eu trabalhe pra vocês? — Eu rio. — Quem estava na reunião hoje era sua irmã gêmea? Você não viu que eu sou um empecilho total? — Não chega a ser uma brincadeira.

— Não. — Ela para de andar. — O que eu vi foi que você é brilhante.

Paro e me viro para ela, erguendo as sobrancelhas. Se tivesse mais respeito por ela, consideraria aquilo um elogio.

— Segundo Caleb, logo eu estarei de fato trabalhando para vocês, caso a aquisição vá em frente.

— Eu estou dizendo trabalhar para nós diretamente, com uma competência diferente.

— Uma competência diferente?

— Tem havido alguns... incidentes. — A pausa antes de sua última palavra me dá uma sensação de medo. — Algumas pessoas para quem fizemos Paraísos, no passado, estão sob investigação federal.

Isso chama minha atenção.

— Depois de mortas?

— É — fala ela, de modo arrastado. — Estão sob investigação por coisas que poderiam ter feito enquanto vivas.

— Como o quê? Assassinato?

— Claro. E outras coisas. Fraudes, esse tipo de coisas.

— Mas essas pessoas deviam ter tido registros bem impecáveis para que a Valhalla criasse Paraísos para elas, certo? — pergunto. — Ou vocês despencaram ainda mais baixo do que eu poderia esperar?

Ela parece afastar o insulto com um aceno de mão.

— Registros impecáveis, sim, é claro, mas isto não significa que não fizeram nada errado. Em alguns desses casos, há novas provas, e os agentes federais querem que a gente ajude a reunir outras, para ajudar nas investigações.

— Puta que pariu! O FBI? — Rio com vontade, e ela me lança um olhar de advertência. Um homem vira a esquina em nossa direção, e espero que ele passe antes de continuar. — E imagino que eles queiram que você e seus neurologistas quebrem o código de ética e entreguem todos os registros?

— Já fizemos isso. Eles não encontraram o que procuravam.

Meneio a cabeça sem acreditar.

— Não sei por que estou chocada.

Maya fica calada por alguns segundos, e quase posso ouvir seus pensamentos. Está mudando de tática. Quando fala, sua voz está mais baixa, mais séria:

— Eles acham que essas pessoas fizeram coisas terríveis, Izzy. Assassinato, extorsão, tortura. Se for verdade, elas não merecem estar onde estão, merecem?

Olho para ela, e seus olhos estão arregalados. Entendo o que diz, e minha integridade profissional me avisa para cortar a conversa aqui, mas estou curiosa. Dobramos a esquina, e o Serpentine se escancara a nossa frente. Dou as costas para ela, saindo do passeio e pisando na grama, à beira d'água. Maya me segue, e seguro uma risadinha, enquanto ela oscila nos saltos que se afundam na terra. Patinadores e ciclistas dão guinadas e pulam no outro extremo do lago, uma aula de elegância.

Painéis solares flutuam na água como icebergs em miniatura, e patos movem-se de um lado a outro, nos canais entre eles.

— O FBI criaria um Inferno artificial se pudesse — digo. O franzir de sobrancelhas de Maya me diz muito. — Ah, não, não me diga que eles querem que eu...

— Não, não, não. — Ela balança delicadamente a cabeça. — Deus, não. Eles querem arrumar um jeito de entrar remotamente nos Paraísos dessas pessoas, numa interface com as lembranças em busca de pistas, interagindo com a consciência que resta.

— Ah, boa sorte nisso, porque é impossível.

— Então talvez eu tenha te avaliado mal. — Maya para de andar e cruza os braços, erguendo uma sobrancelha para mim. Dou mais alguns passos antes de me virar para ela, suspirando. Não há mais traços infantis em seu rosto. Ela tem as bochechas contraídas e ataca o que tenho de mais importante: meu orgulho profissional. — Não achei que a palavra *impossível* constasse no seu vocabulário. Você deveria vir e conhecer nossos laboratórios.

Penso por um bom tempo antes de responder, porque por uma vez quero dizer a coisa certa.

— Estou pouco me lixando para seus dilemas éticos e não tenho o mínimo interesse em ajudar vocês. Nem ao menos me sinto lisonjeada por ter me convidado. A única coisa que me importa são meus clientes. Não vou concordar com uma autorização única e, com certeza, não vou concordar com isso. Vá para casa.

Ela me olha de boca aberta.

— Você não me avaliou mal, Maya, você me subestimou. Vou fingir que esta conversa nunca aconteceu.

Eu meio que espero que ela venha se desequilibrando atrás de mim, enquanto me viro e volto para o passeio, mas eu também a havia subestimado. É inteligente o bastante para reconhecer quando perdeu uma briga.

CAPÍTULO SEIS

Ainda estou no meu escritório à meia-noite, quando ouço a porta se abrir. Estou de pernas cruzadas, aninhada em meio às almofadas de bordado *kantha* do sofá-cama, e cercada pelo algodão fino como papel da colcha de retalhos antiga da minha avó. Uma caneca vazia de chocolate quente está enfiada na fenda triangular formada pelas minhas pernas dobradas. Olho por cima do ombro e vejo a cabeça de Don surgindo à porta. Seus olhos cintilam à luz da vela sobre a mesa a meu lado, enquanto ele entra no quarto. O restante dele está na penumbra, contra as paredes azul-escuras. Estou sentada em silêncio, e ele ergue as sobrancelhas para não o interromper. Um convite. Lembro-me da nossa conversa nesta manhã e tento não suspirar.

— Sinto muito, preciso passar mais umas duas horas nisto — digo, quase cochichando, como se houvesse alguém ou alguma coisa que estamos tentando não acordar.

Ele olha de volta para mim, de braços cruzados, pelo que parece uma eternidade, antes de falar:

— Você nunca pensa que deveria passar mais tempo com pessoas de verdade e não com as lembranças de estranhos moribundos?

— Como é?

Giro o corpo para ficar de frente para ele. Depois da última discussão que tivemos sobre o meu trabalho, fico surpresa por ele voltar a tocar no assunto.

— Estou tentando impedir uma guerra no Pacífico e pareço trabalhar menos horas do que você. E para o quê? Dar a pessoas ultraprivilegiadas uma chance artificial de redenção?

— Pode parecer estúpido pra você, mas para eles é importante, e para mim também. — Tento manter a voz equilibrada. Não estou no clima para brigar.

— Esqueça a morte. A ironia é que você não tem a porra de uma *vida*, Isobel. Mal tem amigos e nunca passa um tempo comigo. Mal vê sua irmã e a família dela. Provavelmente, os filhos dela nem sabem quem é você. E o que me espanta é que você trata tudo isto como se fosse apenas uma sala de espera para algo melhor. Bom, não é. É só isto. — Ele abre a boca para continuar e depois parece mudar de ideia. Aproveitando ao máximo meu silêncio atordoado, ele sai batendo a porta.

Estremeço e esfrego a testa, encostando o queixo na maciez elástica da colcha enrolada em mim.

Há quanto tempo estamos deste jeito? Quatro anos atrás, estávamos aproveitando nossos primeiros encontros, as inaugurações dos bares mais recentes, aventuras de realidade virtual, refrigerantes e hambúrgueres em pistas de boliche antiquadas, sempre procurando superar, com nossa inventividade, a escolha do local e da atividade feita pelo outro. Eu amava a companhia dele. A gente se divertia. Não falávamos sobre trabalho. Ele era um cavalheiro. Ainda é. E tem razão. Agora, raramente vemos nossos amigos em comum, a novidade de compartilhar uma cama esfriou e, se eu for totalmente honesta, não consigo me lembrar de por que o amo. *Se é que algum dia amou*, uma voz sussurra, fria e cruel no fundo da minha mente. Acabo com a minha confusão e a lanço contra o pensamento.

Olho para a porta. Perdi a concentração e agora fico distraída com a maçaneta. Posso ver daqui que ela está parada em ângulo, e não posicionada na horizontal. Posso ignorar isto. Não tem problema. Volto para o que estava fazendo. Está atrás de mim, fora da vista, agora.

Minhas notas sobre o Paraíso de Jarek e os registros de nossas conversas estão espalhados no vidro a minha frente. Já comecei uma lista de pessoas que precisamos contatar para conseguir a autorização dupla. O nome de sua esposa dança perante mim: *Sarah Woods*. Murmuro-o para mim mesma. Jarek e Sarah. Ele contou muito pouco sobre ela, no entanto, aqui está ela, nesta lista, ainda uma parte enorme da vida dele. Sinto o roçar dos seus lábios no canto dos meus, e minha pele se eriça com algo próximo ao ciúme. Afasto a sensação.

Também vi sua ficha criminal, ou melhor, a falta dela. Ele foi declarado livre para entrar no Paraíso. Para alguns não é tão fácil. É óbvio que assassinos condenados estão automaticamente fora. Por acaso, isto é tanto política da empresa quanto lei, embora às vezes eu me pergunte se Caleb cumpriria a lei, caso não concordasse com ela. Seja como for, não acho que eu conseguiria entrar na mente de um psicopata. Eles me levariam por vielas tortuosas de lembranças, distorceriam a verdade, pediriam repetidamente para reviver as coisas mais tenebrosas. Confio na honestidade dos meus clientes. Não sei ao certo como as mentiras se converteriam no Paraíso. A própria pessoa precisaria acreditar nelas, teriam que ser uma falsa lembrança. Contudo, provavelmente haveria manifestações, caso algumas das histórias vazassem. Don ficaria horrorizado se alguma vez eu fosse idiota o bastante para lhe contar a respeito. A Arquitetura do Paraíso é ainda muito nova, e por enquanto, lembranças de atividade imoral não podem ser usadas como prova. Mas gostaria de pensar que muito em breve poderemos oferecer nossas percepções para tribunais e agentes da lei. Mas é complicado. Se necessário, ficaria feliz em dar referências de caráter, ou revelar o conteúdo de conversas particulares. Mas os Paraísos não deveriam ser abertos para inspeção, nem mesmo com um mandado. Sinto que, depois de mortos e sacramentados em sua pós-vida, meus clientes deveriam ser intocáveis.

Mas o registro de Jarek é limpo, como eu esperava. Pela sinceridade do seu rosto, eu poderia ter imaginado que ele nunca foi preso. Pode haver algumas complicações na criação do seu Paraíso por causa do seu tumor, mas sua médica é excelente. Jess resolverá isto.

O que acho mais difícil fazer na clínica é o lado criativo das coisas. Às vezes preciso estar no conforto desta sala, perto da centelha dourada de uma vela com cheiro de jasmim, para começar a juntar as peças. No início é difícil, mas depois que se começa, é um trabalho instintivo. Às vezes repasso as notas repetidamente, refletindo sobre elas. É como achar a primeira peça de um quebra-cabeça. É preciso achar algo diferenciado, algo que fique em algum lugar no meio do tabuleiro, que se junte com bastante clareza a duas ou três outras coisas. Nem sempre ele aparece de imediato.

Percorro as palavras escritas, transcritas automaticamente de nossa conversa de hoje, mais cedo. *Minhas filhas são o amor da minha vida.* Mais uma vez sinto a pontada de inveja que senti quando ele disse isso em voz alta. Como antes, deixo a sensação passar por mim, enquanto me concentro no que estou fazendo. Elas são, obviamente, o ponto por onde começar: suas duas filhas. Ele descreveu cada um dos nascimentos com muitos detalhes, o que facilitará para mim, e para sua neurologista, a construção da cena e a extração das lembranças. Fecho os olhos e me recosto para trás, desta vez escutando nossa conversa, em vez de ler as palavras.

— Nossa, elas são tão lindas! — ele diz. Até agora, posso sentir o calor do seu sorriso. O volume está baixo, para não incomodar Don. Agora, as palavras dele estão mais suaves. Vejo-me pendurada na cadência de cada uma delas. É como uma cantiga de ninar. Meus olhos ardem de cansaço, e reprimo um bocejo.

— As duas têm um cabelo incrível, cor de avelã, de um *brilho* absurdo, como se elas fossem animaizinhos da floresta ou coisa assim. A gente chamava a Helena de nosso pequeno Bambi, quando ela era bebê. — Ele faz uma pausa, ri. — Ela tinha pernas compridas para um bebê que começava a caminhar, e aqueles olhos saídos diretamente de um desenho da Disney... Ela é idêntica à minha esposa. Os mesmos olhos castanhos.

Paro a gravação. Agora que a ouvi pela segunda vez, posso notar a mudança em sua voz ainda com mais clareza. Como a alegria calorosa nela se altera subitamente. Como um corte à navalha. É muito triste, acho, que o fato de produzir crianças juntos não faça as pessoas se amarem para sempre. Deveria fazer. Deveria ser um laço de sangue que não nos amarra, mas nos une, como o laço de um presente perfeito que apenas se fortalece com o passar das gerações. Mas isto não funcionou para meus próprios pais, aparentemente não funcionou para os pais de Jarek, e também não funcionou para ele. Acho que amor não é o objetivo de nossos genes egoístas. Eu poderia ficar grávida amanhã, mas isto não me faria... Deixo o pensamento se esvair, por medo. A sala parece mais fria, e puxo a colcha ao redor dos ombros.

Estou muito distraída esta noite. Já sei que não vou conseguir fazer grande coisa. Olho para cima, pelas persianas abertas para o vidro frio e escuro, e penso na guerra. Penso em todas as pessoas que têm problemas muito maiores com que lidar do que os meus. Sempre consigo arrumar coisas para ficar brava comigo mesma, e com frequência o egoísmo vem em primeiro lugar. Desisto. Levanto-me e vou até a porta, incomodada comigo mesma. Ergo a maçaneta até ela estar novamente reta.

CAPÍTULO SETE

Acordo cedo. É algo que sempre acontece quando vou dormir tarde e tenho um sono inquieto. Meu corpo desiste bem antes da minha mente. Tomo um banho e me visto em silêncio, tentando não acordar Don. Hoje ele vai viajar de novo, mas mais tarde vou lhe mandar uma mensagem me despedindo.

Pego uma banana e saio de mansinho pela porta da frente, para o brilho do nascer do sol. Falta muito para a hora do rush, e ainda há uma paz no ar. Olho para o alto, entrevejo a hora, projetada no nebuloso céu branco-azulado, e reflito sobre o fato de que esta sempre será uma hora segura para percorrer Londres. Um ataque viria no pico da manhã ou da noite para aniquilar o maior número de pessoas.

O táxi me espera na esquina, e suas luzes internas acendem quando passo a mão pela porta e digo meu nome. Ele reconhece minha voz, e vejo a fechadura se abrir. Entro em seu casulo quente e me afundo no assento, enquanto informo meu destino.

Cochilo durante a maior parte dos vinte minutos da viagem. Quando desço do táxi nos portões do cemitério, o sol já está subindo pelo céu. Depois de me registrar, sigo pela passagem marcada por teixos novos. A grama aparada é macia sob os pés, e o caminho é suficientemente reto para que eu possa andar de olhos fechados por vários segundos, a cada vez. Prefiro escutar as árvores a olhar para elas. Hoje, a mais leve das brisas agita as folhas em sussurros que parecem velhos papéis de seda amassados. Você não iria querer ficar em silêncio aqui. O som lembra a todos que a vida segue.

Perto do final do caminho, sigo por entre as árvores à direita, e caminho ao longo da fileira de cruzinhas de madeira e colunas, até chegar ao lugar dela. Nunca noto o crescimento vertical da muda, mas hoje ela parece mais cheia. Seus ramos delgados estão cheios de folhas verdes em formato de coração. Corro a mão sobre a casca áspera, prateada, deixando as pontas dos dedos afundarem nos nós escuros no tronco que se expande. Lembro-me de plantá-la com a minha irmã, rindo e chorando juntas. Como seria de imaginar, ela não estava tão chateada quanto eu por nossa mãe não ter criado um Paraíso. Mas nunca discutimos a respeito. Nunca discutimos porque ela é o meu oposto: complacente e receptiva. *A morte é dela, Isobel. Ela sabe o que quer, e é só isto que importa.* Isto foi há seis anos. Percebo que, agora, a árvore está mais alta do que eu. A passagem do tempo parece muito cruel.

Contorno a árvore e me ajoelho em frente a ela, pressionando as palmas das mãos na grama. Agora que minha avó está frágil demais para me acompanhar, não faço o que vejo os outros fazerem. Não converso, nem deixo flores ou cuido da árvore. Só fico ali sentada durante dez minutos mais ou menos, sentindo falta dela. Isto basta.

Alguns trechos da grama estão chamuscados pelo sol. Não tem chovido muito neste verão. Aperto as lâminas murchas e secas entre os dedos, e me lembro da pele frágil da minha mãe naqueles últimos dias (e mesmo assim, ainda de um marrom-escuro). Se ela tivesse um Paraíso, eu poderia imaginá-la nele. Poderia me sentar aqui, respirando clorofila, e imaginar tudo sobre ela. Mas ela não quis um Paraíso.

Ultimamente, sinto-me mais ciente do que nunca de que minha tristeza e meu pesar decorrem do fato de que eu queria que ela tivesse um Paraíso, porque isto me faria sentir melhor. Imagino-a balançando a cabeça, nem uma concordância, nem uma negação, e rindo para mim naquela risadinha aguda dela. *Você é ainda mais egoísta do que a sua irmã, Isobel,* ela diria.

Acho que ela acreditava na vida após a morte, só não dizia isto em voz alta. Cresci pensando que ela não fosse religiosa, mas na velhice ela fez pequenos santuários para os deuses hindus, nas estantes da sala de jantar. Eu achava graciosas as imagenzinhas douradas, cercadas por velas, fatias de frutas e flores selecionadas colhidas no jardim. Em relação a elas, eu não pensava muito além disto. Às vezes, em seus últimos meses, eu pegava minha mãe rezando. Se ela me notava, separava as mãos frágeis e colocava-as sobre os lençóis. Quando eu lhe perguntava diretamente por que ela não queria que eu lhe fizesse um Paraíso, ela evitava a pergunta. *Não quero mais falar sobre essa bobagem, Beti.* Eu suspiro, como fazia naquela época, e fico em pé.

Em geral, vou direto para o trabalho no mesmo táxi, mas hoje tenho mais tempo do que o normal, então decido tomar um café na lanchonete do cemitério. Sento-me ao ar livre, em uma das mesas de madeira para piquenique, e olho para a energizante extensão de verde, deixando que as árvores despejem seu oxigênio em mim.

— Bom, isto é esquisito. — A voz chega por trás de mim, sorrateira, e, até eu me virar para ver seu rosto, não consigo localizá-la. Jarek sorri para mim. Está de mãos dadas com uma garotinha, que olha para ele, exigindo uma explicação. Aperto com mais força meu copo de papel contendo café, e o calor queima minha mão. A falta de surpresa no rosto dele me faz especular, um tanto irracionalmente, se ele sabia que me encontraria aqui.

— Helena, esta é minha amiga Isobel. Diga oi. — Ele coloca a mão nas costas da filha e empurra-a para frente.

— Oi — ela diz, brincando com sua longa trança. Seus olhos encontram os meus muito rapidamente.

— Quantos anos você tem, Helena?

— Cinco e meio.

Olho de volta para Jarek. Não sou boa com crianças.

— Ela não foi para a escola. — Ele revira os olhos enquanto se instala no banco, em frente a mim. — Está no final da catapora.

Agora que ele diz isto, posso ver as minúsculas bolhas endurecidas pontilhadas em sua testa, sob as mechas de cabelo castanho.

— Por que você não vai ver o quão alto consegue balançar? — Ele indica o pequeno playground além da beira da varanda, e ela sai correndo.

Quando ficamos sozinhos, permito-me lembrar da sensação dos lábios dele no canto da minha boca. Sinto meu rosto ruborizar.

— É estranho te ver aqui. — Hesito e por fim acabo usando a frase que ouço outras pessoas usarem aqui: — Está visitando alguém?

— Minha irmã. — A sinceridade de seu olhar me atrai para ele, numa demonstração sem palavras. — Ela amava a natureza. — Vejo seus olhos voltarem-se para o playground. — E você? — ele pergunta, tornando a olhar para mim.

— Minha mãe está enterrada aqui. De vez em quando, gosto de vir fazer uma visita antes do trabalho. Faz muito tempo que você perdeu sua irmã?

— Ah, agora faz anos. Ela morreu em um acidente de carro quando era adolescente.

— Sinto muito. Que horrível!

Noto que seus olhos são levemente caídos no canto externo. O resultado é uma expressão um tanto deprimida. Cativante, decido.

— Ainda sinto falta dela — ele acrescenta. — Gostaria que ela tivesse tido a chance de ter o que terei.

— Nem todo mundo tem a sorte de conseguir um Paraíso. Época, dinheiro, circunstâncias, tudo atrapalha.

— Mas aqui é agradável, não é?

Concordo com a cabeça. Pergunto-me por que mencionei dinheiro, e me preocupo que ele me vá perguntar mais a respeito. Um dos manifestantes em frente à clínica, um homem de meia-idade usando um casaco surrado, certa vez agarrou-me pela gola, com as duas mãos. *Se o que você faz é tão fantástico, deveria deixar todo mundo ter um Paraíso de graça.* Posso sentir, agora, o vapor da sua saliva condensando em meu rosto. Só pude gritar para ele me soltar. Naquela vez, Caleb chamou a polícia, e não voltei a ver o homem. Aquilo me deixou muito nervosa, porque a exclusividade do que fazemos é algo que sempre me dilacerou. Às vezes, consigo convencer Caleb a fazer algum trabalho pro bono para algumas das pessoas desesperadas que escrevem para nós, mas é raro. Tenho que me lembrar de que estudei muito e durante muito tempo para chegar onde estou. Foi caro. Preciso ganhar a vida. Mudo o pós-vida das pessoas que posso ajudar. Se elas quiserem.

Jarek observa a filha no balanço. Ela se inclina para frente, as pernas balançando sobre as tábuas de madeira. Acena timidamente em nossa direção.

— Ela parece animada, levando-se em conta — digo.

— Agora, para ela, o pior já passou.

Acho que ele está falando sobre a catapora. Eu me referia à situação, ao fato de o pai estar morrendo.

— O café vale a pena? — me pergunta.

Confirmo com um gesto e mordo o interior do lábio. Nunca conversei por muito tempo com um cliente, fora da clínica. Sei que Lela diria para eu me afastar de forma educada, mas me sinto grudada no lugar, como as árvores em seus túmulos.

— Estou tentando usar o dia de hoje para explicar tudo a Helena — ele diz. — À sua maneira, ela sabe que estou morrendo, e quero que saiba que estará no meu Paraíso.

Talvez, então, ele tenha entendido meu comentário. Olho de volta para a garotinha. Sua boca está fechada em uma linha, e ela contempla os pés, enquanto vai e vem no balanço. É um esforço apático, e sua tristeza é de uma evidência dolorosa. Não conheço crianças o suficiente para ter alguma sugestão.

— Acho que ela é nova demais para entender como pode estar aqui e lá, ao mesmo tempo — ele diz.

— Ela não entende que são apenas lembranças dela em seu Paraíso? — pergunto.

— Acho que expliquei tudo errado desde o começo. Acho que terei que recomeçar do zero. — Ele para, esfregando a barba aparada em seu queixo. O som é como o farfalhar de folhas. — Você precisa de uma carona de volta para a cidade?

— Não — minto. — Mas obrigada.

— É mesmo? Dirijo um Aston Martin. — Nem mesmo é uma tentativa de me convencer, porque ele sorri abertamente assim que solta a frase. — Bem que gostaria.

— Você ao menos dirige? — pergunto, erguendo as sobrancelhas.

Ele ri e sacode a cabeça.

— Claro que não! Quem dirige hoje em dia?

Não sei ao certo por que ele continua aqui e não sei o que dizer a seguir. Ficamos calados, e percebo que, sem uma risada ou um sorriso que o desmentissem, eu acreditaria em qualquer coisa que ele dissesse.

— Mas, porra, o que eu faria por um DB5 1965! — Ele fecha os olhos e apoia o queixo no punho, como se sonhasse. — Uma vez, vi um deles em uma exposição de carros vintage. Perolado, estofamento em couro creme. O velho que era dono dele me deixou entrar. Era uma das coisas mais lindas que já vi. — Seus olhos abrem-se, então, e ele me olha com uma intensidade que derruba a barreira que, sem convicção, tento colocar entre nós.

— Você tem tempo — digo. — Poderia alugar um, dar uma volta com ele.

— Você acha que eles alugariam um carro daqueles para um sujeito com carteira vencida e tumor cerebral?

Seu tom me convida a sorrir com ele.

— Bom, então, a gente ainda poderia fazer isso acontecer — me vejo dizendo. — Eu poderia pôr um em seu Paraíso.

— Jura? Uma lembrança falsa?

— É. Já fiz isto antes.

Dá para fazer. É preciso muito esforço da minha parte, e eu deveria cobrar mais por isto, mas é possível. Especialmente algo material, algo que ele tenha visto e tocado. Percebo que não quero recuar na minha proposta. Gostaria de fazer isso para ele.

— E eu poderia dirigi-lo? Pé na tábua? Do começo ao fim, velocidade máxima em uma estrada vazia?

Sorrio, incentivando.

— Existem limites para os seus poderes, Srta. Argent?

Meneio a cabeça, e ele sorri. Estende os braços e coloca as mãos sobre as minhas, de modo que ficamos envolvendo o copo de café. Parece mais. Parece um abraço.

— Mas, falando sério, agradeço por tudo que você está fazendo. Tenho muita sorte por ter te encontrado. — Sua voz soa mais baixa. Está amável, mas decidida.

— Obrigada. Fico feliz que você sinta assim. — Deslizo para trás no banco e tiro as mãos de debaixo das dele. — Sinto muito, preciso ir. Tenho uma reunião logo cedo — minto outra vez.

— Precisa mesmo ir?

— Preciso, me desculpe — digo, enquanto pego a bolsa de cima da mesa.

Ele parece decepcionado.

— Em todo caso, vejo você esta tarde?

Confirmo com a cabeça.

— Três horas.

Afasto-me da cafeteria, antes de ficar tentada a olhar para trás, para a figura de um homem terminal, sentado sozinho num banco de piquenique.

CAPÍTULO OITO

Estou exatamente a caminho do sofá quando sinto a vibração da chegada de uma chamada. Aperto o dedo no ouvido.

— Alô?

— Izzy. — É Lela, falando em sua voz seca e executiva. Isto sempre me faz sorrir. — Estou com o seu cliente, Sr. Woods, na linha.

Franzo o cenho. Era para ele estar chegando para sua sessão a qualquer minuto.

— Tudo bem, pode passar. — Olho em torno procurando meu Codex, para poder ativar a transmissão de vídeo, e nós podermos nos ver.

— Jarek? — Continuo a dar uma olhada ao redor da sala.

— Isobel, sinto muito. Não vou conseguir ir hoje. — Ele está com a voz tensa, e as palavras se embaralham. Quando ele para de falar, uma respiração forte e irregular preenche o silêncio.

— Ah? — Escuto a névoa de decepção na minha voz. — Você está bem?

— Estou bem — ele retruca, soltando as palavras como projéteis. E então, como se pudesse ver a confusão no meu rosto, sua voz se suaviza. — Só queria que você soubesse.

Corro os dedos pelas costas da minha cadeira, e então resolvo me sentar. É óbvio que esta não vai ser uma chamada longa, e também posso parar de procurar meu Codex. Fecho os olhos e visualizo o rosto dele.

— Bom, obrigada por ligar. — Paro, porque a tensão errática em sua voz me preocupa. — Tem certeza de que está tudo bem?

— Acabei de ter uma tarde inesperada, só isto.

Faz-se silêncio por um tempo, e imagino-o mordendo o lábio, pensando na melhor maneira de se desculpar não apenas por esta reunião, mas por todo o processo de criar seu Paraíso. Sou tomada pelo medo de ele não voltar, de não voltar a vê-lo, e isso me choca.

— Eu estava... Eu estava ansiosa por vê-lo de novo. — Estremeço ao dizer isto. Estou desesperada por ele, e isto deve estar óbvio. Considero por um momento se Lela monitora as linhas telefônicas. Mas isto já não importa. Meu constrangimento, meu costumeiro profissionalismo, está abafado pela percepção de que ele esteja escapando de mim ainda mais rápido do que está morrendo. Espero que ele responda pelo que parece um tempo enorme. Começo a me perguntar se ele desligou.

— As horas passam tão devagar, não é? — acaba perguntando.

Olho pela janela para as áreas vazias e me lembro dele andando pelo caminho para nossa primeira reunião. A luz do sol incidia sobre seu rosto. Hoje está nublado, e a ameaça de uma tempestade pressiona o vidro. Circulo a têmpora com meu dedo médio.

— Acho que vou ter uma dor de cabeça — digo a ele. — Então, talvez seja melhor assim. Mas vejo você na semana que vem?

— Eu não perderia isso por nada.

Meus ombros relaxam de alívio.

— Espero que seu dia melhore.

— Espero que sua dor de cabeça passe. Elas são fortes? Você costuma tê-las?

— Não, nem sempre.

— Bom, só me prometa que você vai fazer uns exames, se elas piorarem — ele diz. — É melhor prevenir do que remediar.

— É — digo, apertando os olhos e desejando não ter tocado nesse assunto. Às vezes eu sou muito sem noção.

— Obrigado por tudo que você fez até agora, Isobel — ele diz. — Você é muito especial.

Sorrio, então, meneando a cabeça.

— Não, não sou.

— Você é. Se não fosse você, eu mal poderia esperar para estar no meu Paraíso, longe da minha doença, longe da bagunça que é a minha vida. — Ele ri um pouco. — Isto é irônico, não é?

— No seu Paraíso você será intocável, Jarek. — Minha voz vacila na garganta, embargada pela emoção.

— Intocável? — Ele estende a palavra, deixando as sílabas rolarem em sua língua. Soa como se estivesse sorrindo.

— Com certeza. Prometo.

*

O dia passa rápido. Consigo evitar Maya e Caleb, e antes que me dê conta, estou esperando por Lela na rua oposta à clínica. Minha última sessão passou da hora, mas sei que ela vai estar ainda mais atrasada do que eu. Sempre está.

Olho os manifestantes. Hoje eles estão em oito, um novo recorde. O número deles foi reforçado pela chegada de uma mulherzinha rechonchuda, que segura com firmeza a mão de uma criança pequena. Ela olha na minha direção desde que me viu sair do escritório. Sinto-me relaxada demais hoje para devolver a cara feia, mas posso sentir seus olhos em mim. Faria mais sentido esperar por Lela ao virar a esquina, mas estou intrigada com o espetáculo. Gosto de ver as pessoas que passam olhar para a clínica, confusas, tentando imaginar o motivo de toda essa agitação. Algumas enfiam os folhetos nos bolsos ou nas bolsas delas, mas fica claro para qualquer um que elas não vão lê-los. Eu me pergunto o que faz esses manifestantes aparecerem todos os dias. Parece um grande desperdício de vida.

Tiro o paletó e saio da sombra do limoeiro, fechando os olhos contra a névoa do cair da noite. Ouço as portas da clínica deslizarem e abro os olhos para ver Lela se espremendo em meio ao pessoal. Ela dispara pela rua por uma brecha no trânsito, olhando com dureza para mim, o tempo todo.

— Você não poderia ter esperado na esquina? — pergunta, ao pisar na calçada a meu lado.

Assimilo sua beleza desordenada, enquanto ela passa batom com uma das mãos e segura a bolsa com a outra. A bolsa está aberta, e quando ela tenta me dar um abraço, a maquiagem cai a meus pés. Cato-a para ela, em vez de abrir os braços. Enfio tudo de volta na bolsa, puxando os cordões com firmeza, enquanto ela acaba de passar batom.

— Vamos? — pergunto.

Ela concorda e solta o cabelo preto, enfiando o elástico colorido no pulso, onde ele se junta a várias outras tiras de cabelo.

— Sobre a reunião de ontem — começo, tocando em seu braço.

— Esqueça — ela diz abruptamente, sem olhar para mim. — Hoje é sexta-feira. Tive que conversar com aquela maldita mulher o dia todo e estou tão enjoada dela quanto você. King's Arm ou Chalet?

— Tanto faz.

— Bom, para mim, não tem dúvida. É o tipo de dia para fondue! — Lela ri e joga a bolsa no ombro, para poder me dar o braço.

— Então, Chalet.

Caminhamos em silêncio até o fim da rua Wimpole, enquanto os carros passam. É uma bela noite de verão, e as casas geminadas eduardianas brilham à luz dourada. Dobramos a esquina e atravessamos a rua para o Chalet. Lela abre a porta rústica de madeira e me empurra para dentro, antes dela, cochichando sobre meu ombro ao fazer isto.

— Então, estou sem meu crachá de gerente! Quem é aquele seu novo cliente bonitão?

Olho para ela e reviro os olhos.

Lá dentro já está cheio, e achamos duas banquetas de bar no fundo do salão principal. O ar está carregado com o cheiro de queijo derretido e álcool evaporado.

— Vamos ficar bêbadas já, já — brinco.

— Vamos pedir agora? — Lela pergunta.

Ela sabe que eu preferiria beber o vinho, mas tem razão; eu deveria comer, e Don não está em casa para cozinhar alguma coisa para mim, embora eu sempre ache embalagens de comida no freezer, etiquetadas com os ingredientes e a data, assinadas com um beijo.

— Claro. Vamos dividir um?

Ela concorda e chama a atenção de um garçom que passa, pedindo um fondue e uma garrafa do nosso vinho branco preferido, que aparece rapidamente.

— Como vai o Don?

Dou de ombros.

— Você sabe, cá e lá. Ele trabalha muito.

— Quase tanto quanto você, eu diria! — Lela sorri. Até ela reconhece que o que ele faz é mais importante, se houver uma escala.

Olho para a mesa e me pergunto quando isto se tornou uma competição.

— Está tudo bem com vocês dois?

— É, está. — Meus olhos percorrem o bar, vasculhando cada canto, menos os olhos investigativos de Lela. — Só que a gente não faz mais nada junto. Ele não se mete no meu trabalho, e eu não me meto no dele.

Não tenho certeza de que deveria ser assim. Seja como for, como vai seu simpático marido?

Lela hesita e estreita os olhos para mim, antes de responder. Acho que está decidindo se me pressiona mais.

— Ah, ele está bem — acaba dizendo. — Mas ficando impaciente por filhos!

— Você ainda não está a fim?

— Só não consigo ter o entusiasmo, Izzy. E do jeito que o mundo está neste momento... — Lela brinca com o lóbulo da orelha, apertando-o e rolando-o entre os dedos.

Ela não precisa dizer mais nada. Sei o que quer dizer porque já falamos sobre isso antes, quando a guerra fria contra a China começou a esquentar no começo do ano. Ela está assustada demais para trazer uma criança ao mundo, numa época tão incerta da história. É possível que nossa preocupação seja prematura, mas tenho certeza de que não somos as únicas. Por enquanto, as coisas vão bem, talvez, mas a tensão está crescendo. Posso ver isto nos rostos das pessoas na rua. Posso sentir ricocheteando por uma multidão, sempre que há um barulho alto inesperado, ou uma sirene.

— Então...? — Lela batuca as unhas na mesa. Ela não quer que nosso papo se afogue em melancolia. — Seu cliente?

— Lela! E quanto à confidencialidade do cliente?

— Não estou pedindo detalhes — ela diz. Sempre muito indignada. — Só quero que você reconheça que ele é o cliente mais sexy que você já teve!

Rio e levo a taça de vinho aos lábios, sorvendo-o, e guiando a pungência do álcool para o fundo da minha língua.

— Ele é um gato, reconheço.

Lela percebe que não vai conseguir me fazer avançar no assunto, e seu sorriso divertido se desmancha.

— Tivemos alguns mais jovens recentemente, não tivemos?

Confirmo com a cabeça.

— É triste. Acho difícil acreditar que ainda existem coisas que não podemos curar.

— É, é duro.

Penso em como Jarek faz piadas sobre morrer, e como elas só servem para realçar a evidência de sua própria descrença com o que está acontecendo com ele. Clientes mais velhos são muito mais receptivos, mais gratos em relação ao que posso conseguir para eles. E é muito mais simples criar seus Paraísos. Em geral, eles só querem a realidade de suas vidas, como elas são. Talvez estejam velhos o bastante para aceitar as circunstâncias boas e ruins, tenham vivido o suficiente para ver que a vida é definida por seus contrastes, não apenas pelos momentos felizes.

A meia-luz da noite de verão se transforma em noite enquanto fofocamos e bebemos até estarmos agindo feito tolas. Sempre é preciso várias taças de vinho até eu sentir diminuir a tensão que tanto me define. A eficiência se vai, e caímos na risada por causa da vela em nossa mesa. Deixo de me preocupar que minha camisa esteja ficando salpicada de respingos de vinho e manchas de gordura. Estamos na metade da nossa terceira garrafa quando Lela cai, voltando da toalete. Decidimos que é hora de ir para casa. Chamamos táxis, antes de sairmos tropeçando para a rua, abrindo caminho em meio à fila de pessoas barulhentas que ainda esperam para entrar.

— Ele *tem* alguma coisa, sabe? — ouço-me dizendo.

— Quem? — Lela faz uma careta, confusa, e seus olhos desaparecem nas órbitas.

— Meu cliente, Jarek.

— Ah, eu sei. Eu te vi levando-o até a porta. Vi como você olha pra ele.

Minhas faces já estão quentes por causa do vinho e do calor do restaurante cheio, mas sinto uma nova febre espalhar-se pelo meu rosto. Lela é perceptiva, perigosamente perceptiva. Quando nossos táxis chegam, lembro-me que deixei meu paletó sobre a cadeira lá dentro.

— Meu paletó! — grito para Lela, já entrando de volta.

Ao voltar, alguns momentos depois, ela já se foi. Entro no táxi sentindo-me só e bêbada. Minhas emoções estão amplificadas no momento, e tento contê-las, lutando com a dopamina correndo pelo meu crânio. Inclino-me à frente para dar meu endereço ao painel, antes de me afundar de volta nos assentos que imitam couro. Assim que me permito relaxar, Jarek está em cada partícula de ar neste espaço escuro. Luto para encher meus pulmões com o oxigênio necessário para afastá-lo. Sei que consigo respirar, mas estou aprendendo a inalar um novo tipo de substância. Estou me asfixiando em algo bem maravilhoso.

Fecho os olhos e me entrego a isso, a ele. Pego minhas lembranças de nossas duas reuniões, do tempo no cemitério e da breve conversa de hoje, e afago minha imaginação sobre elas, esculpindo-as em uma fantasia. Passo os dedos pelo cabelo dele, o polegar ao longo do seu queixo. Ele cresce sobre mim e me puxa contra ele. Giro a aliança em seu dedo, e ela cai no chão.

*

Meus olhos pestanejam para abrir, as células da minha retina querendo agarrar alguma coisa, qualquer coisa, na escuridão. O mostrador no alto da minha visão diz que são três da manhã.

Volto a sentir aquilo, a leve agitação na minha jugular, que me acordou. É uma mensagem urgente. Algo está errado. E, normalmente, isto significa que alguém morreu.

Saio de debaixo dos lençóis, arrumando-os sob os braços e afofando os travesseiros às minhas costas. Olho para o lugar vazio a meu lado, e aliso as dobras do travesseiro. Sinto uma espécie de alívio por Don não precisar me ver assim. Ele detesta quando bebo demais.

Pisco no escuro, me preparando. Minha cabeça lateja, mas ainda estou um pouco bêbada. A náusea que espero não vem. Recosto-me na cabeceira e respiro fundo umas duas vezes. O preparo é tudo. Desenrolo meu Codex, e lá está a mensagem: Jarek.

Tem uma parte minha, ainda cochilando, que não fica minimamente surpresa com o aperto do meu peito. Meus dedos do pé se espremem uns contra os outros, e a cãibra se espalha por mim. Cutuca o meu coração, onde tão poucos dos meus clientes chegam. Ele não pode estar morto. Não, não, não. Ainda não. Então percebo que a mensagem é *dele*, não *sobre* ele.

As duas palavras gritam para mim, cintilando com risada:

Você está acordada!

Não é uma pergunta. Claro que não, porque ele está ciente que ao sinalizar sua mensagem como urgente, ela me acordou. Uma paixão intensificada agita-se na minha barriga enquanto falo, as palavras surgindo como texto silencioso na tela. Minha voz raspa na garganta.

Pensei que alguém tivesse morrido.
Me desculpe...

A elipse reluz por alguns segundos. Sei, antes que o resto da frase apareça, que esta é sua tentativa de *timing* cômico.

... ainda não!

Vejo-me correndo a ponta de um dedo sobre as palavras na tela, sentindo-a ceder como pele com a pressão do meu toque. Afundo-me novamente entre os lençóis, esperando. Esperando pelo motivo de um cliente escrever para sua arquiteta no meio da noite.

Quero te perguntar uma coisa... Preciso saber como é o seu Paraíso.

Eu deveria recusar. Deveria largar meu Codex e voltar a dormir. Mas "preciso" é uma palavra difícil de ignorar. Ela pulsa na minha frente, cintilando com força. Oferecendo uma transferência de poder.

Minha vida é muito simples. Eu me levanto, tomo café, uso quase a mesma roupa todos os dias: um terninho folgado, com uma camisa branca engomada, enfiada na cintura da calça. Talvez uma camiseta por baixo, se estiver frio lá fora. Roupa de baixo combinando, é óbvio. Sapato sem salto ou salto baixo. Protetor labial colorido, bronzeador, sombra no olho, delineador e rímel. Vou trabalhar. Crio coisas para as pessoas, coisas significativas, coisas confortantes. Pelo menos espero que sim. Converso com elas a respeito. Faço anotações, atualizo meu chefe, compareço a reuniões ocasionais. Volto para casa. Vou para a cama com meu namorado. Falo com a minha irmã pelo telefone uma vez por semana. Nos finais de semana, trabalho, limpo o apartamento, ouço música, de vez em quando encontro amigos. Minha vida é organizada e, no entanto, apesar da minha meticulosidade, ela permanece deselegante. Não preciso começar uma batalha; já me sinto como se, o tempo todo, estivesse numa guerra constante comigo mesma.

Por favor, preciso saber.
Não seria certo.

Tenho sorte de ele não poder ouvir o tom da minha voz. Mal convenço a mim mesma.

Tenho todas essas ideias, mas estou patinando. Ajudaria se eu pudesse ver como é o Paraíso de alguém.
Isto é normal. Estou aqui para ajudar. Nas nossas sessões.

Quase invoco a força de vontade para enrolar e fechar meu Codex, mas suas próximas palavras aparecem quase imediatamente:

Não acho que tenho muito tempo.

— Mas o meu Paraíso não está pronto. Ainda o estou criando — cochicho. Enquanto vejo as palavras surgirem, sei que esta é uma desculpa fraca. Eu deveria dizer a ele que não é adequado um arquiteto compartilhar tais detalhes com seu cliente. Mas quem sou eu para lhe negar isso? Digo a mim mesma que Jarek é um homem que está morrendo, um homem que precisa de mim. Agora, ele é minha responsabilidade. Empurro o Codex para debaixo dos lençóis comigo e cochicho.

CAPÍTULO NOVE

Passam-se três dias até que eu o veja novamente, e eles se arrastam. Tenho mais pesadelos. Aviões, drones e soldados indistintos pisoteiam minha mente adormecida. Às vezes, Don não volta para casa, e acordo suando, procurando-o, antes de me lembrar de que estou presa em uma bolha de minha própria turbulência. Estou me apaixonando por um homem que mal conheço, um cliente casado, e mesmo assim sinto que preciso da segurança de Don. Existe uma ligação residual que não esmorece. Preocupo-me com ele. Preocupo-me com o que vai acontecer com a gente. E então, a preocupação se dispersa em um céu de estrelas, sob o qual estou enroscada nos membros de Jarek como um quebra-cabeça.

Jarek esteve com a neurologista. Os primeiros neurônios de suas lembranças foram transferidos para um computador; a integridade de sua mente foi checada. O processo é tão objetivo que é fácil esquecer que ele está morrendo. Ele estará morto. Seu corpo deteriorará, e ele estará para sempre em um Paraíso que nem ao menos sabe o meu nome. Não posso pensar nessas coisas sem pressionar as unhas contra a boca.

Agora, espero por ele, agarrada ao sofá. Estou despedaçada e sinto como se isto fosse visível em todos os aspectos da minha aparência. Sei que pareço exausta. Tenho olheiras, mas passei um batom levemente rosa. Vesti um corpete de renda esta manhã, mas depois disse comigo mesma que estava ficando louca, e pus um velho terninho batido, que, além disto, está grande demais para a minha estrutura, mas calcei saltos altos, em vez de meus sapatos baixos. Enquanto espero, com o nome dele vindo repetidamente (insistentemente) à ponta da língua, minhas mãos vão da beirada do assento para o meu cabelo, soltando-o, até que mudo de ideia e o recolho de novo na nuca.

Só consigo pensar que contei a ele sobre o meu Paraíso. Mas quando ele entra, as palavras saem com mais facilidade do que eu esperava.

— Oi, como vai você?

— Estou cansado.

Não preciso que ele me conte isso. Fica evidente assim que olho para ele. Talvez "exausto" seja mais próximo da verdade. Até o costumeiro calor do seu sorriso vacila perante o sol que entra na minha sala.

— Mas você está linda como sempre. — Ele diz isto com lentidão suficiente para que eu acredite. Não abaixa os olhos, e sou eu quem precisa desviar o olhar.

— As sessões com a Dra. Sorbonne correram bem — ele continua, enquanto luto contra o rubor no meu rosto. — Pelo menos acho que sim.

— Ela me garantiu que sim.

— Ela disse que o carro, o DB5, está surgindo muito bem.

— Sim, sim, andei trabalhando nisso hoje. Acho que está mesmo muito bom.

Conversamos, e é como se a minha parcela, que um dia entrará em meu próprio Paraíso, esteja flutuando acima de mim, olhando para nós. Estamos sentados a apenas poucos centímetros de distância, e nossas cabeças estão inclinadas uma para o outra. Nossos joelhos quase se tocam. Remexo-me com tanta frequência que as barbatanas do meu corpete afundam nas minhas costelas. Num minuto, não consigo suportar olhar nos olhos dele, e segundos depois, não consigo me forçar a desviar os olhos.

Verificamos mais detalhes sobre o que ele quer, o aspecto que deseja para seu Paraíso. Ele quer todas as estações, o trepa-trepa em que brincava com seus irmãos quando criança, a lembrança da mãe lavando-o na pia, limpando suas marcas de cascalho e terra. Quer se lembrar da primeira vez em que fez amor com uma garota, embora já não saiba quem era, e então ela será uma figura anônima, impossível de conceder autorização a suas lembranças. Mas ele sentirá o calor do seu corpo, o nervosismo e a euforia. Ouvirá a risadinha nervosa depois. Quer jogar rúgbi com seus melhores amigos (digo a ele que posso conseguir a autorização deles nesta semana) e comer o filé incomparável que comeu uma vez, em um pequeno restaurante em Florença, e furtar outro gole da cidra morna que seu avô costumava fermentar no porão. Quer se lembrar de brincar com a irmã na infância, entre os pinheiros nos fundos da casa da família, antes que seus pais os mandassem para internatos separados, antes do acidente. Quer reviver a grande vitória na mesa de 21, em Las Vegas, e se lembrar da noite em que tomou ácido com um estranho na Argentina. Quer, é claro, sentir o amor daqueles à sua volta, enquanto dançava a primeira dança em seu casamento, e assistir ao nascimento de cada uma das filhas. Ele reflete sobre os casos de amor fracassados da sua juventude. De certo modo, o ciúme que sinto é sufocado por sua honestidade. Uma garota entra sem sombra de dúvida, e depois torna a sair, e seus arrependimentos aumentam, mas ele me diz que vai pensar a respeito e me pôr a par.

— Seja como for, vou entrar em contato com ela — digo. — Tenho certeza de que ela vai se sentir lisonjeada.

Minha garganta está seca, e percebo que tomei um copo inteiro de água em alguns minutos. De vez em quando, ele cerra o maxilar e seus olhos endurecem. Percebo que sente dor.

— Está doendo? — pergunto, na terceira vez em que o vejo estremecer.

— Ninguém disse que morrer era fácil — ele retruca, seus olhos brilhando na seriedade fingida.

— Não, mas é bem mais fácil do que costumava ser.

— É, eu sei. — Sua expressão se fecha e a voz suaviza. — Mas estou ficando cansado disto. Estou pronto para ir. Estou pronto para dar o fora daqui.

E então quero sacudi-lo. Tornei-me egoísta, dando-me conta de que nunca me senti tão viva quanto me sinto aqui sentada, com ele, na minha sala.

— Você tem que aproveitar ao máximo este tempo, Jarek.

Posso ouvir meu tom sugerindo mais do que está sendo dito. Estou tentando dizer-lhe para jogar a prudência às favas. Estou chamando-o para mim. Estou louca. Eu realmente endoidei, acho.

— Isobel?

— Pode me chamar de Izzy, Izz.

— Você disse que a atemporalidade do Paraíso faria com que eu me sentisse livre.

— É, eu disse. Fará — digo, e vejo que sua mão está pousada na minha coxa, acima do joelho. Ele realmente fez isto? Como colocou a mão ali, sem que eu notasse? Tensiono o músculo de modo a não tremer. Por um minuto ou coisa assim, há paz na sala. E eu estou dizendo paz, não silêncio. É uma falta de barulho tranquila, que consome a necessidade de Jarek fazer piadas e absorve meu terror. Deixa apenas uma suave corrente pulsando entre nós, que também poderia ser apenas o sangue correndo no meu canal auditivo.

— Como você sabe?

— Como eu sei? Sei porque faria, certo? A passagem do tempo é a raiz de todas as nossas ansiedades. Detestamos envelhecer; nos esfalfamos, tentando resolver tudo. Tentamos controlar o futuro nos aperfeiçoando. Se pudéssemos apenas viver o momento, total e completamente... Isto não seria a felicidade perfeita?

Ele fica calado por um tempo.

— Andei pensando... — Posso ver seu maxilar trabalhando, enquanto ele mordisca o interior da bochecha. — Não quero minha esposa no meu Paraíso.

— Não? — Tento manter a voz equilibrada, enquanto meu cérebro se turva de perguntas. Sinto sua voz, como por osmose, pela minha pele, mas ele ainda é meu cliente. Eu ainda sou sua arquiteta.

— Não, não quero.

Tento mentalmente me afastar dele. Trago a arquiteta em mim de volta para o primeiro plano e deixo Isobel deslizar, aos protestos, para o fundo dos meus pensamentos. Existem muitas pessoas que só querem que as lembranças mais felizes de seus entes queridos apareçam para elas depois que morrem. Mas isto é uma censura completa. Seria difícil separar essas lembranças, apagar a esposa das outras recordações dele. Penso em Don e na maneira como ele olha para mim. Por mais improvável que seja, sei que se ele decidisse ter um Paraíso, iria me querer lá. E me pergunto, não pela primeira vez, se eu iria permitir.

— Posso perguntar por quê? — Mal passa de um sussurro.

— Por que você acha? — Seu tom me desafia, e não consigo suportá-lo. Um peso de responsabilidade cai sobre os meus ombros, prendendo-me ao sofá. É por isto que não se cria muita intimidade com os clientes.

Sinto um pânico desconcertante subir como bílis no meu peito e olho para o relógio. Nunca terminei uma sessão antes da hora. Não posso fazer isso com essa. Posso? Esforço-me para manter os lábios juntos. Imagino que pareça um peixinho dourado, arfando por ar, e cambaleio de volta para a caricatura que acabei de criar.

— Sinto muito, Jarek, acabei de perceber que tenho um compromisso. Vou reagendar você em poucos dias.

Pulo as palavras como se elas fossem pedras de apoio em um rio, elevando-se acima da corrente. Pego a bolsa atrás da porta e jogo-a sobre o ombro, enquanto gesticulo para ele sair da sala. Ele não deixou o sofá, mas virou-se para me encarar num tipo de perplexidade divertida. Ruborizo de constrangimento e me vejo caminhando pelo corredor. Fora. Longe. Trata-se de uma versão intensificada da sensação que tenho com frequência depois de um longo dia no escritório. A necessidade de estar só, longe de qualquer outra voz humana no mundo. Quando estou assim, não posso nem ler um livro, ou escutar música. Abrange tudo, e engole minha sanidade até suas profundezas.

Torno a escutar minha mãe, recusando-se a me deixar criar um Paraíso para ela, sua voz rouca raspando meu coração. Ouço o desespero crítico de Don, impedindo-me um sentimento de realização. Eles sempre julgaram o que faço. Nunca fui boa o bastante. O que faço é benévolo? É humano? Houve época em que só vivíamos e morríamos, e agora todas essas pessoas estão se ajoelhando a meus pés, esperando mais, esperando tudo. Posso vê-las: Jarek, Clair, todos os inúmeros e inúmeros clientes que tive ao longo dos anos.

Saio pelas portas do prédio e estou na rua, andando em uma direção que nunca tomei. Minha calça bate na pele sensível sob a tatuagem, colando nas crostas das feridas. O mundo a minha volta fica enevoado em uma meditação irracional, enquanto só ouço o pisar dos meus pés na calçada. Imagino as plumas das asas do meu anjo criando uma crosta e se adensando em cicatrizes pretas e feias, que se enrolam pela minha perna como minhocas, buscando um lugar onde se enfiar. O vento fustiga meu rosto e meu cabelo se solta. Deixo-o voar contra o meu rosto e grudar na umidade dos meus olhos, quase querendo que eu pudesse não perceber um ponto irregular na calçada e tropeçar, caindo, me interrompendo por um tipo autoimposto de violência, antes que eu tenha a chance de fazer qualquer coisa mais estúpida.

E então, na esquina, algo realmente me faz parar. Uma vibração do meu chip, uma luz piscando na minha visão, e uma voz calma falando diretamente no meu canal auditivo.

— Isto é um treinamento — a mulher diz. — Por favor, dirija-se imediatamente a seu abrigo mais próximo.

Ela repete o aviso, enquanto ainda estou tentando processar o que está acontecendo. Surgem flechas na minha visão, dirigindo-me de volta no sentido da clínica. Temos um quarto seguro no porão. Lela estará olhando em volta, imaginando onde estou, mordiscando a pele ao redor das unhas.

— Isto é um treinamento — a voz repete.

Se fosse algo verdadeiro, eles diriam para a gente? Se drones estivessem infestando os céus neste momento, eles iriam querer que gritássemos e nos dispersássemos? Ou iriam nos querer caminhando calmamente e em silêncio em direção ao abrigo? Estou paralisada no lugar, por algo que não é bem medo ou vulnerabilidade. É um ataque súbito de desesperança que rasteja sobre mim.

E então, antes que eu possa desmoronar como uma trouxa, Jarek está ali, agarrando minha mão e me girando para ele. Por um breve momento, fico apavorada.

— Sinto muito, não pude evitar. — Suas palavras chegam até mim lentamente, como se fossem transmitidas pela água. — Não consigo parar de pensar em você.

Por um segundo, sei que eu poderia perder tudo. Mas então, ele me beija e o pensamento silencia, enquanto a pressão dos seus lábios parece estourar meus tímpanos. Minha compreensão do meu mundo perfeitamente estruturado escorrega e se estilhaça.

CAPÍTULO DEZ

Descemos a escada para o porão da clínica. Só quando estendo a mão para o trinco da porta é que percebo que estávamos de mãos dadas durante todo o caminho. Sinto um arrepio na palma da mão por causa da frieza do metal, e olho para ele atrás de mim, enquanto entramos na sala. Suas faces estão afogueadas pela corrida, ou talvez pelo beijo, e quando volto minha atenção para aqueles que nos esperam, é como se nossa intimidade estivesse escrita com sangue em nossos rostos.

— Izzy, aqui está você! — Percebo que Lela está forçando um sorriso abatido, em meio a sua preocupação. Ela não esconde suas inquietações tão bem quanto eu. — Chá?

— Sim... sim, por favor.

— E para o senhor, Sr. Woods?

— Por favor.

— Sinto muito por isto aqui — ela diz, enquanto se vira para o aparelho. — Ainda não decoramos aqui embaixo. Está na minha lista.

— Está ótimo. — Com um gesto de mão, Jarek dispensa seu pedido de desculpas. — Está... familiar.

Todos nós rimos, porque é óbvio que se trata de uma brincadeira. Uma bem evidente, mas quebra o clima estranho. Caleb está sentado na única cadeira do cômodo, conversando com Harry, que se acha apoiado à parede, as mãos nos bolsos. Maya está sentada no chão, no canto, as pernas com meias de nylon estendidas à frente, conversando com um casal mais velho, que me parece ser cliente de Harry. Tento não deixar meu olhar pousado nela por tempo demais. Não voltamos a nos falar desde que ela me seguiu na minha volta para casa, e não tenho vontade de continuar a conversa. Quando desvio o olhar, sinto seus olhos passarem por mim.

O cômodo não é minúsculo, acomodaria um número cinco vezes maior de pessoas, mas é desconfortável. Não tem luz natural, apenas um brilho, vindo de um par de luminárias de chão, de cobre, colocadas em cantos opostos como boxeadores em um ringue. As paredes são simples gesso cinza, e as velhas lajotas rachadas de cerâmica no chão estão por varrer. Perscruto a área ao redor dos meus pés e percebo, com repugnância, que não é apenas pó, mas sujeira. Sinto meus dedos dos pés se encolherem dentro dos sapatos. O cheiro é de coisa seca e sem vida. Lembra-me a garagem sem uso da minha avó, onde eu e minha melhor amiga costumávamos nos esconder por horas a fio, até nossas vozes ficarem roucas do ar seco e granuloso. Só tivemos que nos reunir aqui uma vez, e na ocasião não parecera tão ruim. Eu me pergunto como pôde ficar tão sujo nesse meio tempo.

Lela empurra as canecas de chá para mim e Jarek, e nós dois estendemos o braço na mesma hora. Sinto o braço dele se mover junto ao meu e tenho que engolir o nervosismo que fervilha em meu peito. Lela está olhando para mim. Pisco e desvio o olhar, mas ainda posso sentir seus olhos em mim, e me pergunto como ela pode ter alguma ideia do que aconteceu.

Caleb levanta-se e oferece a cadeira a Jarek.

— Por favor, sente-se, Sr. Woods.

Vejo Jarek recusar e levar a cadeira para o casal no canto. Ele se curva para colocar a cadeira para a senhora, e seu corpo eclipsa a luminária.

Um halo de luz contorna sua silhueta imprecisa, suavizando os ângulos dos ombros e a saliência estranha do quadril. Os olhos de Caleb acompanham-no, tomando nota da recusa.

— Sério, peço desculpas pelo transtorno — Caleb continua em seu tom mais encantador, projetando a voz pela sala, agora de maneira mais alta do que o necessário, considerando o espaço. — Tenho certeza de que logo sairemos daqui. — Ele joga os ombros para trás, bate nas costas de Jarek, e fico constrangida por todos nós. Sente-se ameaçado por ele, em um espaço tão limitado, imagino. Um cliente jovem e bonito, com dinheiro suficiente para me contratar como sua arquiteta do Paraíso. Não, Caleb não gostaria nem um pouco disso. Nem passaria pela sua cabeça incluir na equação o fato de Jarek estar morrendo.

— Não tem problema — Jarek replica, sentando-se com as costas apoiadas na parede. Nem mesmo espana antes o pedaço de chão, e luto contra a vontade de movê-lo, de limpar o chão com a mão, e limpar sua calça. Mordisco a unha do polegar e penso nisto. Percebo que ele está olhando para mim e sorrindo de um jeito que não consigo decifrar. Poderia ser divertimento, mas sinto como se ele tivesse acabado de olhar bem dentro da minha cabeça, e visto meus pensamentos. Não consigo sorrir de volta, mas me atrevo a olhar por mais tempo no verde dos seus olhos. Eu deveria me sentir poderosa, em pé acima dele, mas me sinto minúscula. Ele leva a caneca à boca e sacode a cabeça ao desviar os olhos.

Bebo meu chá e sinto os olhos de Lela se alternando entre nós, os lábios contraídos. Fecho os olhos, mas imagino drones e bombardeiros enchendo os céus acima do escritório, então volto a abri-los e começo a andar de um lado a outro no meu lado da porta. Acho que vejo Caleb tensionar seu maxilar.

— Então, Jarek, soube que suas sessões com Isobel estão indo bem? — Lela pergunta.

Olho fixo para ela, mas, de repente, ela não quer olhar para mim.

Jarek meneia a cabeça algumas vezes, e ergue as sobrancelhas no que parece ser uma aprovação. Por um momento, penso que esta é a única resposta que ela vai conseguir, mas então ele abre a boca:

— Ela é incrível — diz. — Ainda melhor do que eu esperava.

Sinto o sangue afluir para o meu rosto, e encosto o queixo no peito.

— Está bem claustrofóbico aqui, não está? — digo, passando os dedos pela beirada da porta fechada, contando as ranhuras e imperfeições da madeira.

— Poderia ser melhor — Harry diz, e agradeço a ele em silêncio, por me ajudar a mudar de assunto. No canto, Maya e o casal continuam a falar em tom baixo. O restante de nós fica quieto por algum tempo.

— Este é o segundo treinamento este ano — Harry continua. — Isto não pode ser boa coisa. — Seus braços estão cruzados, e ele não está falando com nenhum de nós em particular.

— Acho que eles só querem ter certeza de que estamos... — Seguros? Preparados? Protegidos? Luto para encontrar a palavra certa, e Lela, Harry e Caleb olham para mim, alertas, porque sabem quem é Don, e o que ele faz. Eles sempre pensam que sei mais do que sei, que é quase nada. O que quer que eu diga agora fará soar como se a coisas tivessem se intensificado, como se uma guerra travada do outro lado do mundo não fosse tão longe assim. — Tenho certeza de que eles só querem estar preparados para qualquer eventualidade. — Soa como algo que Don diria e, quando penso nele, dando uma olhada em Jarek, me surpreendo por não sentir nem uma pontada de culpa.

— Isto me assusta — Lela diz. — Sinto como se agora as coisas estivessem chegando perto. Poderia até ter drones lá fora neste momento, verificando nossas casas, escolas, nossos hospitais... — Sua voz oscila e gostaria de lhe dar um abraço, mas ainda me sinto envolvida no perfume de Jarek, como se nosso beijo fosse visível na minha pele, caso alguém olhasse suficientemente perto.

— Não. — Jarek sacode a cabeça. — Não, isso não vai acontecer. Vocês todos vão ver essa guerra em segurança. Este país, nossa gente... Somos muito mais fortes do que nos damos conta. — Sua voz mal passa de um murmúrio e, no entanto, ele comanda a sala. Pela primeira vez, até Maya para de falar e olha para ele. Uma expressão próxima do respeito cruza o rosto de Caleb. Meus lábios abrem-se e algo brota em mim que mal consigo reconhecer.

Passam-se vários minutos até que cada um de nós recebe a mesma mensagem nas lentes dos olhos: *Treinamento finalizado. Agradecemos sua cooperação.*

— Bom, graças a Deus por isto — Maya fala arrastadamente, enquanto fica em pé e se espana por completo, antes de ajudar o casal com quem estava falando.

Todos começam a se enfileirar, loucos para sair. Lela para à porta e, antes de subir a escada atrás dos outros, me pede para desligar as luzes. Olho para trás e vejo que Jarek ainda está se levantando do chão. Ele perde o equilíbrio e cambaleia para a esquerda. Coloca a palma mão na parede para se equilibrar.

— Estou perdendo a visão do olho esquerdo — diz, como explicação.

Acho que o tumor está se alojando em algum lugar lá à direita do seu cérebro, provocando problemas no lado esquerdo. O cérebro funciona com opostos. Matando-o de forma espelhada.

— Sinto muito — digo, mas não é o que quero dizer. Soa como se me sentisse mal por ele, mas não me sinto. O que me impressiona é que ele parece qualquer coisa, menos fraco. A tensão do seu maxilar é arrogante, e seu corpo continua forte sob a camiseta vermelha que adere ao físico. É quase fácil me convencer que o diagnóstico poderia estar errado. Ele poderia ter meses, talvez anos.

— Vamos lá. — Ainda estou esperando, segurando a porta pesada, com apenas uma parcela aberta.

— As luzes.

Jarek desliga uma, depois a outra. Mal consigo vê-lo caminhando de volta para mim, mas quando puxo a maçaneta, sua mão fecha-se sobre a minha. Ele empurra a porta, e a sala mergulha na escuridão. Travo o maxilar e pisco contra borrões de cor, conforme meus olhos se adaptam. Ele se apoia em mim, e desmorono de encontro à parede.

— Jarek, não podemos — digo, sem convicção. — Eles vão se perguntar onde estamos.

Ele permanece em silêncio e meu pescoço se enche de beijos, enquanto seus dedos vão até os botões da minha camisa. Consigo conter o ruído estranho que sobe borbulhando pela minha garganta, travando os lábios. Descubro meus dentes fechando-se ao redor do lóbulo de sua orelha.

— Isto é loucura — cochicho em seu ouvido. — Não podemos fazer isto.

— Por que não? — ele pergunta, e sinto-o se afastar.

Tenho uma resposta. Tenho. Tenho uma lista de respostas. Mas ela é tão comprida que meu cérebro não consegue processá-la, e meu corpo já anseia que ele volte a se pressionar contra mim. Por um milésimo de segundo, passa pela minha cabeça que ele sabe exatamente o que está fazendo. É um pensamento que quase ilumina a sala. E então, estamos novamente invisíveis um para o outro. Ergo-me na ponta dos pés e levo as mãos para a parte de trás do seu pescoço, meus polegares percorrendo a linha do seu maxilar. Puxo-o para mim e o beijo. O calor do seu hálito derrete os limites entre nós, enquanto eu o giro e o empurro contra a parede. A força com que me movo me surpreende. Seus lábios se movem, e sei que está sorrindo.

— Vou te dizer o que é loucura — ele sussurra, enquanto enfia a mão dentro da minha camisa e corre os dedos pela barbatana do meu corpete. A outra mão desce até o fecho da minha calça. — Loucura é que estou prestes a morrer, e estou me sentindo desse jeito pela primeira vez na vida.

Não sei quanto tempo passa. Depois de apenas alguns minutos, já não importa. Passa pela minha cabeça que a atemporalidade do nosso encontro é irônica, uma vez que discutimos o conceito hoje mais cedo. O Paraíso será assim, sem tempo, apenas uma constante rotação de êxtase, pontuada por lembretes sutis de que as coisas nem sempre são tão perfeitas.

Quando termina, tento me ajeitar no escuro, pressionando as costas das mãos no meu rosto em fogo, passando os dedos pelo cabelo e voltando a prendê-lo. Posso sentir o choque começando a se abater sobre mim, tendo início no meu estômago e se espalhando em ondas. Arrumamos nossas roupas em silêncio. Sinto nelas o peso da poeira e da sujeira, e espano o tecido vigorosamente. Só percebo que minhas mãos estão tremendo quando vou fechar o cinto. A ponta de um dedo desliza pelo lado do meu rosto.

Olho para a porta. Não quero ir além dela. Não consigo me levar a pôr os dedos no trinco. Não quero ser aquela que quebra o encanto. Já nos resta tão pouco tempo.

— Se você não abrir esta porta, eu não vou — ele sussurra.

Viro o trinco e puxo-a para mim. Jarek tenta segurá-la, mas o peso da porta apoia-se no seu lado esquerdo, e sinto-o vacilar atrás de mim, perdendo o equilíbrio, e colocando a mão no meu ombro para se firmar.

— Você está bem? — pergunto, me virando. Ele dá de ombros, constrangido. Toco nas minhas bochechas, absorvendo o calor que encontro ali, e tentando desejar que passe, antes que alguém o veja. Subo a escada em espiral com a mão percorrendo o corrimão, o polegar de Jarek pousado sobre ela. Estou sorrindo de encantamento. Sorrindo como uma adolescente. A luz fica mais forte conforme subimos.

Ao virarmos a última volta antes do topo, sei, antes de erguer os olhos, que Lela espera por nós. Ela me recebe com um olhar duro. Não há fingimento em seu rosto. Ela esteve lá o tempo todo, esperando.

— Lela, olhe — começo, esperando poder acalmá-la com palavras, esperando poder distraí-la por tempo suficiente para que tudo isto se desvaneça num segundo plano.

Jarek para atrás de mim. Sinto sua mão entrar debaixo do meu paletó, e ele coloca a palma aberta na minha região lombar, sobre a camisa. O calor que há nele é em parte meu e, conforme volta a penetrar em mim, começo a não acreditar no que acabou de acontecer.

— Bom dia, Sr. Woods. — Lela me ignora. Dou uma olhada no rosto dela através dos cílios, e vejo que os lábios duros e finos de um momento atrás agora estão se abrindo num sorriso falso. — Logo o veremos de novo. Isobel, pode vir ao meu escritório, por favor?

Jarek e eu nos entreolhamos, e imagino todas as coisas que ele poderia estar tentando me dizer com os olhos. Não pode dizê-las agora, mas as palavras não ditas parecem fazê-lo arder em chamas, e seu olho esquerdo mais fraco treme na pálpebra. Ele estende a mão para mim e aperta meu braço antes de ir embora. Lela não vê a maneira como a mão dele se demora, afagando pequenos círculos na pele fina do meu pulso. Uma mulher mais fraca do que eu poderia se dissolver.

— Lela... — suspiro pesadamente. Sei que não posso ficar brava com ela. Ela não me encara, mas sigo-a pelo corredor. Olho para trás uma vez, e Jarek está olhando para nós da porta da entrada. Ele articula algo para mim, mas não consigo decifrar de onde estou. Não posso culpá-lo por isso. Penso em sorrir e acenar, antes de entrar em uma das salas laterais, mas não faço nada disto. Lela fecha a porta à minha passagem.

— Sente-se — ordena. Seu tom é baixo, mas ela está claramente furiosa. Ainda que eu fique em pé, em desafio, ela se joga em uma das cadeiras. Cerro os dentes e encaro-a. Seu rosto está tomado por uma raiva da qual não pensei que ela fosse capaz.

— Que raios...? — Ela sacode a cabeça, desesperada, e esfrega a testa, como se quisesse me apagar do seu cérebro. — Vou falar com educação: que diabo você está pensando?

Dou de ombros como uma criança de castigo. Pergunto-me se existe alguma chance de eu poder me safar disto, se posso dar alguma desculpa, ou contar alguma mentira para acabar de vez com isto.

— Sei que brinquei a respeito na noite de sexta-feira — ela continua —, mas você não pode tirar vantagem de um cliente deste jeito. Ou deixar que ele tire vantagem de você.

— Ah, pelo amor de Deus, Lela, nem aconteceu nada.

Ela ergue as sobrancelhas e leva um tempo me olhando de cima a baixo, procurando sinais da verdade. Sei que não é idiota. Pode ver por si mesma, mesmo sem notar meu rímel borrado, meus lábios avermelhados. Suspiro. Não permitiria que mais ninguém me fizesse sentir derrotada.

— Você não deveria ter esperado por nós — digo.

— Fiquei ali porque estava *protegendo* você. Não percebe? — Sua voz sobe de volume a cada palavra. — Eu não queria que mais ninguém percebesse! Agora, acho que talvez eu devesse ter derrubado a porra da porta e puxado vocês dois de lá!

Em geral, Lela não fala palavrão. Detesta confrontos. Lembro-me de quando teve que despedir uma recepcionista. Chorou por uma semana.

Olho por cima do ombro, pelo vidro opaco da porta, para verificar se ninguém lá fora está ouvindo.

— Eu me apaixonei por ele.

Lela recosta-se na cadeira e pressiona a base das mãos nas têmporas.

— Não, não se apaixonou, Izzy. Em tão pouco tempo? É só tesão. E você está sendo irresponsável.

— Não seja estúpida. — Minhas veias espumam de medo de que ela possa nos manter separados. — Acho que sei a diferença entre amor e tesão, Lela.

Ela revira os olhos, e desvio o olhar.

— Como foi que ele entrou na sua cabeça? Elogios sem fim? Te dando segurança em relação a tudo isto? — Ela faz um gesto vago em relação ao ambiente a nossa volta. Sua voz baixa para um cochicho. — Seja como for, você não pode mais ser a arquiteta dele, Izzy. Não pode e não vai. Seria errado da minha parte deixar. Vou transferi-lo para Harry, e não espero que vocês continuem a ter contato um com o outro.

— Somos adultos, Lela! — Uma fúria temerosa salta para dentro do meu peito, e bato na mesa.

— Ele está *morrendo*, Isobel. — Ela enfatiza as palavras. — Está vulnerável. — Olha para mim como se não conseguisse acreditar na minha estupidez. Eu mesma vejo isto brevemente, como se tivesse olhado fixo para uma luz por tempo demais, o fantasma daquilo surgindo a cada piscada minha.

Lela torna a abrir a boca, parando enquanto pensa em meio às palavras. Provavelmente se dá o mesmo conselho que tem me dado uma dúzia de vezes. *Se ao menos você pensasse antes de falar, Izzy.*

— E você está vulnerável. — Sua voz abaixa, e ela estende a mão sobre a mesa, em direção à minha.

— É aí que você se engana, Lela. Posso ir agora?

Ela abre as mãos, vencida, e me dirijo para a porta.

— Quantas vezes mais vou ter que cuidar de você? — ela pergunta.

— Todas as vezes que for preciso, até você aprender que não tem que fazer isso — digo, e bato a porta ao sair.

CAPÍTULO ONZE

O tempo passa em um borrão. Don vem para casa por umas duas noites, a cada vez, antes de partir novamente. Não consigo olhar para ele, muito menos tocar nele, e me afundo em trabalho. Não como, o que, em geral, é sinal de que estou feliz. Isto me surpreende, porque não sinto felicidade. As emoções atropelam-se na minha barriga, como roupas recém-lavadas, limpas e quentes. Mas a sensação é de que são grandes demais para eu processá-las.

Lela me dispensou pelo resto da semana. Ao chegar em casa, na noite depois do treinamento, recebi uma mensagem direta: *Não venha até segunda-feira*. Nunca fui o tipo de pessoa que passa a semana toda sonhando com o final de semana. Dormi muito, mas, ainda assim, me senti esgotada. Detestei ficar fora do escritório. Não sei o que Lela contou a Caleb. Imagino que tenha dito que eu estava doente. Fico me perguntando que desculpa ela lhe deu para trocar meu cliente desse jeito. Deve ter feito Harry jurar manter uma estrita confidencialidade cliente-paciente. Não sei, porque ela mesma ainda não falou comigo.

Desde então, nas semanas seguintes, tenho me esgueirado cedo para dentro do escritório, antes da chegada de qualquer um. E, como hoje à noite, tenho saído abruptamente. Consigo sair do escritório até mais cedo do que o normal. As noites já estão ficando mais curtas. Logo, sairei do escritório para encontrá-lo no escuro do inverno. Se ele ainda estiver aqui, quando as últimas folhas tiverem caído.

Quando Jarek sugeriu que nos encontrássemos em sua casa, quando eu não estivesse trabalhando, pareceu errado. Em vez disto, sugeri um hotel. *Tenho que ver você*, ele disse. *Não importa onde*. Agora que penso a respeito, percebo que minha escolha é ainda mais deprimente. Só uma vez, disse a mim mesma, e então poderíamos dar um fim ao que estava acontecendo entre nós. Mas já é setembro. Sinto que devemos aproveitar ao máximo o tempo que nos resta juntos.

Tenho cerca de uma hora até precisar ir para o hotel. Enquanto espio a casa de Jarek, do outro lado da rua, mudo de posição junto ao muro. Lascas de sua superfície esfarelada entram na minha gola e dentro da minha combinação de seda. Não espero encontrá-lo aqui. Neste exato momento, ele ainda estará no escritório de Harry, finalizando os detalhes das lembranças que quer que figurem em seu Paraíso. Estarão dando início ao último estágio dos procedimentos de aprovação, e discutindo o processo neurológico e seus riscos. Jarek e eu tentamos não falar sobre suas sessões com Harry. Acho que ele sabe que eu ficaria louca de não poder assumir o controle do seu Paraíso. E me preocupa que Harry não faça um trabalho bom o bastante, embora jamais vá dizer isto a Jarek.

Perscruto uma janela no andar de cima, emoldurada por pesadas cortinas presas em curva. Um quarto. Imagino uma silhueta nossa em um abraço indistinto atrás do vidro. Continua sendo o que se chamaria de um caso. Ainda existe Don, e ainda existe um casamento, mesmo que esteja em frangalhos.

Também digo comigo mesma que não vim aqui procurar Sarah. Fazer comparações é um território perigoso. No entanto, existe uma figura feminina na sala, recolhendo brinquedos do chão. Daqui, posso ver pouco mais do que um cabelo curto, de corte reto e elegante, e um par de óculos escuros preso em um decote. Ela desaparece da vista, e então a porta da frente abre-se. Ela para no caminho, como se verificasse a hora, e depois segue pela rua. Antes que eu perceba, estou atravessando a rua para ir atrás dela. Meu cérebro grita para eu parar e dar meia-volta, mas a curiosidade me impele ousadamente à frente.

O vestido dela farfalha ao redor dos joelhos, conforme ela anda. Não estou perto o bastante para ter certeza, mas suas panturrilhas longas e claras sugerem que ela seja mais alta do que eu. Pode até ser da mesma altura de Jarek. Jogo os ombros para trás e ergo o queixo, para competir com ela da melhor maneira possível. Caminhamos por várias ruas, virando algumas esquinas, até chegarmos à sequência de lojas ao lado da estação do metrô.

Quando a alcanço, está parada em frente a uma floricultura, conversando com uma mulher de avental de bolinhas. Paro alguns metros adiante, olhando uma coroa fúnebre de cravos brancos, em formato de coração, enquanto escuto. Meus sentidos aguçam-se em relação a ela; o alvoroço pós-expediente desvanece nos arredores.

— Doze, como sempre, Sarah? — a mulher pergunta. — Já sei, só as brancas e roxas?

Sarah. Sarah Woods. Não a babá ou algum parente. Esta é ela. Engulo a culpa que borbulha como lava fervente no fundo da minha garganta. Tento dar uma olhada em seu rosto, mas só consigo ver seu nariz, apontando por trás do cabelo castanho.

— Não, não precisa contá-las — ela diz. — Só uns dois buquês. Todas elas estão bonitas.

A mulher pega as flores no balde e abre a porta da loja, antes de se virar de volta para ela.

— Tem certeza? Sei como seu marido é minucioso.

— Estas estão boas, de verdade. — Suas palavras vêm pontuadas com irritação. Fico surpresa. Jarek parece tão descontraído! Acho difícil imaginá-lo preocupado com um ramo de flores.

Pego o buquê mais próximo e sigo-as no interior da loja. Estou próxima o bastante para que Sarah segure a porta aberta para mim, sem olhar em volta. Ela tem cheiro de manjar turco.

Paro no fundo da loja, olhando os rolos de papel de embrulho, enquanto a mulher coloca as anêmonas no balcão. Examino as flores que aninhei como um bebê na dobra do meu braço: peônias rosa com miolos totalmente brancos. São desgrenhadas, as cabeças pesadas com uma beleza imprecisa. Algo para uma noiva, na verdade, não para impor em meu apartamento minimalista. *Meu apartamento e de Don*, uma voz na minha cabeça me lembra.

Observo enquanto a mulher coloca os caules no meio do papel pardo. Suas mãos pairam sobre eles, e ela ergue a cabeça para encarar Sarah, como se estivesse prestes a falar. Seus olhos dão com os meus.

— Um minutinho, amor — ela diz, e volta a embrulhar as flores.

— Ah, sem pressa — digo.

Sarah vira a cabeça para olhar para mim, sorrindo com educação. Pela primeira vez, noto que provavelmente ela é alguns anos mais nova do que eu, então dez anos mais nova do que Jarek.

— Que lindas! — diz, apontando para as flores em meus braços, e virando-se completamente de frente para mim. — Peônias? — fala com toda a delicadeza que sua aparência sugeriria.

Balanço a cabeça.

— Acho que sim. — Minha língua parece grande demais para a boca. Em parte, quero cair de joelhos e pedir desculpas, mas depois me lembro de que o casamento deles já estava fracassando antes de eu aparecer. A culpa não é minha. Assim como não é minha culpa que ele esteja morrendo.

Pela primeira vez, olho direto para ela, cabeça erguida. É toda quadril e seios em seu vestido de jérsei, e torce as mãos juntas, sem jeito, sobre o estômago. Aposto que, na escola, ela era a menina que provocavam por ter que usar sutiã aos onze anos. Penso na minha estrutura pequena, andrógena, no meu quadril estreito e na elevação delicada do meu peito. Meus lábios finos e firmes, meu queixo.

Sarah volta-se para a mulher.

— Me desculpe, posso levar em vez destas, um maço daquelas, por favor? — pergunta, indicando o meu maço.

— Ah, sim, é claro. — A mulher não parece se incomodar, empurrando as anêmonas para o lado do balcão. — Vou buscar algumas.

— Pode ficar com estas — digo, adiantando-me e entregando-as a Sarah. Ela as pega, os lábios abrindo-se, surpresos. — Por mais que sejam bonitas, eu estava pensando em pegar alguma outra coisa em vez delas.

— Ah, tudo bem, obrigada. — Sarah entrega as flores para a mulher, antes de se virar de frente para mim. — Olhe para nós, hein? Comprando nossas próprias flores.

A mulher corta do rolo uma nova folha de papel pardo, e começa a embrulhar as peônias. O farfalhar quase encobre a voz de Sarah.

— É — digo, com um movimento de ombros, retribuindo seu sorriso.

— Isto é um bom sinal — diz a mulher atrás do balcão, olhos bem abertos, conspiratórios. — Significa que seus homens não fizeram nada de que precisem pedir desculpas!

Nós duas rimos.

— Ah, sim, meu marido estava sempre aqui, não é? — Sarah brinca, a voz aguda. Mas noto o uso do verbo no passado e, como eu, a mulher olha para o rosto de Sarah por um tempo um tanto longo demais. O significado de suas palavras é claro, e pende feito roupa suja no espaço entre nós.

— Bom, eu estou me desculpando comigo mesma! — digo, deixando escapar as palavras para quebrar a tensão e evitar pensar demais no que ela poderia querer dizer. A mulher ri, e Sarah ergue as sobrancelhas como que concordando, como que admitindo que ela também errou.

Ela paga pelas peônias e sai, dirigindo-me um sorriso rápido e tímido ao ir para a porta.

— Posso levar estas? — pergunto à senhora, ao ocupar o lugar de Sarah junto ao balcão, pousando a mão sobre as anêmonas rejeitadas.

Ela aperta os olhos ao olhar para mim, e acena com a cabeça em direção à porta que se fecha.

— Que tristeza, isso — diz. — Ele vinha bastante aqui. Um sujeito bonito. Uma vez comprou a loja quase toda. Um verdadeiro romântico, sabe?

Fico arrepiada de ciúmes e orgulho. *Agora ele é meu*, quero contar a ela.

— Mais alguma coisa, amor? — pergunta ela.

— Não, só isto. Obrigada.

Inclino-me para mostrar o meu chip ao receptor de pagamento. O zumbido de aceitação no meu pescoço combina com a minha animação. Está na hora de encontrar Jarek.

Lá fora, aceno para um táxi e pulo para dentro, informando, sem fôlego, o destino. Não vou conseguir chegar lá com a rapidez necessária, mas é como se o calor do meu corpo estivesse se infiltrando pelo carro, fazendo seus pneus grudarem no asfalto. Por fim, estacionamos em frente ao hotel, e empurro a miragem de Don para o fundo da mente. Este é outro mundo, um mundo louco, temporário, que só pode durar um tempo. Tanto quanto Jarek viver.

Ao sair do carro, faço menção de pegar as anêmonas, mas hesito. E se Jarek só gostar das brancas e roxas, seis de cada? Dou uma última olhada nelas, e deixo-as murchando no assento quente de couro.

*

Ouço a porta ser destrancada enquanto me apoio nela, e bato, antes de entrar. Sempre fiz questão de não chegar primeiro. Imagino que este seja meu jeito de reter alguma coisa. Apenas uma das muitas maneiras autoenganosas que uso para parecer que estou sendo arrastada para este caso, e não que a cada inspiração o estou trazendo mais para perto do meu coração. Suspiro no quarto vazio. Ao chegar na hora, baixei um pouquinho mais a minha guarda.

Tiro os saltos altos, coloco-os lado a lado aos pés da cama, e corro o dedo pela estrutura de madeira. Sai limpo. Gosto deste lugar porque está sempre imaculado. Decidindo tomar um banho antes da chegada de Jarek, tiro a roupa e penduro-as no armário. Há um espelho na parte interna da porta. Fico na ponta dos pés, empurro os ombros para trás, e tento achar um ângulo em que eu pareça mais escultural. Desistindo, sacudo os cabelos e puxo-os sobre os ombros. Está ficando comprido.

— Acender luzes do banheiro — só murmuro, e elas se iluminam.
— Ligar chuveiro.

O chuveiro fica instantaneamente quente, e fico bem debaixo da ducha. Pressiono as mãos na parede do fundo, acima dos controles, e estico os ombros. A tensão relaxa um pouco com a água, mas ainda formiga no meu pescoço e pela coluna. Sei o que está provocando isto. Culpa. Culpa sombria, preenchendo as brechas entre os ossos, como mucosa. Afasto o pensamento e encho minhas mãos com xampu. Massageio o couro cabeludo e torço o cabelo numa corda em volta do pescoço.

Dou meia-volta e enxáguo a espuma dos olhos, antes de abri-los. Uma forma escura. Um rosto. Um homem. A adrenalina explode por trás das minhas costelas, e meu grito deve ecoar pelo corredor.

Jarek ri com vontade, o suficiente para cambalear e precisar apoiar os braços no balcão da pia.

— Seu puto! — grito.

Ele sacode a cabeça como que se desculpando, e enxuga os olhos. Olha-me de cima a baixo, antes de voltar a me encarar nos olhos, pelo vidro da divisória do chuveiro. Os olhos se estreitam, e as luzes fortes da parede cintilam em suas pupilas. Minha respiração começa a se acalmar, mas se acelera de novo quando, sem falar, ele tira a roupa, chuta-as para o lado e abre a porta do chuveiro, entrando comigo. O vapor enche meus pulmões, enquanto ele me envolve em seus braços. Seus músculos estão amolecendo; não me apertam como faziam no começo. Em vez disto, nós nos fundimos como massinha de criança, entrando no espaço negativo um do outro. Ele beija meus lábios, meu rosto, meu pescoço. A água morna entra na minha boca, suavizando as pontas ásperas dos pelos da sua barba. A tensão nos meus ombros desaparece.

Ele corre o nariz pelo meu corpo e beija a minha barriga. Agarro seu braço esquerdo porque agora sei que ele precisa que eu o ajude a se equilibrar. Grande parte do que fazemos juntos é esta linguagem muda, entendida mutuamente. É por isto que parece certo. Jarek ajoelha-se à minha frente, e a água divide seu cabelo no ponto em que está mais fino por causa do tratamento. Coloco as mãos em seu crânio, e com a ponta dos dedos sigo as linhas das cicatrizes. Algumas são antigas, estão esmaecidas e rosadas. A linha mais nova, a última, esperança perdida, continua rebelde, destacada e roxa.

Depois, ajudo Jarek a ir para a cama, e ele se estica de costas. Sento-me sem olhar para ele, para não precisar ver a água da sua toalha ensopando a colcha.

— Você gosta daqui? — Jarek pergunta.

Murmuro concordando, e curvo meus dedos dos pés nus no carpete felpudo. O quarto é moderno, com linhas sóbrias. Ele conhece o meu gosto.

— Desta vez, reservei-o por alguns dias — ele diz. — Agora, não vou ter mais compromissos por um tempo, e preciso de um pouco de espaço.

— Mas e se você passar mal? Estará sozinho.

— Achei que talvez você também pudesse ficar.

Dobro um joelho em cima da cama, e me viro de frente para ele. Uma fantasia irrompe no palco da minha imaginação: pedimos serviço de quarto; não nos vestimos; tomamos banho juntos a cada manhã. A ideia é tentadora. Sinto como se estivéssemos aqui, isolados do mundo. Se ficar neste quarto impedisse quem quer que fosse de nos encontrar, então talvez também pudesse impedir a morte.

— Não posso — digo, sacudindo a cabeça e deixando as mechas molhadas do cabelo grudarem no meu rosto.

Jarek arrasta-se na cama, de bruços, e as empurra para trás das minhas orelhas.

— Você poderia — ele diz. — Só está escolhendo não fazer isto.

A sombra de Don esgueirou-se por debaixo da porta. Aperto a toalha de encontro ao peito. Simplesmente não quero pensar nele.

Jarek franze o cenho como se pudesse ler meus pensamentos.

— Você vai continuar com ele? Depois que eu for embora?

— Jarek, não faça isto.

Enquanto estou sentada neste quarto, Don não existe, e Jarek não está morrendo. Estar com ele é viver o momento, com liberdade e alegria. Não faço considerações, planos, julgamentos. Vivo e respiro ele. E quando vou embora, nosso tempo juntos é como um devaneio. Mas preciso encarar a realidade, sei disto. Preciso contar a Don que está tudo terminado entre nós, porém sou mais covarde do que imaginava. É muito mais fácil não fazer isto.

Jarek não me pressiona por uma resposta, mas deixa sua toalha cair no chão, e entra desajeitado debaixo do edredom. Arrumo os travesseiros atrás dele, apoiando seu lado esquerdo com uma almofada extra. Ele se encolhe e geme um pouco, quando sua cabeça bate na armação da cama.

— Ah, me desculpe — digo, beijando sua testa.

— Meu médico me deu alguns analgésicos novos, mas, na verdade, eles não estão adiantando nada — ele diz, esfregando as têmporas.

— Estou atrás dos que têm a força do esquecimento. — Ele dá uma risadinha. — Você acha que os seus funcionariam?

A insinuação é pesada, e mesmo assim consigo deixar de lado, como faço com o ciúme, a culpa, a confusão. Enquanto isso, ele me observa com uma expressão inescrutável. Penso no rosto gentil de Sarah, e nas suas palavras: *Meu marido estava sempre aqui, não é?*

— Como vão as coisas entre você e sua esposa, Jarek? — Minha voz está estranhamente apertada. Enquanto falo, percebo que a questão me faz soar como se eu voltasse a ser sua arquiteta.

Jarek dá uma olhada em mim, e faz sinal para que eu me aninhe em seu peito. Aconchego-me em sua pele úmida e encosto a bochecha na reentrância abaixo da sua clavícula. Inalo o cheiro natural que começa a voltar pelos seus poros. Ele fica calado por vários segundos.

— Com certeza, não precisamos falar dela. — Ele soa como se estivesse conversando com uma das filhas.

— Só fico pensando... — Não consigo terminar a frase porque não tem como explicar o que passa pela minha cabeça. Isto é mesmo um caso? Ela ainda o ama? E se for apenas a doença dele que está separando os dois? — Há quanto tempo você a conhece? — acabo perguntando. Parece um ponto de partida simples.

— Estamos juntos há oito anos, casados há cinco.

Noto que ele está usando o tempo presente, e isto basta para me fazer escorregar a mão de sua coxa nua.

— É mesmo? Então, ela devia ter... — O rosto suave de Sarah surge em minha mente enquanto faço a contagem regressiva, imaginando a idade que acho que ela deveria ter. Com certeza não uma adolescente, certo? Enquanto meus olhos fazem somas na parede, noto Jarek olhando para mim com estranheza. Claro, vacilei. Não é para eu saber nada a respeito dela. Mas se havia uma pergunta, ela rapidamente some do rosto dele, e ele beija a ponta do meu nariz. Quando seus lábios chegam até os meus, estou quase distraída, mas tem muito mais coisas que preciso saber. Puxo a cabeça para trás.

— Como ela é? — É feminina, é linda. Sei disso.

Jarek estala a língua, e fecha os olhos, mas o sorriso permanece em seu rosto. Ele sabe que não existe resposta certa.

— Ela é muito diferente de mim?

— Totalmente — ele sussurra.

Seus olhos faíscam de prazer, enquanto ele corre o polegar pela minha coluna. Reviro os olhos, brincando, e as perguntas finalmente saem da minha mente, quando seus lábios encontram os meus.

— Izz?

Engulo o gemido quando ele morde a minha orelha.

— O quê?

— Não posso morrer sem você.

Ele se afasta de mim para analisar o meu rosto. Aperta a minha mão, e só consigo devolver o olhar, boquiaberta. Sempre imaginei qual seria esta sensação. Quatro anos com Don, e nunca discutimos isto. Nunca discutiremos.

— Estou apaixonado por você. A esta altura, você deve saber disto — ele diz.

Sinto a respiração deixar os meus pulmões, e me pergunto como fui ludibriada por só conhecer este homem nesta altura da minha vida. A conexão que sinto com ele atira todo o resto para segundo plano, um pano de fundo desfocado. Isto é real.

— Eu sei — digo. As palavras saem como o mais leve dos sussurros.

— Eu também te amo.

— Quero você no meu Paraíso — ele acrescenta, caso eu não tenha entendido o que ele queria dizer. Mas é claro que entendi. Entendo tudo o que ele diz, antes mesmo de ele dizer.

— E também quero você no meu, quando chegar a hora.

— Então, você me mandará os documentos oficiais para eu assinar? — ele pergunta.

Confirmo com a cabeça, e ele me puxa de volta para ele. Enterro o rosto em seu pescoço, e nos abraçamos com força.

CAPÍTULO DOZE

Na sexta-feira seguinte, há uma reunião de equipe que quero evitar. Peço licença para faltar com a desculpa inconsistente de um compromisso urgente nos laboratórios de neurologia. Saio da cama um pouco mais tarde do que o normal, faço uma sessão de ioga na sala de visitas e vou para o Instituto Francis Crick, em St. Pancras. Faz meses que Jess vem me pressionando por uma visita, então estou matando dois coelhos com uma cajadada só.

— Então, quer ver as simulações de Clair? — ela me pergunta.

Confirmo, enquanto tento invocar meu costumeiro entusiasmo para falar sobre trabalho. Minha cabeça está tomada por Jarek.

— Você está bem, Isobel? — ela pergunta, em sua serena cadência irlandesa. — Hoje, você parece estar em outro mundo!

Jess sempre me trata como uma velha amiga, ainda que só tenhamos nos encontrado um punhado de vezes ao longo dos anos. Tenho inveja da sua receptividade e da sua cordialidade natural.

— É, estou bem, só estou, você sabe, um pouco indisposta. — Bato os dedos em volta da região da garganta, mas desconfio que minha atuação não convença.

— Bom, estou vendo que esta não é toda a verdade, mas vou deixar passar — ela diz, piscando para mim.

Noto o disparo dos seus olhos para o meu estômago, e percebo, com uma reviravolta de constrangimento, que ela está se perguntando se estou grávida. Ai, Deus. Estou usando uma camisa folgada, então, de qualquer modo, ela não notaria o começo de uma barriga. Mas e se eu estivesse? Vejo-me pensando. Eu ainda não saberia. E se estivesse grávida, o bebê seria de Jarek. Eu estaria carregando o bebê de um homem terminal. Um homem por quem me apaixonei.

Jess me leva pelo corredor até o outro lado do prédio. Entramos no laboratório passando por um amplo conjunto de portas automáticas e, conforme elas deslizam para abrir para nós, meus olhos desviam-se para a inscrição na arquitrave ao alto: *Nos Sunt Electrica.*

— *Somos elétricos* — Jess traduz para mim sem se virar. Ela deve ter me ouvido parar na entrada. Talvez todo mundo olhe para isso e pare, imaginando o que significa, como acabei de fazer. Vejo-me sorrindo enquanto apresso o passo para alcançar o caminhar apressado de Jess, e o animado balanço dos seus cachos. *Somos elétricos.* A ideia de que todos nós não passamos de um computador úmido sempre me pareceu mágica. Para outros, é deprimente. Para quem tem uma maneira de pensar mais antiga, pessoas que ainda se agarram à ideia de Deus, é quase herética. Mas saber que tudo que somos, cada pensamento, emoção, lembrança não passa de uma disposição da atividade elétrica em nosso cérebro, com uma pitada de artimanha química cá e lá, não deixa de me inspirar. A evolução é algo maravilhoso. Dê-me alguns bilhões de anos, eu costumava pensar, e veja do que sou capaz.

Jess para no meio de uma sala grande e escura, me esperando. A única luz vem do pedestal no meio do chão azulejado de preto, de onde projeções digitais cintilam em uma coluna de névoa. Tenho profunda noção do quanto estamos no subsolo, dentro de uma câmara lacrada de lembranças de pessoas mortas. Caminho para ficar ao lado de Jess, e vejo-a manipular os dados através da névoa. O monitor silva no silêncio da sala.

— Não acredito que nunca estive aqui embaixo.

— Não venha com essa, Izz — ela retruca. — Eu te convidei um montão de vezes! — Ela fala sem desviar o olhar de suas projeções. Seus olhos estreitam-se em concentração. Ela as perpassa antes de selecionar um quadrado de luz e aumentá-lo a sua frente ao separar as mãos. — Você poderia começar a passar mais tempo aqui — ela acrescenta. — É à prova de fogo, à prova de bomba, e tudo mais! Gerador próprio e equipamentos de suporte de vida, se você precisar.

Olho para o teto, tentando imaginar o que o reforça.

— Acho que tem que ser.

— Então, é nesta sala que encontramos os detalhes básicos para cada paciente — Jess explica. — Qualquer pessoa autorizada a entrar no Laboratório Elétrico pode ver onde estão armazenadas as simulações de Clair: sala 23, mas não é possível entrar a não ser que...

A névoa pisca com uma luz verde e, ao mesmo tempo, ouço um clique. Olhando em volta, percebo que as paredes deste cômodo circular estão rodeadas de portas, e uma delas acabou de se abrir.

— A não ser que seja eu! — Jess cochicha, e pousa a mão em meu ombro para me conduzir em direção à porta destrancada.

— Que tipo de biométrica este sistema usa? — pergunto.

— Uma mistura. Reconhecimento de voz, reconhecimento de íris, padrões de vasos sanguíneos. Acho que ele também analisa minha impressão digital bioquímica, quando a uso. É muito avançado.

Jess abre a porta preta, e entramos em um cômodo de luz mais intensa. Mas é pequeno, alguns poucos metros quadrados. É o oposto do cômodo central que acabamos de deixar, sem nada no meio. Em vez disso, tudo está ao redor da borda. Um painel liso e inclinado estende-se na altura da cintura de cada lado da porta, à volta das paredes. Cruzo os braços sobre o peito, sentindo-me um pouco claustrofóbica.

— Vou tentar não tocar em nada que não devo! — brinco.

— Você poderia deitar nua em cima dele, Izz, e não aconteceria nada. Para este aparelho, você está morta.

Não é um pensamento agradável estar tão impotente. Vejo-me correndo a ponta dos dedos pelo painel preto indefinido, na esperança de que Jess esteja errada, de que talvez eu possa despertar algo para a vida. Nada acontece. Penso no cemitério em que eu e minha irmã costumávamos brincar quando crianças. Costumávamos correr entre as lápides, abaixando e nos escondendo uma da outra, rindo aos gritos. Por diversas vezes fomos repreendidas pelos enlutados, e uma delas pelo próprio pároco, mas éramos pequenas demais para entender o significado da perda. Para nós, as pedras eram relíquias antigas, não lembranças vivas para os visitantes que vagavam entre elas. Acho que nem chegamos a ponto de perceber que pessoas mortas eram enterradas no chão, sob nossos pés.

Percebo que Jess está murmurando, ou consigo mesma, ou para a máquina. Ela enrola sua massa de cabelos castanhos para trás, na nuca, deixando que os cachos se prendam entre si num nó confuso. Aqui, o ar cheira muito a limpeza, quase completamente sem odor. Olho em volta procurando respiradouros, mas não vejo nenhum. Jess dá alguns passos para o outro lado da sala, e coloca os dedos sobre a superfície inclinada do painel. Corre a ponta de um dedo em pequenos círculos, como que procurando uma textura escondida, e bate duas vezes. Um cartucho salta e se desdobra em uma pequena plataforma do tamanho de uma unha.

— Aqui está — anuncia Jess.

— O quê?

— A única parte viva de toda instalação.

Olho mais de perto, curvando-me sobre a minúscula plataforma. É transparente e está vazia.

— Não tem nada aí, Jess.

— Ah, não, é claro que não — Jess diz. — Ainda não, mas um dia, esperamos que não tão cedo, será onde colocarei Clair Petersen para descansar.

— Só isto? — De repente, a sala parece vazia e sem alma.

— Neurônios-espelho não ocupam muito espaço, você sabe.

Jess já me mostrou o laboratório de biologia neste prédio. Um dos seus últimos projetos de pesquisa envolve desenvolver neurônios-espelho das células-tronco de uma pessoa. Se eles conseguirem isso, então até alguém explodido por uma bomba poderia, depois, ser colocado em seu Paraíso. Seu cérebro poderia ser reduzido a migalhas, e seus neurônios-espelho estariam sãos e salvos em algum laboratório, prontos para serem conectados com seu Paraíso. Volto a pensar em Clair. Provavelmente, ela já partiu. A esta altura, poderia estar no meio do Pacífico. Espero que esteja segura. Jess pressiona o cartucho em uma pequena depressão na parede, acima do painel. Ouço algo estalar, e a sala se enche de um leve zunido.

— Veja! — Jess diz. Ela está de costas para o painel, perto do meio da sala, sorrindo loucamente para a metade superior da parede. Olho para ela sem entender. — Ah, esqueci que você não tem as mesmas lentes oculares que eu. — Ela pega um par de óculos pequeno em uma caixinha perto da porta, e passa-o para mim. — Tome, coloque.

Ponho-os e sigo o olhar dela em direção à parede vazia, mas ela não está mais vazia. Suas sombras piscam como uma paisagem urbana vista à noite, à distância. É a forma mais impressionante que já vi de realidade ampliada. Pontinhos delicados de luz piscam num ritmo indiscernível. Quando torno a olhar para eles, vejo as luzes não como janelas de prédios comerciais, mas como supernovas aceleradas, galáxias completas sumindo da existência, contrapostas por aglomerados de gás focando em novas estrelas.

— As lembranças não são lindas? — Jess sussurra em meu ouvido. Não posso vê-la porque estou usando os óculos, mas concordo com um gesto de cabeça, sentindo a mesma reverência que detecto em sua voz.

— O que é isto? — pergunto.

— É o código do computador de uma única lembrança discreta. Não posso te dizer qual. Este aparelho não está projetado para nos *mostrar* nada de maneira que entendamos. Afinal, os Paraísos devem ser particulares. Esta é a melhor visualização do código que nos é dado ver.

— Criado a partir da leitura das lembranças que eu e Clair isolamos juntas?

— Exatamente. Quando Clair nos visitou, passamos horas mapeando as lembranças que vocês duas haviam discutido. Injetamos um identificador químico no cérebro dela, enquanto ela estava no aparelho de ressonância magnética. Depois, acionamos as lembranças, os neurônios, que você pediu e mapeamos os padrões de ativação no código binário reconhecido por um computador.

— Somos elétricos — murmurei. — E depois você sobrepõe isso à Arquitetura do Paraíso?

— Isso mesmo. Antes que um cliente nos visite pela última vez, passamos um tempo traduzindo os pedidos do arquiteto para o programa, incorporando o seu lado das coisas, como a intensidade de certas lembranças; o desejo de que algumas sejam repetidas mais do que outras; a vinculação criativa de um instantâneo discreto com outro, de modo a parecer o mais uniforme possível. Fizemos tudo isto agora. O Paraíso de Clair está aqui, pronto para ir.

Pelo tom de voz, percebo que Jess está sorrindo com o que sei ser orgulho e amor pelo que faz. Mas conforme vejo as luzes oscilarem, sou tomada por profunda melancolia. Por mais surpreendentes que sejam os padrões dinâmicos de luzes, parecem minimalistas. Uma vida inteira, com toda sua riqueza, reduzida a isso.

— É fascinante. Mas não iria querer ver mais do que isto. Ninguém deveria ter janelas para o Paraíso deles. Seria errado.

— Concordo — diz Jess. — Mas atualmente eles estão trabalhando em visualizações melhores, que façam parecer que você está assistindo a um filme de realidade virtual. Estão ficando bem precisas.

— Valhalla? — pergunto.

— Acertou. Acho que agora eles estão testando material na Índia. Eles têm uma operação bem grande lá, porque os órgãos reguladores não são tão rigorosos.

— A Maya me convidou, extraoficialmente, para ir trabalhar com eles — digo, pensando em Maya e em nossa conversa junto ao Serpentine naquela noite. — Ela me disse que eles precisavam de pessoas para ajudá-los a entrar nos Paraísos dos clientes suspeitos de cometerem crimes, crimes sérios. Na época, pensei que ela estava louca.

Jess murmura o que presumo ser uma vaga concordância.

— Atualmente eles parecem invencíveis.

Por um tempo, continuamos assistindo à visualização em silêncio, lado a lado. Penso em outra pessoa espionando o meu Paraíso, o Paraíso que ainda nem criei, e a ideia me dá náuseas.

— Vou te mostrar mais uma coisa, uma coisa nova que acabei de descobrir — diz Jess, e as luzes de Clair desaparecem.

Tiro os óculos e vejo Jess recolocar o cartucho de onde tirou na superfície do painel. Ela torna a bater, desta vez num lugar diferente, e outro cartucho fino e preto aparece. Com esse, ela parece ter mais cuidado na manipulação, ao colocá-lo no receptáculo na parede.

— Um dos meus clientes?

Jess sacode a cabeça.

— Ponha os óculos.

Faço o que ela pede, e as luzes voltam a aparecer, indistinguíveis da simulação de Clair.

— Agora, está vendo a fileira de luzes na parte inferior da sua visão? — Jess pergunta.

Há uma fileira de luzes piscantes, no formato de uma onda. Só percebo o padrão depois de alguns segundos, ao vê-las se amontoarem e se expandirem, nunca se afastando demais umas das outras, a ponto de não terem relação.

— O que é?

— É o foco para o meu próximo financiamento. — Sua voz está muito animada. — Achamos que isto é uma lembrança extra. Está *vinculada* àquela que estamos vendo, mas não é algo que o cliente e o arquiteto colocaram neste Paraíso — ela explica, tocando no meu braço antes de tirar os meus óculos. — É uma lembrança fantasma.

— Como ela entrou ali?

— Não sei, mas a maioria das pessoas que estudei até agora parece tê-las. Acho, e espero provar, que são fragmentos de lembranças muito poderosas, lembranças tão fortes que o cérebro codificou-as duas vezes: uma no lugar costumeiro, nos neurônios formadores de memória, e mais uma vez aqui, nos neurônios-espelho, na base da nossa consciência.

— Então, você acha que essas lembranças fantasmas esgueiram-se para dentro dos Paraísos das pessoas?

— Acho.

— Mesmo depois de eu ter projetado tudo com tanto cuidado, meus clientes poderiam vivenciar lembranças indesejáveis?

— Exatamente.

Sinto que estou boquiaberta. A ideia é incendiária. A única coisa que faço, minha única promessa a meus clientes é que criarei para eles o Paraíso dos seus sonhos, estruturado em torno de lembranças específicas que eles querem incluir. E, no entanto, esse aspecto que parece inócuo poderia me tornar uma mentirosa desinformada. As palavras de Jess ressoam na minha cabeça: *lembranças poderosas*.

— Poderiam ser lembranças ruins?

Jess olha para mim enviesado, e sua expressão diz mais do que palavras. Penso em todas as coisas pavorosas que alguém poderia não querer rever em seu Paraíso: dor, abuso, confusão emocional. Meu estômago se contorce enquanto sigo Jess de volta para onde viemos. Sua conversa sobre nova equipe e planos de expansão para o Instituto caem sobre mim como chuva de verão. Não consigo assimilar nada mais do que ela diz.

Meus olhos se protegem da claridade quando saímos do Laboratório Elétrico.

— Agora é hora do meu intervalo — Jess diz. — Você tem tempo para um café?

Penso na hora, e ela surge na minha visão. Não sei por que me dou ao trabalho, já que não tenho planos mesmo.

— Claro, por que não?

Saímos do labirinto de salas que constituem o laboratório, vamos para a passagem que sobe para o saguão de entrada, com paredes de vidro. Aqui, poderia dar a sensação de uma estufa, mas os furinhos no revestimento do prédio estão abertos, deixando o interior respirar ar fresco.

— Aqui perto tem um café marroquino, caso você goste — Jess diz.

— Claro, acho ótimo.

— Eles fazem um ótimo cuscuz, se estiver com fome — ela acrescenta.

Deixando o jardim pavimentado da frente do laboratório, seguimos pela rua até uma porta vermelha estreita, entre os prédios, que eu não havia notado ao vir para cá. Jess bate uma vez, e sorri para mim. Uma senhora de dentes brilhantes e sobrancelhas delicadamente curvas espia por detrás da porta. Sem dizer uma palavra, faz sinal para entrarmos, não numa sala ou área de recepção, mas em um corredor ao ar livre que leva para um pequeno pátio, coberto de musgo. Um quarto dele recebe o sol, e três mesas cobertas com toalhas xadrez azul e branco estão vazias, a nossa espera. A senhora gesticula na direção delas.

— Chá de hortelã? — pergunta.

— Sim, por favor — digo, e Jess confirma com a cabeça, enquanto nos sentamos a uma das mesinhas quadradas. O ar está quente e tentilhões chilreiam em volta dos comedouros, no centro do pátio. A brisa agradável de verão flutua pelo pátio, e ergo os olhos para o céu, sempre de vigia, pensando no treinamento várias semanas antes.

— Então, como está o Caleb atualmente? — ela me pergunta. Sua voz está fria, contida, mas a expressão em seus olhos trai suas emoções.

Sei o que aconteceu entre eles; ela me contou uma vez. Lembro-me de ela ter soltado isso do nada, numa conversa, no final de uma reunião na clínica, como se quisesse tirar aquilo do peito. *Bom, o cara é um cafajeste, mas é bonito*, eu tinha dito. Ela riu, como se eu a tivesse perdoado por ter um caso com um homem casado. Mas, na verdade, não me importei. Se ela estava procurando redenção, teria que procurar outra pessoa.

— Ele está... — Dou de ombros.

— Apenas sendo Caleb?

— É, apenas o mesmo velho Cal — digo, sorrindo. Acho que sei o que ela está me perguntando. Está me perguntando se ele continua casado. Mas por algum motivo, não me sinto bastante generosa para contar. Talvez por não ser o que acho que ela gostaria de ouvir. Talvez por estar pouco generosa hoje, como se qualquer insinuação de emoção positiva tivesse que ser guardada para mim mesma.

A senhora volta com um bule simples de metal em uma das mãos, e xícaras de vidro e pires na outra. Coloca-os cuidadosamente entre nós. Ao se inclinar para servir o chá, sinto o aroma animador da mistura de hortelã fresco e açúcar.

— A clínica deve estar indo bem. Estamos recebendo trabalhos de vocês mais do que nunca. — Jess pega o frasco de xarope e acrescenta um pouco à sua bebida. Enquanto o vejo pingar da colher, penso nos velhos tempos em que ainda era possível comprar mel.

Quando eu era pequena, minha mãe me dava o produto local para ajudar na minha rinite alérgica. Eu abria o armário da cozinha, tirava a tampa, despejava-o na boca direto do pote. Jess enfia a colher na boca e chupa o restante do xarope. Eu mesma não suporto aquilo, todos aqueles produtos químicos.

— É, ando esgotada. Provavelmente preciso de uma folga, mas você sabe...

— Você não tira férias.

— Não é verdade. — Bebo o chá e olho para Jess por sobre a borda. Pisco. Quando ela sorri, seu rosto fica quase perfeitamente redondo, sem nem ao menos uma sugestão de maçãs do rosto. Sua simetria delicada faz com que ela pareça mais nova do que é. — Acho que Caleb percebe o risco da guerra como um estímulo bem conveniente para os negócios.

— Isto é bem o homem que eu conheço — ela diz, devolvendo a colher ao pires. — Ele me bateu duas vezes. Já te contei isto? — Outra bomba casualmente deslizada para dentro da conversa.

— Quem? Cal? — Não sei o motivo pelo qual pergunto isto e pareço tão espantada porque, conforme a ideia é assimilada, percebo que não estou nem um pouco surpresa. Sempre soube que ele era um brutamontes. Ele detesta, realmente detesta, o fato de não poder me controlar. E me despreza por não o achar atraente. Penso no ataque verbal noutro dia, em seu escritório. Ele teria batido em mim, caso achasse que poderia se safar depois disso.

— Caramba, Jess! Não sei o que dizer. — Fico preocupada que minha voz esteja carregada de compaixão. — Sinto muito. Gostaria de dizer que estou surpresa, mas...

— É. — E não passa disto. — Encontrei Jarek de novo, na segunda-feira — ela continua. Seus olhos penetrantes estão em mim, observando minha reação.

— Ah, claro. Lembro-me que ele disse que tinha outra reunião marcada com você. — Sinto o sangue subir ao rosto, e fico grata que, depois de um longo e quente verão, minha pele esteja morena o bastante para esconder isto. Minha mãe jamais me deixaria ficar tão bronzeada. Posso ouvi-la reclamando na minha mente.

— Mas agora ele é cliente do Harry.

Percebo a pergunta escondida por detrás da afirmação, mas não sei como responder.

— É.

Jess balança a cabeça, seu lábio inferior virado para cima.

— Como ele estava? — atrevo-me a perguntar.

— Não muito bem, para ser sincera — Jess diz. — É trágico. Ele parece um cara legal.

— Ele é. — Ergo o olhar para ela, centrando-me na linha brusca da sua franja, onde o cabelo foi cortado para se alinhar logo acima das sobrancelhas.

— Coitados da esposa e dos filhos dele.

Baixo os olhos para a mesa. Jess para de falar e, quando olho para cima, vejo que ela está olhando para mim, esperando que eu reconheça o que de fato quer dizer. Não está falando sobre o fato de ele estar morrendo. Está falando sobre o fato de ele não amar mais a esposa, e em vez disso me amar. Fecho os olhos por alguns segundos. Talvez esteja escrito por todo o meu rosto, escorrendo pelas frestas dos meus cílios. Estou irritada e me recuso a fundamentá-la com uma resposta.

— Já passei por isto, Isobel. — Ela pega minha mão por sobre a mesa. Sua pele está quente, áspera por causa do trabalho no laboratório. Ela pisca na brisa que sopra entre nós, e aperta os olhos, quando a luz do sol volta a sair por detrás da nuvem. — E não é divertido pra ninguém.

— Bom, pouco importa agora, não é? — Minha voz mal passa de um murmúrio. Minhas palavras são secas, zangadas. Sinto Jess deixar a mão sobre a minha, mas o resultado é que minha pele parece mais fria, e não mais quente. Concentro-me nisto, em vez de me concentrar nas lágrimas quentes que começam a cobrir meus olhos.

— As coisas mudaram, Isobel. Você, melhor do que ninguém, deveria saber disto. Quando a gente morre, já não deixamos tudo para trás. Levamos outras pessoas junto.

Não tenho certeza absoluta do que ela quer dizer. Se for um aviso, então chegou tarde demais, porque percebo, com uma náusea que me dobra ao meio, que sem ele meu Paraíso será nada.

CAPÍTULO TREZE

As palavras de Jess permanecem na minha mente pelo resto do dia. Não tenho nenhuma reunião, então vou direto para casa. Estou na espreguiçadeira, entrando e saindo de um sono agitado, quando o interfone toca. O link de vídeo para a câmera do apartamento aparece na minha visão e, por um momento, me pergunto se estou sonhando.

— Sim — murmuro, para deixá-lo entrar. Cambaleio até a porta, arrumando o cabelo enquanto ando. Como posso deixá-lo entrar aqui? Em nosso apartamento? Ainda estou me perguntando quando abro a porta, e o vejo fazer a volta da escada. Não dizemos nada. Ele vem direto para mim, tão em linha reta quanto consegue, considerando a piora do seu desequilíbrio, e me envolve em seus braços. Outro homem poderia ter me beijado primeiro, mas, de certo modo, isto é mais íntimo. Suas emoções estão às claras quando ele me puxa para seu corpo.

— Eu tinha que te ver — ele cochicha em meu ouvido. Pressiona os lábios na minha testa, e em um instante nada mais importa. Puxo-o pra dentro do apartamento, empurrando os alertas para o fundo da minha mente.

★

Ainda é de tarde quando acordo, piscando os olhos. Estamos enroscados um no outro, no tapete, e a luz do sol inunda a sala. Jarek está deitado de costas para mim, e me ergo apoiada em um cotovelo, inclinando-me para ver seu rosto. Ele está tão quieto que fico surpresa ao vê-lo completamente acordado. Seus olhos estão fixos na parede, e os raios de sol que resvalam sobre sua cabeça pegam a beirada dos cílios, dando-lhes uma luminosidade âmbar. De início, acho que ele está me ignorando, e depois percebo que estou olhando para seu olho esquerdo, o que foi afetado pelo tumor, o que está perdendo a visão. Corro a mão pelo seu ombro nu, sentindo o calor da sua pele, e ele sorri, deitando-se de costas para olhar para mim.

— Me desculpe. — Suas palavras são pontuadas por uma série de beijos no meu pescoço. — Não consegui resistir.

— Não precisa pedir desculpas. — Inclino-me e beijo sua bochecha encovada. — Mas como você soube onde eu moro?

Jarek sorri e esfrega o nariz no meu.

— Você me contou qual era o prédio há um tempão. Só tentei todos os números até chegar ao seu. Espero não ter perturbado demais os seus vizinhos!

Reviro os olhos e sorrio de volta para ele. Jarek dá uma olhada à direita, e percebo que não está olhando para a parede, e sim para um par de sapatos de Don, enfiados ao lado do sofá. Confiro a hora. É mais tarde do que eu pensava. Don chegará em casa nas próximas duas horas. Meu estômago revira de nervoso, um lembrete de que, apesar das aparências, eu realmente me preocupo com o que outras pessoas pensam a meu respeito.

— Ele pode voltar em breve — digo. Mencionar Don em voz alta deixa a culpa voltar a enfiar as garras sob a minha pele. Sento-me e levo a mão ao pescoço. — Não sei como nada disto aconteceu — murmuro.

Penso em Jess e na sua desaprovação, em Don e Sarah e na sua abençoada ignorância. Isto aguça minha própria autodepreciação. Estou sentada no chão do meu apartamento, pelo amor de deus, em um tapete empoeirado. Sinto-me subitamente muito exposta e pego minha túnica, puxando-a sobre o peito.

— Não faça isto. — A voz de Jarek é anormalmente suplicante. Ele puxa o tecido para baixo, de modo que ele se amontoa no alto das minhas coxas. Jarek passa a mão sobre o meu peito, traçando uma linha até o umbigo. Seu rosto está sério, e é como se eu pudesse ver o que ele está pensando. É um homem prestes a morrer, olhando uma mulher nua possivelmente pela última vez. Olho para meu corpo andrógeno, e penso que gostaria de ter mais a lhe oferecer. Ergo os olhos, e ele trava o maxilar quando seus olhos encontram os meus.

— Estou com muita dor, Izz. Preciso que isto acabe agora.

Inclino-me e escondo meu rosto em seu pescoço.

— Você não pode desistir — cochicho.

Ele se afasta e fecha as mãos ao redor da parte superior dos meus braços, segurando-me a sua frente.

— Não estou desistindo, Izz. Tenho um Paraíso aonde ir.

Sinto meu rosto contorcer-se para impedir as lágrimas que ameaçam me inundar, e nesse momento detesto o que faço. Meus dedos traçam o contorno do anjo acima do osso do meu tornozelo, e vejo quando o olhar de Jarek cai sobre ele.

— Mas não é real, Jarek! No máximo, é uma ilusão convincente.

— Não, é muito mais do que isso. O que você faz é incrível.

— É? — Meus ombros tremem, e percebo que estou chorando. Espero que ele me console, mas em vez disto ele fica me olhando até eu começar a me acalmar. Fungo e enxugo os olhos. Espero que meu rímel não tenha escorrido. A vaidade nos ataca nos momentos mais estranhos.

— Pode não ser perfeito, Izz — ele diz, fazendo carinho no meu rosto —, mas é o melhor que consegui. *Você* é o melhor que consegui.

Puxo os joelhos para o peito e apoio o queixo neles, envolvendo meus pés com as mãos. A unha do meu dedão está lascada e luto contra a vontade de me levantar e pegar a lixa no banheiro.

— Estou cansado da dor — ele continua. — Agora, nestas últimas semanas, ela é constante. Pedi ajuda ao médico, mas ele não pode fazer mais nada. Não tem mais nada que ele possa me dar. Parece muito ridículo que vivamos em uma sociedade que pode criar Paraísos, mas não pode deixar as pessoas morrerem.

Ele tem razão. Estou surpresa que ainda não tenhamos legalizado suicídio assistido. Agora o projeto voltou para o Parlamento, e desta vez é possível que passe. No passado, lutei furiosamente por ele, mas nos últimos dois anos perdi a esperança de que um dia isso aconteça.

Percebo que Jarek está buscando meu olhar, pedindo-me algo com os olhos. Não quero processar isso, e evito olhar para ele, focando em meus pés nus junto ao chão. Concentro-me no contraste entre a madeira escura e o marrom-claro das minhas unhas.

— Vou morrer, Izz. Fiz as pazes com isso, acredite. É só uma questão de quão rápido e quão desagradável. Quero estar em casa, não em um hospital, não em uma clínica de cuidados paliativos.

Visualizo a prateleira de cima do armário do banheiro. O tubo ainda está lá, imagino, enfiado atrás das multivitaminas, sem etiqueta, cheio. Consegui-o anos atrás. Só por garantia, disse comigo mesma. Só para o caso de algo acontecer um dia, e eu precisar que o fim venha com urgência. Deveria tê-los dado para minha mãe semanas antes de ela finalmente morrer.

É o desespero premente atrás dos olhos de Jarek que me lembra. Constato que foi no nosso segundo encontro que ele me pediu analgésicos. *Não aqui*, eu disse a ele. *Só em casa, para uso pessoal*. Ele tornou a mencioná-los uma vez, no hotel. Sabe que eu tenho. Olho-o nos olhos, recusando-me a acreditar no que ele quer que eu faça.

— Sabe o que estou te pedindo?

Ele está morrendo, e quer que eu ajude isto a acontecer em seus próprios termos. Dou mais uma olhada na hora, porque alguma parcela sentimental minha, aquela que pega velhas fotografias impressas e arruma-as em álbuns; a parcela que compra quinquilharias inúteis só por lembrarem a minha infância, quer saber quanto tempo levará para que eu concorde com isto.

Quando tomo minha decisão, passaram-se seis minutos. A mente humana adapta-se rápido.

*

Quando Don chega em casa no meio da noite, ainda estou atordoada. De certo modo, isto facilita contar-lhe que não o amo mais, que sinto muito, mas que acho que está tudo terminado entre nós. Nem mesmo tomei uma chuveirada. Imagino que ele possa detectar o cheiro de outro homem em mim, mas não estou nem aí. Meu comportamento é asqueroso, eu sei, mas pela primeira vez na vida sinto que não tenho controle sobre ele. E, de maneira estranha, isto é empoderador.

Don senta-se por um tempo a meu lado no sofá, segurando a minha mão, e por vários minutos sinto como se ele fosse meu cliente. Depois, ele relaxa o aperto, me dá a mão de volta, pressionando-a aberta sobre o meu joelho. Olha para as palmas das suas, como se estivesse registrando a ideia de que esta é a última vez que me toca. Calmamente, diz que entende, e nunca me senti tão agradecida por tê-lo em minha vida. Depois, ele se levanta e entra na cozinha, e sinto uma triste onda de amor por ele, que não é bem pena.

CAPÍTULO CATORZE

O sono vem intermitente. No minuto em que começo a adormecer, torno a ouvir os aviões. No sábado de manhã, ligo para minha avó na casa de repouso, para saber se ela não se importa de eu ficar por um tempo em seu antigo apartamento. Ela começa um interrogatório, mas logo cede.

— É claro, Beti.

Don me diz que vai sair por alguns dias, assim posso empacotar minhas coisas. Antes de ele ir, conto sobre os barulhos que escuto à noite, e nunca o vi me encarar com algo tão próximo ao desprezo.

— Eu poderia tê-la mantido a salvo — diz, antes de disparar para fora do apartamento.

Enquanto dobro minha vida dentro de caixas, penso em Jarek. Penso nele no meu Paraíso, e tento criar lembranças que não estão lá. Tento formar imagens e sensações nossas em todos os lugares que amei, em todas as vezes na minha vida em que o teria querido ali. Tento imaginá-lo ao lado da cabeceira da minha mãe, com o braço em volta dos meus ombros. Imagino-o no meu baile de formatura na universidade, entrando no vestiário no exato momento em que meu ex-namorado tentava enfiar a mão debaixo da minha saia. Jarek teria dado um soco nele; teria acertado em cheio no seu queixo. Tento imaginá-lo mais jovem, mais forte, com o rosto mais cheio, e a pele mais bronzeada, mais sardas em suas bochechas. Tento, mas não consigo. Minha inventividade costumeira está falhando, talvez sufocada pelo medo. O Jarek que estará em meu Paraíso será a única versão dele que já conheci. Um punhado de momentos roubados com um homem terminal; um homem além do auge da sua juventude, e esgotado da vida, mas ainda a pessoa mais magnífica que já conheci.

O domingo parece passar por mim. Passo-o empacotando, esperando outra visita surpresa, e atenta ao som de drones e invasores.

De alguma maneira, consigo atravessar a manhã de segunda-feira no trabalho. Lela me deixa em paz, e escapo de outra reunião com Maya e Caleb, sobre a cláusula de autorização única. Não muito tempo atrás, esta era minha preocupação fundamental, mas agora ela parece intangível, fora do alcance. Não me preocupar com ela é libertador. É como pendurar de volta no armário um pesado casaco de inverno, no primeiro dia de primavera.

Logo depois do almoço, batem à porta da minha sala, e Lela entra sem esperar resposta. Seus olhos passam rapidamente pelo ambiente e ela morde o lábio. Não temos tido uma conversa pra valer desde que ela me puxou para dentro da sua sala, depois do treinamento. Levanto os olhos quando ela entra, e depois volto a reorganizar as notas digitais espalhadas pela superfície da minha mesa. Pelo canto do olho, vejo-a se sentar no sofá.

— Isobel, senta aqui comigo? — Existe algo nas palavras e na maneira como ela as diz que chama a minha atenção. É convincente, hipnótico, e, no entanto, enquanto me levanto e vou até ela, penso, *Não, não, não.* Ela dá um tapinha no tecido a seu lado, exatamente como faço quando encontro meus clientes. Exatamente como fiz quando conheci Jarek. Sento-me e cruzo as mãos no colo.

— Izzy, sinto muitíssimo. — Ela aperta os lábios e coloca a mão entre minhas clavículas. Seus olhos estão vítreos, como a superfície de um lago semicongelado. Ela sempre foi delicada. — Jarek faleceu nas primeiras horas da manhã de sábado.

Minha visão fica um pouco estranha, percebo que estou assentindo, e depois minhas bochechas parecem doloridas, isto porque forcei meu rosto num tipo esquisito de sorriso exagerado, que parece uma barreira contra a agonia no meu peito.

— Desculpe ter demorado tanto para te contar. Harry estava sem graça. No fim, ele achou melhor que eu desse a notícia. — Ela me olha com atenção.

— Obrigada — digo, e minha voz oscila mais do que eu esperava. — Eu sabia que seria logo, só que não tão logo.

— Recebemos o alerta do seu chip de monitoramento, e a irmã nos ligou logo depois. Ele foi achado caído, em frente ao hospital, mas não havia nada mais a ser feito. Era a hora dele, Izzy.

— A irmã dele? — pergunto, verificando se tinha ouvido corretamente em meio ao choque. Penso no dia em que o encontrei no cemitério. Ele estava visitando o túmulo dela, não estava? A irmã morta num acidente de trânsito, quando adolescente? A força brusca do trauma começa a me conduzir por esses estranhos caminhos sinuosos de perguntas, antes que a voz de Lela me traga de volta ao presente.

— Harry me disse que vai te mandar os formulários de autorização dupla.

Mais uma vez, ela esfrega as minhas costas. Confirmo com a cabeça. Ele deve ter outra irmã.

— Você sabia que ele te queria no Paraíso dele? — ela pergunta.

Confirmo novamente, olhando para as minhas mãos, observando meus dedos se contraírem juntos. Penso no documento digital que Jarek assinou, antes de sair do meu apartamento. Essa troca de intenção de estar na pós-vida um do outro, pela eternidade, era cerimonial. O maior dos compromissos feito com tanta facilidade, muito mais poderoso do que teria sido um casamento. Aparentemente, muito mais do que era o casamento dele.

Olho no rosto de Lela, e vejo algo que interpreto como culpa. Lela é regida pelo amor. É uma romântica, uma idealista. Pensou ter visto entre nós luxúria, mas estava enganada. Agora ela sabe disto. Lela é uma boa pessoa. A melhor. Reconhece a verdade quando a vê.

— Ele pode ter partido, mas sempre existe mais amor, Isobel.

Suas palavras flutuam sobre mim. Ouço-a fungar, contendo as lágrimas, e percebo o movimento do seu braço ao enxugar os olhos. Ela se inclina para me abraçar. É estranho, porque para ela devo parecer uma rocha. Depois, ela se levanta e vai até a porta. Não a vejo ir embora.

Espero até a porta se fechar, depois me levanto e vou até ela, deslizando a trava e pressionando as costas junto à madeira. E então, não me preocupo com quem me ouça. Uma série estrangulada de soluços solta-se da minha boca, enquanto escorrego pela porta até o chão. Minha mente volta-se para a lembrança de lhe dar um beijo de despedida na porta do meu apartamento, sexta-feira à tarde. Por mais que eu amasse senti-lo, odiava minha falta de controle. Foi ele quem teve que se afastar de mim, enquanto eu apertava os comprimidos em sua mão. Mas lhe dei o que ele queria, lembro a mim mesma: uma morte tranquila, indolor. Não pensei que ele fosse fazê-lo imediatamente. Pensei, convenci-me, que o veria novamente. Foi a única maneira de ficar sã nestes últimos dias.

Enrodilho-me no chão, e corro a unha do indicador na felpa fina do tapete. Sinto meus lábios afundarem nas fibras. Fecho os olhos, e me lembro de me deitar deste jeito junto ao corpo encolhido da minha mãe.

As enfermeiras deixaram-me ficar assim deitada por duas horas, antes de me acordar. Naquelas últimas semanas, não havia flores ao lado da sua cama, a não ser uma minúscula rosa em miniatura plantada num vaso. *Se você ama uma flor, não a colha*, era um dos provérbios preferidos da minha mãe, palavras de um guru indiano, de quem esqueci o nome.

Ela jamais comprou flores cortadas. Eu me lembro que a planta no vaso estava coberta de botões minúsculos. Pensei que fossem abrir antes de ela morrer, mas eles esperaram mais uma semana, quando finalmente levei o vaso para fora e coloquei-o no terraço. Aquelas minúsculas pétalas amarelas estavam esperando o sol, não estavam preocupadas com a morte.

Fico deitada no tapete, junto à porta, por mais tempo do que deveria, lembrando a mim mesma que o amor não tem a ver com posse, mas com apreço, conhecimento que agora parece o maior presente que minha mãe já me deu.

CAPÍTULO QUINZE

Brooke é menos gentil em minha segunda visita, muito adiada. Pergunta por que levei tanto tempo, e só digo que andei ocupada. A agulha mergulha na minha carne, escavando vales na minha panturrilha. Desta vez, observo seu rosto. Gosto da maneira como põe a língua para fora, passando o *piercing* prateado para frente e para trás sobre o lábio superior. De um jeito estranho, é hipnotizante.

— Pinica mais porque estou sombreando as penas — Brooke diz, lendo meus pensamentos. — Antes, eu estava usando uma agulha; hoje são três.

— Obrigada, isto me faz sentir muito melhor.

Embora eu esteja sendo sarcástica, o desconforto é uma espécie de alívio. No início, senti-me tão entorpecida, que embalar minhas coisas e me mudar foram o que bastou para me acalmar. Consegui extrair conforto em encaixar meus pertences bem organizados, nas mesmas caixas que usei quando fui morar com Don. Em situações como essa, sou tomada de certa gratidão por viver tão frugalmente. Uma viagem por Londres, em uma van contratada, e acabou. Passei a noite de ontem limpando o apartamento da minha avó. Não limpando a sujeira e os detritos da vida (os últimos inquilinos saíram meses atrás), mas esfregando o odor da ausência e da negligência. Nessa noite, sob os lençóis limpos, mas úmidos, a solidão pesou em mim.

A profundidade do meu sono surpreendeu-me, mas a dor deve ter se adensado no decorrer da noite, porque acordei angustiada. Sabia aonde ir e estava certa. Finalmente, o sentimento tem um lugar por onde escapar. A angústia infiltra-se em minha pele e se junta à agulha de tatuagem, mesclando-se com a tinta para me marcar. Meu anjo não tinha identidade quando o escolhi. Agora, independentemente da minha vontade, ele assumiu uma personalidade, a identidade dele. Não tinha rosto, mas agora sei que sempre o verei em seu contorno.

A agulha muda o ritmo, e engulo um grito. Com o canto do olho, vejo Brooke sorrir. Filha da puta sádica. O desconforto está agitando a raiva que zumbe sobre a superfície da minha pele. Fecho as mãos em punhos, apertando os polegares. Espero que Jarek não tenha sentido nenhuma dor perto do fim. Não sentiria, se tiver tomado os comprimidos que lhe dei. Teria mergulhado em uma névoa acolhedora, relaxante. Talvez até tenha se sentido eufórico. Sinto-me mal por pensar nisso, mas espero que tenha pensado em mim ao se despedir. Sei que deve ter pensado nas filhas. Deve ter pensado nas inúmeras coisas maravilhosas que preencheram sua vida, coisas sobre as quais nada sei. Sou tomada por uma súbita amargura.

Não me interesso por funerais. São para os mortos, não para os vivos. Mas me pergunto se o corpo dele será cremado. Se for, quem ficará com as cinzas, e onde serão espalhadas? Acho que eu saberia aonde levá-las, ao parque em que ele costumava brincar quando criança, com vista para os campos. Mas isto não importa agora. O sentimentalismo é um desvio da verdade. O principal é que as emoções, as sensações e as lembranças de Jarek estão reunidas no laboratório de Jess.

Volto meus pensamentos para os neurônios-espelho. Imagino Jess transferindo o aglomerado de células para a lâmina e enfiando o cartucho de volta em sua fenda escondida, para nunca mais ser perturbado naquele laboratório de alta segurança, revestido de chumbo, tão fundo no chão. A esta altura, seus neurônios-espelho, extraídos cirurgicamente do seu cérebro, teriam assegurado a consciência das suas lembranças: os neurônios disparados enquanto ele me via estender a mão para tocá-lo, os neurônios disparados quando ele devolveu o gesto.

É fascinante a mudança de perspectiva que essas células mínimas podem conseguir, impulsionando um tipo inato de realidade virtual. Elas nos permitem nos vermos em outras pessoas, até em outros animais. É essa magia que nos torna humanos. Esses neurônios, esses fios de vida que antes pensávamos apenas lidar com nossos sentimentos de empatia e nossa compreensão dos outros, são a chave para isso tudo. Uma descoberta feita por um cientista morto muito tempo atrás, quando eu era apenas uma criança. Uma descoberta que definiu o resto da minha vida, minha carreira. A descoberta de que, sem sombra de dúvidas, não existia alma nenhuma, nada além de atividade elétrica em nosso cérebro, criando um sentido de ego, uma consciência para cada um de nós. Jarek estaria novamente vivo em seu Paraíso. No Paraíso que criei para ele.

Brooke coloca um lenço de papel na minha mão, e percebo que lágrimas escorrem dos meus olhos para a cama sob mim. Sinto a umidade formar-se em meus olhos, e sacudo a cabeça, envergonhada. Detesto chorar na frente dos outros.

— Sinto muito — digo. — Não é a dor.

— Não, eu sei — ela diz, sem olhar para mim. Sua boca está travada numa linha apertada. Eu estava esperando um sarcasmo, mas começo a me dar conta de que, no momento, outras pessoas conseguem enxergar dentro de mim, conseguem ver e sentir exatamente o que estou enfrentando. Até Don lidou comigo com muita gentileza, considerando as circunstâncias.

— Meu irmão mais novo acabou de voar para o Pacífico — Brooke diz. — É sua primeira mobilização.

— Tenho certeza de que ele vai ficar bem. Nossas tropas sabem o que estão fazendo. — Descubro que nem mesmo penso nas palavras antes de dizê-las, porque é isso que nos dizem todos os dias. A reafirmação irresponsável é frequente.

— Você acha? No primeiro dia em que ele estava lá, me disse que era um caos completo.

Acho que não preciso saber disso. Talvez esteja muito acostumada com a confiança tranquilizadora de Don. Talvez ele estivesse escondendo muito mais de mim do que jamais imaginei. Dou de cara com Brooke, e penso que ela percebe minhas dúvidas.

Ouço um clique sobre o zunido da agulha, e depois há um silêncio sem dor. Brooke recua e depois se agacha. Inclina a cabeça de um lado, depois do outro, enquanto analisa sua obra. Solta um muxoxo de aprovação e depois vira de costas para esterilizar seu equipamento na pia.

— Dê uma olhada! — grita. — Está pronto.

Deixo-a enrolar meu tornozelo e minha panturrilha numa nova película, antes de olhar. Suas palavras de orientação sobre os cuidados posteriores vão parar em segundo plano, enquanto constato que, pelo menos, Jarek não verá esta guerra, e pelo menos não tenho filhos que terão que tentar viver com ela e enfrentar suas consequências, sejam quais forem. E penso, não pela primeira vez, que logo mais preciso me mexer para terminar meu próprio Paraíso.

Enquanto sigo pela rua, deixo as manchetes faiscarem pela minha visão. O clamor persistente de pensamentos e exigências na minha cabeça declina para uma dor incômoda. Existe algo meditativo no ar frio do outono e no zumbido da atividade de meados da manhã, e me vejo caminhando sem direção, sem tirar os olhos dos pés. Este tipo de paz é raro para mim, e inesperado, dadas as circunstâncias.

Caminho até estar contemplando o telhado curvo do Instituto Francis Crick, do Brill Place. Parece que faz semanas, e não dias, desde a última vez em que estive aqui para me encontrar com Jess. O pátio pequeno, nos fundos do Instituto, está vazio, e me sento em um dos bancos debaixo dos limoeiros, abotoando o casaco e trazendo a bolsa para o colo.

Ele está ali, em algum lugar. Baixo os olhos para a grama que margeia a borda do prédio. Ali embaixo, sob o chão. Na base das fundações, onde está a salvo. Olho o verde e sinto a insensatez me invadir de novo, enquanto me readapto ao novo ambiente, minhas ondas cerebrais amortecendo para um zunido calmante.

— Bom dia, Isobel — diz uma voz atrás de mim, e me viro, surpresa, vendo um homem que não reconheço, parado com a mão pousada nas costas do banco. Dou uma olhada apressada ao redor do pátio, e noto que estamos sozinhos. Verifico se o zíper da minha bolsa está fechado, e sinto meus dedos dos pés se fecharem dentro dos sapatos. A tatuagem volta a arder.

— Posso me sentar? — o homem pergunta.

— O banco não é meu. — Ergo os olhos para as janelas do Instituto, buscando a segurança de espectadores.

Ouço-o suspirar baixinho, enquanto vem se sentar. Assim como eu, é bem magro. Provavelmente é só um pouco mais alto do que eu. E aposto que não sabe lutar. Junta os dedos delicados, aninhando-os no colo. As unhas estão bem cortadas e são de um róseo clarinho, contra o negro da sua pele. Olho para seu rosto; está com os lábios cerrados, olhando para o chão. Agora posso visualizar o sorriso quase permanente de Jarek. Penso em como o meu sarcasmo sempre o fez rir, e sou dominada pela sensação ainda mais forte de precisar ficar só.

— Sinto pela sua perda, Isobel. — Ele se inclina à frente, para pousar os cotovelos sobre os joelhos, olhando rapidamente em minha direção, como se fosse tímido. Sinto meu coração começar a bombear mais rápido. Analiso seu corpo em busca de pistas, mas não há muito que descobrir. Está usando um suéter preto, fino, lindamente tricotado, puxado para longe dos pulsos. Seus braços são mais fortes do que imaginei de imediato, apesar da sua estatura. Posso ver os contornos entrelaçados dos músculos. A calça que ele está usando parece-se muito com uma que eu tenho: corte folgado, com um xadrez cinza quase invisível. Nenhum adereço, e tenho toda certeza de que nunca o vi antes. Mas e no bar, com Lela, talvez naquela sexta-feira, depois do trabalho? Eu tinha tomado algumas. Foi na noite em que admiti para mim mesma que estava apaixonada por Jarek. E agora ele se foi.

Olho mais uma vez para o rosto do homem, procurando um mínimo de reconhecimento, mas não acho nada.

— Eu te conheço? — pergunto com frieza.

— D. C. I. Lyden — ele diz, numa voz que soa como se devesse ser acompanhada por um leve sorriso, ainda que seus lábios voltem a ficar quase imediatamente depois. Ao mesmo tempo, puxa uma carteira fina do bolso e abre-a. Um distintivo elegante brilha de um lado, e do outro, uma foto me encara com dureza sob as palavras azuis: *Polícia Metropolitana*. É raro ver algo impresso em cartão, e um impulso infantil me faz ter vontade de tocar naquilo.

No que parece ser um pensamento posterior, ele estica a mão para mim, e eu a tomo. Sacode minha mão duas vezes, com firmeza o bastante para que não sinta o tremor que se espalha pelos meus dedos.

— Daniel — diz, com a mais breve sombra de sorriso.

— Como você sabe o meu nome? — pergunto, estreitando os olhos. Minha primeira ideia foi de que ele era mais novo do que eu, mas as rugas sob seus olhos, e as sombras escuras dentro delas revelam muitos anos a mais neste mundo. Ele ainda parece excessivamente jovem para ser um inspetor detetive-chefe.

— É meu trabalho saber seu nome.

Meu coração sai do ritmo. Penso nos comprimidos que dei a Jarek. Os comprimidos que nós dissemos serem para facilitar suas horas finais, mas, na verdade, teriam trazido o fim muito antes do que seria de se esperar.

Este homem está aqui para me prender. Luto contra a vontade de cruzar os braços junto a mim, e coloco as mãos sobre as coxas, rearrumando os vincos precisos da minha calça, para que corram perfeitamente sobre o centro de cada joelho.

— Como soube onde me encontrar? — pergunto, tentando manter a voz firme, mas percebendo, tarde demais, que ela está mais alta, num tom de desafio.

— É meu trabalho encontrar pessoas.

— Ah, bom, agora estamos de fato chegando a algum lugar.

— Lela e Caleb disseram que talvez eu te encontrasse aqui.

Levanto-me e puxo a alça da bolsa sobe o ombro. A adrenalina bateu.

— Olhe, foi uma conversa agradável, mas tenho que ir...

— Não, Isobel, você precisa se sentar — ele diz, e sinto como se visse uma centelha de preocupação genuína em seus olhos, antes que seu olhar se volte para as lajes de calçamento sob nossos pés. Ele dá um tapinha no banco a seu lado, e me vem uma sensação estranha de troca de papéis. Pergunto-me se trabalha com Don, se ele foi ferido ou coisa pior. Mas não, dizer que sente muito pela minha perda significa que deva estar aqui para falar sobre Jarek.

Empoleiro-me ressentida na beirada do banco, sentindo a adrenalina subir.

— A esposa de Jarek foi encontrada morta pela mãe na noite de sexta-feira. — Ao terminar a frase, seus olhos encontram os meus pela primeira vez. São como holofotes em uma noite escura, fixando-se em seu alvo.

— O quê?

O ar necessário para formar as palavras mal sai da minha garganta, e minha voz se enrosca em algum lugar, entre uma exclamação e um sussurro. Sinto minha boca se abrir, e minha língua recua dos meus dentes. O fundo da minha garganta fecha-se. Vejo seu rosto redondo e suave, seus olhos brilhantes, lembrando-me de como ela sorriu para mim na floricultura. O tempo desacelera, enquanto meu cérebro luta para pensar nas implicações do que este homem está dizendo.

— Você não sabia da morte dela? — pergunta. Ele não pisca, e o castanho dourado das suas íris permanece cheio, enquanto suas pálpebras se fecham mais. Posso senti-lo tentando me ler. Ele é bom nisso porque, de repente, me sinto nua.

Relembro Helena no balanço, seu rostinho redondo velado de perplexidade, tentando entender por que o pai a estava deixando. E agora ela, e sua irmã mais nova, também haviam perdido a mãe. As duas com menos de seis anos e órfãs. Meu coração ajusta o ritmo, triste por elas.

— Claro que não. Não vi Jarek desde... — Fico calada porque me lembro de que ele não era meu, de que estávamos fazendo algo errado. As palavras de Jarek soam em meus ouvidos: *Minha esposa acha que é culpa do tumor que nossa relação esteja se deteriorando.*

— Esta era minha próxima pergunta. Desde quando? — ele pergunta. Endireito o corpo e viro meu torso para ele. Minha voz treme.

— Ela se matou?

Ele olha para mim pelo que me parece muito tempo, antes de responder.

— Não, achamos que não. Achamos que ela foi assassinada.

Cubro a boca com a mão, apertando-a, e olho para meus sapatos, deixando o sangue correr para o meu rosto. Volto a pensar em seu rosto corado, tão cheio de vida, nas garotinhas, e então, algum mecanismo autoprotetor tenta empurrar os pensamentos para longe, com a mesma rapidez com que vieram. Surge uma pergunta, e me vejo fazendo-a antes de pensar nas palavras certas, ou decidir se queria a resposta:

— Como...?

Olho para ele, e depois volto os olhos para o meu colo. Percebo que ele observa o meu rosto, e sei, pela pausa, que ele está suspirando, mas mal posso ouvi-lo soltando o ar, num gesto longo e suave.

— Quem quer que a tenha matado tinha acesso à casa da família. Achamos que o ataque começou na cozinha, no começo da noite. A causa principal da morte foi asfixia.

Não consigo evitar olhar novamente para ele. Sinto meus olhos arregalarem-se espontaneamente. Alguns segundos silenciosos passam por mim.

— Depois que Sarah foi encontrada, a polícia imediatamente tentou localizar Jarek — ele acrescenta, como que revendo em voz alta o relatório da cena do crime. — Ele foi encontrado desmaiado em frente ao Hospital Wellington, a menos de dois quilômetros de distância.

Balanço a cabeça. Já sabia disso. Volto meus pensamentos para Sarah.

— O fim foi rápido? — pergunto, mordendo o lábio. Ele desvia o olhar para o pátio, e sinto que não vai dizer mais nada.

Aquelas garotinhas...

— Isobel. — Num tom baixo, sua voz exige minha atenção. — Isobel, Sarah foi morta na noite de sexta-feira. Não podemos ter certeza de onde Jarek estava na hora do assassinato. Qual foi a última vez que você viu o Sr. Woods?

Sinto o peso da atenção do detetive sobre mim. Agora, é implacável, curvando meus ombros para baixo, como uma gravidade extra. Ele se mexe no banco de modo a ficar mais perto de mim, e abaixa a cabeça, então posso vê-lo com o canto do olho.

— Mais cedo naquela tarde — sussurro. — No meu apartamento.

— A que horas?

— Não sei. Foram poucas horas, meio da tarde. Eu tinha acabado o trabalho cedo. Ainda estava claro.

— O que você fez depois? Foi para algum lugar?

— Não, nada. Só fiquei em casa.

— Sozinha?

— É, sozinha. — Faço uma pausa. — Meu namorado chegou em casa à meia-noite, talvez uma da manhã.

Luto pra levantar a cabeça, mas finalmente consigo. Conforme o choque vai se assentando, começo a pensar que, se ele me fizer mais alguma pergunta, provavelmente eu deveria pedir para chamar um advogado, e ter certeza de que a conversa esteja sendo oficialmente gravada. Fico desesperada para estar de volta na segurança do meu escritório. Quero ser aquela que oferece tranquilidade. Detesto me sentir exposta.

— Por que você está aqui?

Ele abre a boca uma vez, depois torna a fechá-la, contraindo os lábios. Pergunto-me por que está hesitando.

— Jarek é um suspeito — acaba dizendo.

Levanto-me do banco e cruzo os braços, olhando para ele.

— Você está sendo ridículo! — Tento controlar minha raiva, enquanto ela sobe roncando do meu estômago. — Jarek? Um assassino? Não seja estúpido.

— A maioria dos homicídios é executada por familiares, e sabemos que o assassino tinha acesso à casa. — Sua voz é comedida; ele deve ter usado essas palavras muitas vezes antes. — Não podemos determinar onde ele estava na hora do assassinato, mas sabemos que estava perto.

— É possível que alguém pudesse ter arrombado? Roubado uma chave? — Sinto a ferocidade crescendo em mim, e os pelos dos meus braços arrepiarem-se, apesar do calor na atmosfera.

O detetive sacode a cabeça.

— Não há evidência disto, Isobel.

— Ele adorava aquelas garotinhas. Estava *destruído* porque não estaria lá para cuidar delas. Não existe possibilidade de que ele também fosse tirar a mãe delas.

— Talvez ele não tenha feito isso, Isobel, mas então, precisamos arrumar um jeito de descartá-lo.

— Ele está morto. — Lágrimas quentes saltam para os meus olhos. Travo o maxilar para reprimi-las.

— Com todo respeito, ele não estava morto na última sexta-feira.

— Não preciso ficar aqui ouvindo isto. — Meu corpo vira-se, antes mesmo de eu terminar de falar. As últimas palavras perdem-se no espaço entre nós e o instituto.

— Não, não precisa — ele diz, com a voz tão tranquila e equilibrada como quando chegou ao pátio. Não há sentimento de urgência, nem medo de que ele perca a batalha. — Mas se você o amava, se o ama, você é a única pessoa que pode provar que ele é inocente.

Já estou a vários passos de distância, mas me viro para encará-lo.

— O que você quer dizer?

— Você sabe tão bem quanto eu, Isobel. Assassinos condenados não conseguem Paraísos. — Ele dá de ombros, abrindo as mãos para o céu, como que se sentindo mal a respeito. — Pelo menos, toda a minha unidade passa o tempo tentando garantir que isso não aconteça.

Enfio os dedos dentro da gola, e sinto a friagem das unhas junto à pele do pescoço. Ele tem razão, é claro. Sem qualquer sombra de dúvida, e eles apagariam o Paraíso de Jarek em um segundo.

— Mas por que você precisa de mim? Eu não estava com ele na sexta-feira à noite. Queria estar, mas não estava. Não sou um álibi.

— Eu sei. — Ele se cala, para deixar a força das suas palavras penetrarem.

Franzo o cenho para ele.

— Então, o que você acha que posso fazer? — Deixo a irritação se enredar nas minhas palavras.

— Queremos rever o que aconteceu, achar uma janela para aquela noite, na casa deles.

— Isto é absurdo. Jarek jamais...

— Sarah tinha começado a fazer um Paraíso, mas não tinha acabado. Não estava com pressa porque não esperava morrer cedo. Mas Jarek *tinha* um, que você ajudou a fazer. E se ele fez alguma coisa, talvez algo incrivelmente violento, então é o tipo de memória marcante que poderia estar escondida ali, em algum lugar.

— Me desculpe, o quê? — Fecho a cara, pensando no que Jess cochichou para mim no Laboratório Elétrico, poucos dias atrás. Vejo a excitação em seus olhos, enquanto seu dedo acompanha as luzes fracas e ondulantes na parte baixa do monitor. É uma *lembrança fantasma*.

— As únicas lembranças no Paraíso dele são as que eu coloquei. Talvez algumas tenham sido postas por meu colega, Harry. Ele não mencionou nenhum desejo de matar a própria esposa, Inspetor Lyden.

— Então, será que a Dra. Sorbonne não comentou com você suas descobertas recentes? — ele pergunta, inclinando a cabeça em direção ao Instituto. Percebo que ele já sabe a resposta. — Ela acha que uma lembrança tão forte quanto um assassinato poderia se infiltrar no Paraíso de alguém. Quando se pensa nisto, faz muito sentido.

— Codificado duas vezes, eu sei — murmuro, correndo a unha do polegar sobre os dentes inferiores. Más lembranças.

— Codificado duas vezes — ele confirma, acenando a cabeça e juntando as pontas dos dedos, formando uma ponte. — Uma vez nos neurônios normais, uma vez nos neurônios-espelho.

— E você falou com a Jess sobre a morte de Sarah porque...? — Estou perplexa. Não tive a impressão de que ela compartilharia sua teoria com ninguém mais, fora do laboratório.

— Estamos começando a trabalhar com neurologistas do Paraíso e estamos melhorando nosso relacionamento com empresas como a sua, aqui, e no exterior. Agora, faz um tempo que eu e Caleb estamos em contato. Meus colegas estão trabalhando em regulamentos mais rígidos para garantir que condenados não consigam Paraísos, e cada vez mais meu papel envolve revogá-los de pessoas que, para começo de conversa, não deveriam tê-los conseguido.

— Vocês destroem Paraísos? — Sinto o medo por Jarek pulsar em meu peito; seu mundo seguro, repentinamente, tornou-se frágil.

— Até agora, poucos, mas quando necessário, sim. — A ponta da língua dele brinca na beirada do lábio. — Mas a exploração de lembranças fantasmas é um novo caminho para nós. E é por isto que estou aqui.

Olho de volta para ele, sentindo o ar correr sobre os meus lábios, enquanto respiro rápido e fortemente. Ele está brincando comigo, esperando que a minha mente acompanhe a dele.

— Daqui de fora, não podemos descobrir o que essas pistas dizem.
— Suas palavras ecoam meus pensamentos.
— Espere. — Ouço a incredulidade saltar pela minha voz como risada, induzindo-me a sorrir. — Você quer que eu me ponha em risco e, de certo modo, entre no Paraíso dele? Invada e vasculhe a delicada reunião de neurônios e lembranças sem nenhum tipo de garantia?

— Você deve saber que existem novas técnicas de visualização em desenvolvimento. Eles acham que agora é possível inserir uma pessoa viva no Paraíso de outra. Você entraria, vivenciaria, veria o que acontece. Sei que as circunstâncias são infelizes, mas esta é uma oportunidade, Isobel.

— Não, não, não é. Com todo o respeito, você simplesmente não pode fazer isso. Não é certo forçar a entrada no Paraíso de alguém.

— Vim procurar você, Isobel, porque se trata de uma situação extraordinária. Você aparece no Paraíso de Jarek, mas também calha de ser uma arquiteta. Então, eticamente, investigar lembranças-fantasma poderia ser possível pela primeira vez. Ele entrelaça as mãos, não fazendo nenhum movimento para mudar sua posição no banco.

— Você está brincando comigo, certo? — Tento não dar importância, mas minha mente está em disparada. Não. Tem que haver outra maneira. Existem as simulações que uso para meus clientes, mas sua programação é muito restrita, muito limitada. Por que Jess não poderia traduzir esses indícios fantasmas dos dados digitais, de volta para pensamento? Tem que haver alguma maneira de ela poder fazer isto.

— Vou ser franco. Não tentamos fazer isto antes. Até onde sei, ninguém tentou. Estaríamos estabelecendo um precedente e, com toda sinceridade, não existe ninguém mais a quem possamos pedir para correr o risco.

— Recorra através do protocolo correto, e terei que te contar o que está incluído na Arquitetura do Paraíso dele! — grito, sabendo que o que estou dizendo é imaterial.

Enquanto me afasto, apertando as mãos em uma bola junto ao peito, fico chocada com a facilidade com que me apavoro. Saí da minha sala e para longe de Jarek, naquela primeira tarde em que ele me beijou. Dou as costas para coisas que me perturbam. Saio de discussões com a última palavra, mas elas permanecem sem solução.

Ouço os passos firmes de Daniel me seguindo, esmagando o cascalho. Chego ao portão que dá para a rua, e a mão dele fecha-se ao redor das barras de metal ao mesmo tempo em que a minha. Sinto a mão dele no meu ombro, enquanto ele me vira de frente para ele. Faz isto sem força, mas me sinto encurralada.

— Nós achamos que você poderia querer fazer isto.

— Bom, sinto desapontá-los.

— Não posso obrigá-la a fazer isto, Isobel, mas você não quer saber o que aconteceu com a Sarah?

— Não preciso saber *nada*. Jarek não matou a esposa.

Agora, o rosto dele está perto do meu. Nossa estatura é ainda mais próxima do que eu pensava. Ele me encara, mas não diz nada, tentando capitalizar no silêncio. É um silêncio pesado, com coisas que ele quer dizer e não pode.

— Espere um minuto. — Tiro a mão da barra e aponto para ele. — De alguma maneira isto está ligado à coisa da Valhalla? — Pouso um dedo nos lábios, curvando os outros sob o queixo, enquanto me recosto na grade. — Há não muito tempo, Maya Denton me perguntou se eu estaria disposta a ajudar o FBI a forçar a entrada nos Paraísos de criminosos suspeitos. Depois, soube que eles estão trabalhando em visualizações avançadas em algum laboratório remoto... e agora isto? — Sacudo a cabeça com um sorriso de incredulidade no rosto. — Parece uma coincidência terrível.

Daniel umedece os lábios e concorda.

— Sou um detetive, não um funcionário da Valhalla, mas agora faz um tempo que estamos trabalhando com eles, e a tecnologia para fazer isto é mais estrita do que é amplamente conhecido, Isobel. Você tem duas escolhas. Pode seguir com seu cotidiano em sua clínica de pequeno porte, acreditando que está ajudando todas aquelas pessoas abastadas e vulneráveis...

— Dá licença, *acreditando* que estou ajudando os vulneráveis?

— Você não é um anjo, Isobel — ele diz, e não deixo de notar que ele gesticula em direção a meu tornozelo esquerdo. Ele não pode ver a tatuagem, então como sabe que ela está ali? — Você pode seguir com sua visão limitada de mundo ou pode começar confrontando o fato de que o conceito de Paraísos Artificiais é falho.

Sinto como se ele tivesse me acertado no estômago, desfazendo toda segurança que Jarek me deu. Meus pés estão grudados no lugar, de raiva, enquanto luto para controlar minha respiração irregular. Ele abre o portão e sai andando pela passagem, desaparecendo em meio às pessoas na rua adiante.

CAPÍTULO DEZESSEIS

Três semanas depois

No início, recusei a oferta de Maya de voarmos de primeira classe, mas Lela me convenceu a deixar de teimosia. Enquanto me estico no conforto da minha cama, uma taça vazia de champanhe a meu lado, não posso deixar de me sentir aliviada. A viagem passa rápido, depois que tomo os remédios para evitar o *jet lag* e deito a cabeça. Não tinha percebido que Lela não gosta de voar. Ela me conta, depois, que não dormiu nem um segundo. Sinto-me mal, perguntando-me como não tinha me dado conta do seu desconforto. Tenho sorte de ela estar aqui comigo. Está abdicando de um período precioso de férias, abandonando a família e escapando de Caleb, para me acompanhar a um país que não tem vontade de visitar.

Mas eu desisti de tudo. De tudo pelo que trabalhei. De tudo que sempre quis. Minha carreira, minha casa, Jarek, até de Don, que não me largou completamente. Falei com ele alguns dias antes de deixar Londres. Estava fazendo a mala quando seu rosto começou a tremeluzir, entrando e saindo da minha visão. Eu o tinha ignorado até então, mas daquela vez aceitei a chamada. Ele me perguntou se eu tinha pegado tudo que precisava no apartamento. Eu queria a máquina de café? Eu disse não. Disse que estava indo para a Índia e que não podia lhe dizer o motivo. Foi uma estranha inversão de papéis que o fez rir com tristeza. *Você não deveria, sabe?*, ele disse. *A Índia está querendo confusão, lançando aquelas armas nucleares. E a China não vai ficar atrás.* Deixei-me agarrar pela ansiedade, momentaneamente, e depois relaxei. Isto é algo que só aprendi a fazer recentemente. Ele me desejou boa sorte e insistiu para que eu mantivesse contato. Talvez.

Saímos hesitantes do avião e descemos a escada. Respiro o ar úmido do começo da manhã, deixando o calor da estação chuvosa acomodar-se no meu peito. Lela manda beijos e acenos, como Jackie Onassis, para ninguém específico. É uma tradição particular dela, me diz, e eu rio. De tempos em tempos naquela viagem — de táxi até o aeroporto, de avião para Mumbai, de carro para o hotel —, lembro-me das palavras dela: *Sempre existe mais amor, Isobel*. Olho para ela e vejo isso.

Um dos carros elegantes do Taj Mahal Palace nos apanha no aeroporto. O percurso leva cerca de uma hora. De onde venho, seria muito menos, mas os veículos particulares ainda parecem ser populares aqui, e as ruas estão movimentadas. Por um tempo, seguimos um caminhão enorme que transporta galinhas. Suas laterais de cores vibrantes soltam penas branco-creme sempre que ele freia. O trânsito me lembra de quando eu era uma garotinha, sentada no banco de trás, vendo meu pai dirigir. Olho pela janela os homens e mulheres agarrados a seus volantes. Observo, fascinada, como seus sentidos imprecisos tentam entender o caos à sua volta, sem conseguir. A buzinação estranha, bestial é a trilha sonora do nosso trajeto.

Ao contornar a curva da ponte sobre a baía Mahim, Lela aperta a minha mão. O horizonte de Mumbai solidifica-se, deixando o nevoeiro matinal, erguendo-se à distância como uma série de cupinzeiros. Não o reconheço. Muita coisa mudou em vinte e dois anos, e minha memória é fraca. Conto os anos nos dedos, conferindo minhas contas. Parece impossível que faça tantos anos que minha mãe, meu pai, minha irmã e eu embarcamos em nossas últimas férias de família, para visitar meus parentes. Houve uma briga, coisa grande. O relacionamento dos meus pais desmoronou logo depois disso, e nunca mais voltamos. Nunca mais tivemos notícia de todos os tios, tias e primos que eu tinha aqui na Índia, nem voltamos a vê-los. Agora me ocorre que, provavelmente, eles desaprovavam o fato de meus pais terminarem seu casamento. Jamais saberei se o divórcio deixou minha mãe mais feliz, e ainda me pergunto se foi sua longa e sólida parede de emoções que afugentou meu pai. Ela sempre foi muito impenetrável, muito frustrantemente constante. *Como está a sua mãe agora?,* as pessoas perguntavam. *Ela está se virando por conta própria?* Ninguém jamais perguntou como ela se virava quando ainda estava com ele.

Os cabos da ponte passam num flash, pontuando minha visão como a intermitência de um velho filme em preto e branco. Se pelo menos pudéssemos lidar com a vida um quadro de cada vez.

O carro nos deixa na escada do hotel. Eu quase estava esperando isto, depois do tratamento no avião, mas o saguão dourado ainda me impressiona com sua grandeza sem culpa. Minha mãe sempre quis se hospedar aqui. Fazemos o check-in, e Lela deixa o rudimentar carregador androide levar suas malas até o quarto. Ela é o retrato da exaustão, quando acena para mim e diz que me encontra depois de ter dormido. Mas eu tenho que ir a um lugar.

Depois de uma rápida chuveirada, e de trocar de roupa na minha suíte, pego um táxi de Colaba para Churchgate. Noto que esses autotáxis sem motorista ainda são amarelos e pretos, exatamente como eram os antigos táxis. Vejo outros passarem voando. Eles se entrelaçam pelo trânsito em meio a riquixás elétricos, bicicletas e pedestres, como zangões impacientes. Depois de um tempo, me enrodilho sonolenta no canto da cápsula, que está na penumbra, enquanto ela dispara em meio ao trânsito. Apesar do ar-condicionado, levo um tempo para me refrescar do calor denso e úmido do meio-dia. A ameaça de chuva ainda perdura no ar e, apesar da camada de nuvens, lá fora deve estar acima de trinta graus. Fecho os olhos e tento não pensar no que trará o dia de amanhã.

Alguns minutos depois, o táxi para ao lado de uma extensão verde do Oval Maidan, e deixo o sensor do carro escanear meu chip para pagamento, antes de sair, aos tropeções, de volta para o calor. Mal registro o valor porque já sei que cada rúpia que eu gastar será reembolsada pela Valhalla. Até entrar na minha suíte do hotel, escolha de Maya, esta ideia tinha me deixado um pouco desconfortável, mas é difícil recusar tal luxo quando estou correndo um risco tão grande em relação à minha saúde, à minha vida. Já estou dançando com o diabo.

Vou ziguezagueando em meio à multidão de homens amontoada à entrada do parque. Em meio a eles, percebo que são *tiffin-wallahs*, preparando rapidamente suas caixas de comida para os funcionários de escritórios locais, e conversando animadamente no que as lentes dos meus olhos informam ser a língua indiana marata. Eles abrem caminho para mim, sorrindo educadamente, sem perder o ritmo da conversa. Olho para seus rostos, enrugados e escurecidos pelas horas debaixo do sol. Eles poderiam ser os mesmos homens que vi exercendo seu comércio na última vez em que estive aqui.

Entro no parque pelos portões altos e pretos, e do caminho principal é bastante fácil identificar o detetive Lyden. Está todo vestido de preto, em silhueta contra o pano de fundo de jovens jogadores de críquete, vestidos com algodão branco. Ele inclina a cabeça em reconhecimento, quando me aproximo.

— Críquete? Jura? Pensei que você tivesse alguma coisa interessante para me mostrar — digo, enquanto percorro o que resta de espaço entre nós.

Noto uma leve covinha surgir em sua face. Aquele pequeno movimento de boca é o mais perto que consegui de um sorriso nas poucas semanas em que o conheço; no entanto, suas mãos ficam enfiadas no fundo dos bolsos.

— Quem não ama críquete?

— Claro, é tão... — Ergo as sobrancelhas. — Tão emocionante! — Fico ao lado dele, na beira do gramado. Apesar do meu sarcasmo, observo com velado interesse o arremesso do *bowler*. É rápido, de fato, e então ouvimos a pancada do couro contra bastão. Daniel resmunga no que considero ser admiração, conforme a bola gira venenosamente em direção à beirada do *pitch*.

— Obrigado por vir.

Deduzo que ele se refira à minha viagem a Mumbai, e não ao jogo de críquete, e dou de ombros. Ele já sabe que não estou fazendo isto por ele, deixei bem claro.

— A gente poderia simplesmente conversar no hotel, mas achei que seria bom para você respirar um pouco de ar fresco — ele acrescenta, indicando o cenário a nossa volta. O tecido fino de sua camiseta de manga comprida gruda em seu corpo, enrugando-se ao redor dos músculos vigorosos dos seus ombros. Posso sentir o suor fazendo cócegas nas minhas têmporas e no meu lábio, mas o rosto dele está liso e seco.

— Imagino que o que estamos fazendo seja ilegal em nosso país?

— Eu diria que é uma zona cinzenta — ele retruca, olhando para o gramado. Fala, como sempre, numa voz baixa, ainda que não haja pessoas a uma distância que dê para ouvir.

— Então, é uma sorte que a Valhalla tenha uma clínica aqui. — Deixo o sarcasmo se revolver ao redor da minha boca, imperturbável. Daniel me ignora, voltando o olhar para o jogo.

— Como anda você? — pergunta, como se fôssemos velhos amigos.

— Como foi a viagem? — Volto a notar como ele deve ser um bom detetive. Infiltra-se nos espaços ao lado das pessoas, entre as pessoas, sem o menor esforço. E eu quase permito.

— Estou bem — digo. — A primeira classe é *muito* a minha cara.

— Está preparada para amanhã? — ele pergunta. — Suíte da Valhalla no hospital às nove da manhã?

— Estou. E não é para eu levar nada, eu sei.

— É formidável, o que você está fazendo. — Assim que vê minha expressão furiosa, ele sabe que disse a coisa errada.

— Formidável para quem? Valhalla? Este caso deve ser *muito* conveniente para eles — digo. — E a Maya nem vai precisar sujar as mãos, porque estou fazendo todo o trabalho pesado para ela.

Penso na minha conversa com ela, no parque, quando ela me convidou para trabalhar com eles, forçando uma entrada nos Paraísos de criminosos suspeitos. *Não achei que a palavra* impossível *constasse do seu vocabulário.* Seu desafio nunca saiu da minha cabeça.

— No fim das contas, parece que ela está conseguindo o que queria.

Percebo o quanto pareço petulante, ao notar o leve sacudir de cabeça de Daniel.

— Sei que você não está fazendo isto por eles.

Embora sua voz tenha um tom questionador, sei que ele não vai investigar mais a fundo. E não preciso incomodá-lo com meus motivos. Desde que tomei a decisão de fazer isto, nem ao menos os mencionei para mim mesma. No entanto, agora, eles inundam a minha mente. Libertos de seus esconderijos, voltam a correr pela minha cabeça, e a se amontoar entre as minhas têmporas.

Porque preciso voltar a ver Jarek, porque esta possibilidade me mantém acordada à noite.

Porque não me resta mais nada a fazer. Porque, sem isto, sou inútil.

Porque por que não? O esquecimento nunca pareceu mais tentador.

Porque ninguém mais fez o que vou fazer. A parte de mim que não suporta ver uma pintinha de café em uma camisa branca precisa ver muito mais do que uma simulação básica do Paraíso que criei; preciso vivenciá-lo em sua totalidade. Ouço as dúvidas de Don, as palavras da minha mãe e dos manifestantes mais alto do que nunca, e deixo que falem por mim. Porque assim é mais fácil, não é? Deixar outra pessoa criticar você, em vez de criticar a si mesma. Deixar que eles suportem o peso da sua raiva. Como você sabe que está fazendo a coisa certa para essas pessoas? Como sabe que, no fim das contas, está criando algo paradisíaco?

Logo saberei.

E o motivo primordial: porque é minha responsabilidade provar que Jarek é inocente e deixá-lo descansar em paz, sua lembrança não corrompida na mente dos que ainda vivem.

Olho para Daniel:

— Você ainda acha que foi o Jarek?

— Está surgindo uma imagem mais clara do que aconteceu naquela noite — ele murmura. — Os resultados do DNA foram plenamente avaliados...

— Você acha, não acha? — interrompo-o. — Você acha que foi ele. Se tem tanta certeza, se todas as suas provas são uma merda tão útil, por que eu ainda estou aqui?

Ele ergue o olhar para mim, sempre muito frio em reação ao meu fogo.

— Minha equipe ainda está realizando entrevistas, indo atrás de pistas. Não é um caso encerrado, Isobel. — Pela primeira vez, desde que cheguei, ele olha nos meus olhos. Encara como se estivesse, deliberadamente, tentando não piscar.

Olho além dele, e mais uma vez desejo ter sabido aonde Jarek foi depois de deixar o meu apartamento, naquela tarde de sexta-feira. Ele só saiu porque Don estava voltando para casa, caso contrário teria ficado, não teria?

— Mais alguma pergunta? — Daniel indaga. Entrelaça as mãos às costas e olha para o gramado como se estivesse se preparando para uma ofensiva.

Quem a matou? Quem matou Sarah? Esta é a única pergunta que tenho. Não fui eu e não foi Jarek. E quanto a Caleb? E quanto a Maya?

Ela me queria aqui, fazendo estes experimentos para eles, e Caleb é seu capacho sociopata. Afinal de contas, o assassinato de Sarah conseguiu para eles exatamente o que a Valhalla queria.

— Então, vocês têm mesmo outros suspeitos? — pergunto.

— Estamos avaliando plenamente as possibilidades, mas não estou autorizado a dizer mais do que isto.

— Você nem mesmo pode me contar se vocês estão investigando mais alguém?

Ele suspira e cede.

— A esta altura, sim, mas provavelmente é melhor eu não discutir isso com você. — Tento interpretar alguma coisa, qualquer coisa, por meio do profundo castanho dourado dos seus olhos, e dos lábios cerrados. Ele não é um herói de ação de Hollywood. Sua gentileza deve facilitar o disfarce de suas inseguranças.

— Vamos lá, Daniel. Quem?

— É mais artístico do que eu esperava — ele diz, de repente, e me pergunto sobre o que ele está falando, até perceber que está olhando para baixo, não para o gramado, mas para a tinta que volteia o meu tornozelo nu. Ele se agacha para olhar mais de perto, com uma expressão indecifrável, e contraio meus dedos dos pés, em desconforto.

— Detesto isto — digo.

— Por quê?

— Na primeira vez em que a gente se encontrou, você me disse que eu estava vivendo de olhos vendados, e agora já não sei quem sou. — É como se o pensamento tivesse sido arrastado da minha cabeça e tecido em palavras. — Acho que pensei que, de certa maneira, o anjo me representava. Mas agora, não sei. Talvez seja...

— Jarek?

Dou de ombros.

— Talvez.

Daniel expira pesadamente e sacode a cabeça.

— Seu mundo é muito desgraçadamente idealista.

Começo a cruzar os braços, mas ele fecha a mão ao redor do meu pulso, enquanto volta a se levantar.

— Ninguém é um anjo, Isobel. — O vigor das suas palavras iguala o aperto da sua mão.

As palavras de Daniel ecoam em meus ouvidos enquanto ele vai embora. Fico ali parada por um tempo, sozinha, o abrasador sol indiano infiltrando-se pelas árvores do Maidan, salpicando raios de luz no meu rosto.

*

Na manhã seguinte, os holofotes acima de mim lançam um padrão parecido, girando e pulsando sobre as minhas pálpebras. O vazio clínico do quarto zumbe a minha volta, e fecho os olhos contra sua claridade intrometida, sentindo a consciência de uma perda total agitar-se por mim com tanta intensidade que dói nas minhas têmporas. Descobri que alguns dias são piores do que outros. O quarto está frio e sinto um gosto de metal na língua.

— Isobel? — murmura uma voz, como se estivesse embaixo d'água.

Tento responder, mas minha boca não parece se mexer, e me sinto caindo de volta em meu sonho. Não consigo me lembrar de onde estou, mas ali é muito mais fácil. Se eu apenas fechar os olhos e...

— Isobel — diz a voz, mais incisiva, mais urgente. Sinto uma mão em meu rosto. — Você precisa acordar, querida!

Lela, é Lela. Por ela, abro os olhos.

— Oi — digo automaticamente, e quando noto a aspereza da minha voz, lembro-me de onde estou. Não estou em casa. Tive que me mudar. Nem mesmo estou em Londres. Estou na Índia. Estou na suíte particular do hospital da Valhalla.

— Você está bem? — Lela pergunta. — Sabe o que está acontecendo?

Confirmo com a cabeça, e Lela solta um suspiro pesado, trêmulo, de maneira a me lembrar que esse procedimento não é isento de riscos.

Quando concordei com isto, já sabia que os neurocientistas da Valhalla não me mandariam diretamente para a simulação do Paraíso de Jarek. Eles são cautelosos demais. Hoje foi apenas para verificar se meu corpo reagiria bem a anestésicos em geral, considerando que eu nunca estivera sob o efeito de um, e para identificar as lembranças necessárias para o meu Paraíso. É o último procedimento que cada cliente meu passa com seu neurologista, antes de morrer; embora, para eles, isto seria feito enquanto eles permaneciam conscientes.

O marcador químico se infiltraria pelo meu cérebro, para ajudar a equipe da Valhalla a acionar os neurônios que levam as lembranças que pedi. Jess terá os padrões de ativação. Meu Paraíso se tornará digital, copiado inúmeras vezes, para o caso de algo dar errado com o próximo experimento.

— Foi tudo bem? — pergunto a Lela, piscando e olhando ao redor do quarto, enquanto ele gradualmente vai entrando em foco. É discreto, básico.

— É, acho que sim. Seus sinais vitais estavam bons sob a sedação e a ressonância magnética pareceu sem problemas. Você não ficou muito tempo dopada, na verdade. Talvez uma hora.

— Você falou com a Jess?

— Falei; ela assistiu a tudo, de Londres. Aliás, te mandou lembranças. Agora, a equipe dela está com as leituras, então acho que eles estão cuidando de tudo. Vão precisar de uns dois dias para ter tudo em segurança no Instituto.

— Ótimo.

Estou tranquila que as lembranças que pus no meu Paraíso, como joias em um porta-joias, agora estão em mãos seguras. Caso contrário, eu correria o risco de que os momentos mais preciosos da minha vida fossem perdidos para sempre. Mas algo ainda poderia dar errado. Meus neurônios-espelho, minha própria consciência, não podem ser copiados, não podem ser digitalizados.

Conheço os riscos. Revi-os uma centena de vezes, e a cada uma delas, surpreendi-me com minha contínua afirmação de que farei isto. Minhas chances de morrer nesta cama de hospital são baixas. E, no entanto, as sequelas são piores do que a morte. Conforme esta série de experimentos avança, aumenta o risco de que minha autoconsciência, meu próprio ser, possa ser corrompido ou eliminado. Eu seria o pior tipo de vegetal, um corpo em pleno funcionamento, com uma mente totalmente ausente. Eu seria como os androides que se movem em lojas de departamento e fábricas. Um fantasma.

Luto para me levantar, e Lela se agita a minha volta, rearrumando os travesseiros nas minhas costas e apoiando meus ombros, enquanto mudo de posição na cama. Parece que o quarto foi projetado para se igualar à friagem do ar-condicionado. Paredes, chão e teto brancos; acessórios cromados e polidos. Pela janelinha quadrada, percebo que estamos alguns andares acima, e vejo o céu azul sem nuvens, turvo de calor, e o alto de uma torre de relógio, suas linhas finamente forjadas contrabalançadas pelo movimento das folhas de palmeira.

— Onde estão todos? Parecia haver meio mundo aqui quando apaguei.

— Estava meio uma loucura, não é? A anestesista está por aqui, em algum lugar, e umas duas enfermeiras, mas todo o resto foi embora. Maya ficou encantada com tudo.

— Ah, ótimo.

— Ora, Isobel, por mais que eu deteste a ideia de você fazer isto, vai ser mesmo uma transformação na área. Vamos aprender muito com isto.

— A *Valhalla* vai aprender muito com isto. Além do mais, não estou aqui para transformar a área, estou aqui para provar a inocência de Jarek.

— Mesmo assim. — A implicação de Lela é engolida, conforme ela dá as costas para mim e vai até a janela.

— Quando vi Daniel ontem, ele me contou que existem outros suspeitos. Isto é bom, não e?

Ouço Lela resmungar uma resposta. Ficamos caladas por um tempo, e vejo-a apoiando os cotovelos no parapeito e olhando para fora. Sei que não está admirando a vista sobre Churchgate; está pensando. Ela sempre pensa muito alto. Bate os incisivos superiores nos inferiores repetidamente, e mordo a língua para me impedir de dizer-lhe que pare com isso.

— Tem certeza de que quer fazer isso, Izzy? — ela pergunta, sem se virar. — Você ainda pode mudar de ideia.

Reflito sobre suas palavras por alguns minutos. Tenho. Minha mente ainda está pesada com a anestesia; meus pensamentos movem-se com a lentidão de um xarope nas costas de uma colher. Mas sei a resposta. Ela não precisa me ouvir dizê-la; ela também já sabe. Preciso provar que ele não fez aquilo. Ainda que seja a última coisa que eu faça. Confirmo com um gesto de cabeça.

— Sei que não preciso te perguntar tudo isto, mas você leu todo o formulário de consentimento, não leu? Analisou tudo muito bem?

— Claro que sim, Lela.

Ela para de bater os dentes, e caímos num silêncio amistoso. Nas últimas semanas, notei que esses breves vácuos de atividade parecem dissipar minha tristeza. Engulo e levo a língua até o céu da boca, para tentar impedir que a angústia escape, mas ela se esgueira para fora de alguma outra maneira, pela minha pele, pelos meus ouvidos e olhos, e se espalha pelos lados do quarto. Agarra-se às paredes, prendendo-me dentro dele, fazendo-me sentir menor do que já sou. Quero que Lela me pergunte qual é a sensação. Quero que alguém mais diga o nome dele, lembre-me que não é tudo coisa da minha cabeça, mas sei que ela não fará isto.

— Bom, tudo bem — ela diz, voltando em direção à cama. — Vou deixar você descansar um pouco. E coma, *por favor*, coma. Você está magra. — Ela aperta meus dedos e depois empurra a fruteira que está na mesa de cabeceira para mais perto do meu travesseiro. O cheiro enjoativo de banana quente flutua para dentro das minhas narinas e revira meu estômago.

Sei que perdi peso, mas hoje de manhã, a caminho do hospital, vi mulheres se equilibrando em tornozelos mais ossudos do que os meus. Queria dar comida às crianças cujas costelas vi do outro lado da rua. Elas olharam para mim como se me reconhecessem. Ser meio indiana nunca foi uma parte importante da minha vida adulta, mas agora que estou aqui, sinto como se fizesse parte de algo, apesar da dura realidade deste país.

— Eles disseram que mais tarde te deixarão no hotel — diz Lela da porta. — Me avise quando estiver pronta para um jantar farto, cheio de carboidratos. Estou no 1.204.

Vejo-a ir embora, sua figura alta e curvilínea saindo do quarto. Ela fica muito bonita sem as roupas de escritório. O linho solto, recolhido em sua cintura com um cinto estreito trançado combina com ela. Foi muito gentil da parte dela estar aqui por minha causa. Não me lembro de ter pedido para ela vir, mas ela viria de qualquer jeito. Deve ter odiado ter que dizer a Caleb onde passaria as férias. Ele ainda estava furioso.

Eu me demiti à perfeição. Primeiro, entrei em contato com todos os meus clientes. Organizei minhas coisas um dia antes, levando-as para o apartamento da minha avó, e separando-as em caixas etiquetadas no armário de seu quarto de hóspedes. Trabalhei o dia todo, providenciei para que fossem enviadas mensagens para os colegas uma hora depois da minha partida, e depois bati à porta do escritório de Caleb.

Olho para o céu através da janela e relembro o rubor em meu rosto ao fazer o anúncio. Foi curto, bem preparado, adequadamente vago. Não deixava espaço para uma volta. Pela primeira vez, Caleb ficou sem fala. Encerrei minha vida para ele e para a clínica. Já abandonei outras coisas antes, mas nunca o meu trabalho. Muito provavelmente, não há como voltar atrás.

O tempo voou. Antes de sair para sempre da Oakley Associados, passei o dia todo, todos os dias, trabalhando na clínica, e depois toda noite trabalhando no meu Paraíso, primeiro no antigo quarto da minha avó, depois no meu escritório, e depois horas e horas, tarde da noite e de manhã cedo, gastas com Jess em sua sala, ao lado do Laboratório Elétrico.

Pelo menos sei que meu Paraíso é o mais lindo que já criei. Isto deveria me deixar feliz, mas sinto uma ligeira culpa em guardar aquele esplendor para mim mesma. Para ser justa, foi a primeira vez que pude ser tão precisa. Sempre tentei entender outras pessoas, seus caprichos, suas motivações, a complexidade de seus pecados, mas sempre tive que interpretá-las em minha própria linguagem. Cada um de nós é uma ilha. Até entre mim e Jarek existe um oceano, ainda que no meu coração eu saiba que ele não seria capaz de cometer um assassinato.

Meu Paraíso é pensado com cuidado, constituindo-se dos pensamentos e ideias que tive a cada dia, desde o começo da minha formação como arquiteta, mas que foram adiados várias vezes. É honesto, encadeado de coisas que eu não diria a outra alma viva, codificado e estratificado, de modo que nem Jess o verá em sua totalidade. Existem características tiradas da minha imaginação, e não da memória, coisas que sempre quis e nunca consegui. Um beijo do menino que conheci em minha primeira viagem sozinha para o exterior. Um mundo sem guerra no horizonte. Meu Paraíso está embebido das minhas cores preferidas, e impregnado com os cheiros de felicidade: grama cortada, manjericão recém-picado, o doce murchar do jasmim no terraço da minha mãe, a água de colônia de Jarek. Nos vislumbres que tive dele, nas simulações de Jess, tem sido tudo que um Paraíso deveria ser. Mal consigo esperar para vê-lo.

CAPÍTULO DEZESSETE

Aqui no porão não há janelas. Ontem, jatos chineses voaram sobre Delhi, e eles ainda estão rodeando o espaço aéreo indiano, impondo-se. Pela minha própria segurança, mudaram-me, do meu arejado quarto privativo no terceiro andar, para cá embaixo.

Don tinha razão quanto aos perigos. Mais cedo, nesta manhã, Maya me contou que Taiwan pediu apoio britânico, americano e indiano. Ontem, a primeira-ministra britânica fez uma declaração apoiando o direito de Taiwan à independência da China. A guerra fria no Pacífico não está tão fria quando estava antes de eu sair da Inglaterra. Penso em Clair e no irmão mais novo da minha tatuadora ali, desconcertantemente próximos daquele grande botão vermelho.

Mas, segundo Maya e os médicos da Valhalla, aqui estou segura, sob concreto e nanocompósitos de aço. Se algo acontecer enquanto eu estiver aqui embaixo, eles não precisarão me mudar. Minha anestesista tem uma expressão séria, enquanto lê o fluxo de dados vindos da tatuagem temporária no lado interno do meu cotovelo. Suas expressões faciais parecem exageradas, como se ela estivesse supercompensando pelo fato de eu observar cada movimento seu, aqui da cama. A fome gira no meu estômago como uma bolinha de gude. Agora que não posso comer, tenho fome. A ironia me exaspera.

— Posso tomar um pouco de água? — pergunto. Ela sacode a cabeça sem pedido de desculpas. Sinto como se ela tivesse sido instruída a me dizer o mínimo possível.

— Com certeza ela pode tomar um gole — Lela diz, meio se levantando da cadeira.

A anestesista estala a língua e move a cabeça de uma maneira que lembra minha mãe, meio concordando, meio negando. Às vezes, minha irmã ainda faz isso. Lela olha para mim e dá de ombros, antes de ver a anestesista levar um copo de água aos meus lábios.

Este é o próximo estágio. É a chance de a Valhalla testar sua tecnologia de visualização, estudando meu Paraíso. Eu era favorável a tentar ir direto ao Paraíso de Jarek, mas Maya quer ter certeza da precisão, antes de dar mais um passo para o desconhecido. A tecnologia é mais avançada do que as luzes estreladas que vi no laboratório de Jess. Eles esperam algo mais próximo da simulação que mostro a meus clientes em nossa última reunião, mas acoplado a leituras de atividade cerebral, estado emocional, ritmo cardíaco e assim por diante. Parece invasivo. E não apenas sob o aspecto físico. Garantiram-me que apenas os membros necessários da equipe médica o verão. Meu Paraíso não deve ser um entretenimento de massa.

Eles vão me deixar inconsciente. Abrirão buracos no meu crânio e inserirão sensores de estimulação cerebral na região do cérebro que contém meus neurônios-espelho. Depois, ativarão meu programa de Paraíso, e deverá ser exatamente como a coisa real. Só que estarei viva.

Não sentirei a passagem do tempo, mas ontem à noite Maya me contou que eles não me deixarão inconsciente por mais de cinco ou seis horas. Ainda está pouco claro como o tempo se traduzirá entre Paraíso e realidade. Verei Jarek, mas será apenas a minha versão dele. Ele será um amálgama das minhas lembranças, no máximo nada mais do que uma ilusão convincente do homem real.

Observo a anestesista puxar uma holografia da superfície de uma mesa lateral, à minha direita. Ela a gira em pleno ar, alternando a imagem entre uma fonte numérica de dados e um mapeamento reluzente do que deve ser o meu corpo. Meus registros vitais estão todos lá, imagino. Ela o arranja de modo que a luz azul-esverdeada fique em um ângulo, inclinando-se para a mesa, e depois sai fechando a porta.

— Ela é simpática — Lela diz, e sorri de volta para ela, revirando os olhos.

— É, ela é um poço de segurança.

— Aposto que você já a levou à loucura. Quantas vezes você lhe pediu para trocar os lençóis?

Finjo estar irritada, estreitando os olhos em direção a Lela.

— Só uma, e só porque ela tinha espirrado meu sangue por toda cama.

Olho para o gotejamento correndo para dentro da minha veia, nas costas da minha mão, onde restos de crostas de sangue rodeiam a cânula.

— Você é a rainha do drama. Jura? Só uma vez?

— Pedi uma vez para ela e outra vez para a enfermeira — reconheço.

Uma careta cruza o rosto de Lela, e ela força as mechas despenteadas do seu cabelo para trás das orelhas.

— Quer que eu fique aqui com você? — pergunta.

Hesito em rejeitar a oferta, enquanto olho para ela.

— Talvez eu pudesse vir umas duas vezes dar uma olhada em você? Se me permitirem.

— Parece bom.

— Você sabe quem estará aqui na hora?

— Sei, a simpática senhora que acabou de sair, outro médico que conheci ontem à tarde, e a Maya ia mandar alguém da Valhalla para supervisionar as coisas, mas agora ela subiu no salto e vem ela mesma.

— Acho que ela tem medo de você.

— Acho que ela percebe que não sou sua maior fã. — Penso na nossa conversa no parque, naquela noite. Nunca contei isso a Lela. — Mas ela disse que achava que, no mínimo, eu me sentiria mais à vontade com alguém que eu já conhecesse.

Sinto a tatuagem temporária vibrar três vezes, com nitidez, na pele do meu braço. O sedativo foi liberado. A anestesista enfia a cabeça por uma fresta da porta. Pelo menos, deduzo que seja ela. Sua voz não parece chegar muito bem até mim. É detectada desigualmente no ar rarefeito do quarto. Soa instável, como as notas de um piano fora de uso há muito tempo.

— Um minuto — acho que a escuto dizer.

Lela acena com a cabeça e me joga um beijo. Ele ondula na minha direção, e posso senti-lo se instalar, como um véu, sobre o meu rosto.

— Não vai ser perfeito, não é? — surpreendo-me ao ouvir as palavras ditas em voz alta. Pensei que só estivesse pensando. As coisas estão começando a ficar confusas, mas não tenho meios para entrar em pânico.

— Vai ser lindo, Izzy.

— Vejo você do outro lado — digo, em um súbito momento de lucidez, quando uma versão mais nova de Lela, segurando um jarro de vinho, dança na minha visão.

— Ah, sim, claro! — Ela sorri ao se lembrar que está no meu Paraíso. — Diga para mim que mando lembranças.

*

As trilhas do meu Paraíso estão ladeadas por moitas de amoras. As estações mudam. Sempre amei as alterações no ar e as flutuações cíclicas do sol, mas as amoras estão sempre ali, esperando ser colhidas. Cada uma delas está tão cheia de sumo, que ameaça explodir no momento em que a toco. Consigo sentir o cheiro do açúcar do vermelho intenso, amadurecido ao sol. Juniper e Olive entrelaçam suas listras, semelhantes às de um tigre, pela vegetação rasteira a meus pés. Posso ouvi-los ronronar e sentir a maciez de sua pelagem de gatinhos junto a meu rosto. Rolam e brincam como se já tivessem se encontrado antes, como se andassem se conhecendo por todos esses anos, me esperando chegar. De vez em quando, esbarro as costas da mão em um espinho e, ao tirar o braço do emaranhado de galhos, ele deixa um arranhão que arranca sangue da minha pele. Uma dor momentânea para deixar a doçura ainda mais gratificante. Aperto uma baga na boca, e deixo que derreta na língua, ainda quente pela luz do sol, com os sabores suaves como vinho, e um arremate de gosto forte. Olho para as minhas mãos com um espanto silencioso. Estão enrugadas com o sumo roxo, aglomerado nas linhas que se entrecruzam nas minhas palmas e, ao contrário de em vida, não sinto o impulso irritante de lavá-las.

Meu Paraíso, assim como todos os outros, é atemporal. Sinto as mudanças nos padrões a minha volta, mas não tenho consciência de quão rápido cada coisa acontece.

Por um momento indefinido, sinto o calor intenso do sol de verão formigando nas minhas costas, quando me deito no recém-aparado parque da minha infância. Observo o congestionamento das formigas, escolhendo seu caminho pelo tapete de grama. Com delicadeza, cada antena sente, contata, explora. O zumbido da roçadeira ressoa em minha barriga, e o cheiro da grama aparada enche minhas narinas. Com isso, vêm flashbacks mais intensos e mais vagos de dias de esportes na escola, e férias de verão. Escuto as risadinhas da minha irmã caçula, enquanto ela faz cócegas no meu pescoço.

Depois há uma mudança para o dia frio e nublado da minha formatura. Sinto a textura áspera do diploma na minha mão e a provocante ameaça de chuva contra minha face. Tenho um sorriso no rosto que se espalha por mim. Estou cercada de pessoas, mas não vejo seus rostos, e isto não importa. Sinto seu companheirismo, sei que algumas delas já significaram alguma coisa para mim, mas este momento tem a ver comigo.

Estou à minha mesa, sozinha, na clínica, com notas espalhadas a minha frente. Organizo-as com a tranquilidade que apenas meu trabalho já foi capaz de proporcionar. A lembrança é silenciosa, mas meu Paraíso está cheio da calma de concentração que vem quando me desafio, levando meu cérebro a seu limite. Percebo a ausência de qualquer outra preocupação, enquanto trabalho. A sala está cheia de uma sensação rósea de realização.

Brindo com Lela em um dos meus bares preferidos, e o barulho das taças ressoa alegremente em meus ouvidos. Ouço sua risada, sua bela, descontrolada e descontraída risada, e isto me aquece. Esse aconchego torna-se o aroma condimentado e complexo dos Natais familiares. Distingo os odores um a um: cravo, canela, laranja, cinco especiarias, anis estrelado, chocolate, gengibre, o vinho quente com rum da minha irmã.

Sinto um abraço do meu avô, o lado do meu rosto junto à almofada do seu estômago cheirando a uísque, com a previsão de que será a última vez em que compartilhamos a mesma sala sem tristeza. Danço com minha mãe minha música preferida, quase carregando seu corpo frágil pelo quarto em que ela passou seus últimos meses.

Corro nua para dentro do Pacífico, com minha melhor amiga da faculdade. A lua está alta no céu. Rio aos gritos, tão alto que parece que minhas costelas vão quebrar, e o frio está me encolhendo, apertando-me em um pacote minúsculo de euforia.

E vejo Jarek, sua forma enfraquecida enrodilhada contra mim no chão do meu apartamento, o sol de final de tarde transformando seu cabelo em filamentos de luz. Suas imagens, e as emoções que se infiltram em mim parecem ter mais dimensões do que tinham em vida. Ouço a melodia da sua voz, pontuada com sarcasmo. *Você tem as mãos mais minúsculas*, diz, colocando o queixo no punho, e inclinando-se sobre uma mesa. Vejo-o olhando para mim, enquanto mordisca a pele ao lado da unha do polegar.

Essas lembranças episódicas são mais recentes, talvez, e então estão impregnadas com mais força. Ele não está diluído. Vejo-o novamente, como que pela primeira vez, quando entra no meu escritório, os ombros fortes, mas o queixo afundado no peito. Isto se desfoca em uma visão minha passando os dedos pelo seu cabelo, esfregando o rosto nos pelos do seu pescoço. *Não posso morrer sem você, Izz.* Seus olhos estão tão verdes quanto me lembro em vida. Talvez mais verdes. Minhas lembranças gostam de exagerar. *Quero te perguntar uma coisa,* dizem as palavras que cintilam na minha visão. *Preciso saber como é o seu Paraíso.* Gritamos de prazer ao dirigirmos por uma estrada vazia. Trata-se da parte do meu Paraíso em que ele está jovem e saudável, dirigindo um conversível em alta velocidade, um Aston Martin DB5 1965, escolha dele. O brilho de um sol de verão rebate do capô. Meu Paraíso está abastecido com o conhecimento de que criei esta falsa lembrança para nós, por causa do quanto sou boa naquilo que faço. Jogo as mãos para o alto, enquanto ele dobra uma esquina, e me sinto inundada de orgulho e da sensação de sucesso. Ele me beija, acontecimento que não tem registro de tempo, mas está identificado com o conhecimento de que é nosso primeiro beijo. Sinto o aperto de sua mão na minha, sabendo que é ele sem olhar para trás, e depois me deixando ser puxada para dentro do seu corpo. A cena volta inúmeras vezes, de modo que a cada uma delas noto novos detalhes: alguns pequenos situados no fundo da lembrança, como os botões de bronze do paletó dele, a maneira como o vento tira seu cabelo da testa e o joga para trás, a breve sensação de quase escorregar em uma calçada desnivelada. *Se você não abrir esta porta, eu não vou.*

Não há ansiedade, nem medo. Nenhuma compulsão de chegar a nada. Apenas uma prática silenciosa, linda. Jarek estava certo em acreditar em mim. Eu estava certa em acreditar em mim. A atemporalidade do Paraíso me faz sentir livre.

CAPÍTULO DEZOITO

A praia Chowpatty reluz com crianças brincando na areia com seus hologramas de bolso. Estou sentada no paredão, bebendo à bênção de estar sozinha à luz do começo da noite. O cheiro de coco do *kulfi* que derrete espalha-se das barracas de comida atrás de mim, e o calor residual do dia pesa como uma estola ao redor dos meus ombros. A cada poucos minutos, uma senhora ou uma criança pequena me cutuca com um dedo ossudo, pedindo dinheiro, ou tentando me vender alguma coisa, mas sacudo a cabeça sem falar. Normalmente, elas devolvem meu meio sorriso e saem andando. Já sei que Daniel não vai bater no meu ombro, quando chegar. Vai se sentar a meu lado e ficar olhando o mar, igual a mim.

— Não preciso voltar — murmuro, imaginando-me mais uma vez nas dobras relaxantes do meu Paraíso.

Ouço a voz de Jarek em meu ouvido: *Voltar para onde?* É fácil esquecer, momentaneamente, que Jarek e eu já não compartilhamos o mesmo mundo. A barreira entre nós dói.

Tive alguns dias para me recuperar da primeira intervenção genuína. As visualizações funcionaram lindamente, me disseram, reunidos ao redor da cama com olhos orvalhados, fervilhando com um entusiasmo que eu ainda não era capaz de sentir. Até a anestesista de expressão dura apertou minha mão e levantou-a da cama em triunfo, com um sorriso estampado no rosto.

Por algum motivo, em vez de encher a banheira hoje de manhã, lavei-me no chão da sala de banho. A camareira ficou chocada por me ver de pernas cruzadas sobre os azulejos, despejando sobre mim mesma água com sabão de dentro de um balde. Nem mesmo a ouvi bater. Os sedativos eram poderosos, disse a anestesista. Eu poderia ficar esquisita por um tempo. Mas não acho que ainda estivesse meio sedada, sentada ali em meu próprio mundo, nua. A verdade é que me sinto como se estivesse sofrendo de alguma ressaca neurológica, como se não pudesse desenredar todo o meu self do meu Paraíso. E se ele estiver vazando para a minha realidade, as pontas de seus dedos roçando meu cérebro? Eu deveria achar essas ideias perturbadoras, mas minha mente está mais lúcida do que tem estado em anos. Eu quase poderia esquecer que estou envolvida em uma investigação de assassinato.

Meu Paraíso era mais terno do que eu poderia ter imaginado. Estou perdida dentro dele até agora. Tem Jarek, sim, mas é como se houvesse um outro eu ainda nele, se comunicando comigo, implorando para que eu me junte a ele. *A gente se divertiu tanto!* Ela é minha melhor versão, o lado que, de vez em quando, me pega desprevenida no espelho, e pensa: *Ah, às vezes posso ficar bem bonita.* Ela vive o presente, vive o amor que a cerca, valoriza e revive lembranças sem ficar sentimental. Sorri na hora certa, sempre diz a coisa certa, até mesmo *pensa* a coisa certa, porque, de certa maneira, o Paraíso não passa de uma peça bem ensaiada. Mas só o enxergo assim agora que as cortinas fecharam-se e as luzes se apagaram. Quando estou enfiada nele, quando sou *ela*, é como se a perfeição fosse natural. É inebriante. Está me afetando até agora, quando não estou lá. É como tomar uma droga, acho, deixando minhas lembranças irem até a noite em que cheirei pedra azul com meus amigos, na praia, em Brighton. O mundo pareceu muito perfeito, no entanto, poderíamos ter nos afogado rindo.

Daniel chega, como eu previra, acomodando-se em silêncio a meu lado. Espera que eu comece a conversa, com uma paciência que considero admirável. Deixo-o esperando por alguns minutos, testando-o.

— Correu bem — acabo dizendo, disposta a preservar o fundo sentimental dos meus pensamentos. Vou me ater aos negócios.

— Foi o que Maya me disse — ele comenta, com um ligeiro aceno de cabeça. — Como foi?

— Ah, aproveitei muito! — Reviro os olhos e bato palmas, sentindo a bolsa de ar presa irromper pelas frestas.

— Falando sério — ele diz, franzindo o cenho. — Qual foi a sensação de ficar dopada?

— Você nunca passou por uma cirurgia? — pergunto. Ele dá de ombros. — Você não sente nada. Eles esfregam a tatuagem na sua pele, com um pouco de álcool, o anestésico geral entra em atividade na hora programada, você fica sonolento e é isto. E depois você acorda.

Olho para ele, mas ele não se mexe. Senta-se como um Buda, pernas cruzadas no paredão, as palmas das mãos pressionadas uma contra a outra em seu colo. Ele é exatamente o tipo de sujeito que consigo imaginar fazendo ioga: esbelto, ágil, confortável consigo mesmo. É fácil esquecer quem ele é de verdade. Tenho certeza de que é forte, confrontador e letal, quando precisa ser. A arma de choque presa na parte de trás da sua calça combina com este perfil.

— Então, amanhã eu volto pra lá — acrescento.

— O próximo passo é mais difícil, como você sabe. — Parece um aviso.

— Mais difícil? — Ergo as sobrancelhas. — Não é um jogo de computador, Daniel.

— A Maya explicou como é?

— À maneira dela.

Noto o leve repuxar no canto da sua boca. Talvez ele a ache tão chata quanto eu.

— E você conhece os riscos? — ele pergunta.

Olhamos um para o outro. É impossível entender sua expressão. Repasso tudo na minha cabeça. Eles fazem a mesma coisa tudo de novo, mas dessa vez executam a simulação do Paraíso de Jarek dentro do meu cérebro, em vez da minha. Minha consciência vai para o Paraíso dele. Ou, pelo menos, esta é a ideia.

— Não faz muito tempo desde que você se esforçou bastante para me convencer a isto — lembro a ele.

— Não faz.

Volto a olhar para o horizonte.

— Então, você tem mais alguma bomba para mim?

— Assisti às suas visualizações em seu Paraíso.

Volto o olhar para sua silhueta, agora difusa ao crepúsculo.

— Não tinha certeza se você sabia disso — acrescenta, olhando-me nos olhos.

— Você assistiu — repito de volta para ele. — Não apenas Maya, mas você também. Isto não está nos formulários de autorização! Isso é muito bizarro!

Penso em Daniel em pé no quarto, enquanto Jarek e eu fazemos amor no chão da minha sala de visitas, e imagino-o estudando meu rosto, quando nos beijamos pela primeira vez. Penso nele vendo-me dançar com minha mãe. Embora já tivesse me ocorrido que algo assim aconteceria, continua sendo um choque.

Ele se aproxima ligeiramente de mim.

— Só assisti um pouco. Estava irregular, borrado em alguns lugares e atrasado, não estava perfeito. Nem perto da qualidade dos que você usa com seus clientes.

Começo a concordar com a cabeça e descubro que não consigo parar até as borbulhas da raiva se reduzirem a uma fervura branda. Este detetive é bom. Ah, ele é bom.

E então:

— Sinto muito, Isobel, que grande parte disto esteja fora do seu controle.

Olho para ele sem acreditar, enquanto ele encara as próprias mãos, e descubro que quase consigo rir.

— O que você quer dizer? O que mais você não me contou?

— Eu precisava ver por mim mesmo — Daniel diz. — Preciso ter certeza de que o que vemos no Paraíso de Jarek, se chegarmos a ver alguma coisa, é confiável, significativo.

Agora é minha vez de olhar para o mar, enquanto ele tenta decifrar minha expressão.

— Nem mesmo sei por que as visualizações são tão importantes! Ninguém acredita em mim para fazer isto sozinha? Ninguém acredita que vou prestar contas? Vocês acham que eu vou mentir sobre o que vir? Sobre o que ele me disser? É isto?

Agora tudo parece tão claro que fico perplexa em como pude pensar que seria de outro jeito. Fiquei tão envolvida no processo, em rever Jarek, que me esqueci que estou sendo manipulada como um joguete.

— Eu não precisava te contar — ele diz, e é isto que realmente me pega. Viro-me para ele e posso sentir a raiva passando pelo meu rosto, fazendo meus lábios tremerem.

— Ah, ótimo. Então a ideia era me manter completamente no escuro? Fantástico. Obrigada.

— Bom, agora estou te contando. E estou te contando que é assim que vai ser. Estou fazendo meu trabalho, tentando solucionar um crime. Amanhã assistirei de novo, e de novo depois disso, e toda vez que fizermos isto, até termos o que precisamos. — Agora, sua voz está mais dura, há um tom de alerta inserido nela, e me vejo perguntando se de fato ainda tenho alguma escolha.

— Que porra estou fazendo? — murmuro comigo mesma, e é o que basta para inclinar o equilíbrio das minhas emoções para a vulnerabilidade. Estou furiosa comigo mesma por deixar os detalhes me escaparem, mas de maneira alguma vou deixar isto acontecer sem todas as formalidades legais implementadas. Com tentáculos de fúria que ascendem no fundo da minha boca, arranco para longe dos olhos as lágrimas que afloram. Concordei em fazer isto. Quero provar a inocência de Jarek. É como uma ressurreição. Jarek *estava* morto; ele era inocente. E agora que estive com ele, senti o seu cheiro, toquei nele, é como se ele estivesse novamente vivo. Ele *é* inocente. Reforço o pensamento. Ele é inocente. Ergo o olhar para o horizonte, ainda irradiando o que resta do pôr do sol. Está quase na hora de ir.

— Os seus outros suspeitos — pergunto. — Você está chegando mais perto?

Daniel me ignora e joga as pernas por cima do muro, de maneira a ficar de frente para a direção oposta. Coloca os pés no chão e apoia as palmas das mãos na pedra do paredão, preparando-se para se levantar.

— Talvez — ele diz. Travo os olhos no rosto dele, imóvel num perfil impecável. — Como tenho certeza de que você está bem ciente, o relacionamento de Jarek e Sarah era tumultuado. Não era só ele que estava sendo infiel.

— É mesmo? — Meu coração sai do peito, agarrando-se a essa informação, esse raio de esperança. — A Sarah estava tendo um caso?

— Preciso ir — ele diz, levantando-se. — E você precisa de uma boa noite de sono. Ele se vira para mim brevemente, e toca a têmpora com os dedos, imitando um gesto de continência, antes de ir embora.

— E amanhã a gente providencia a papelada correta — grito para ele. — Quero uma lista de quem pode assistir à simulação.

Mas, na verdade, minhas preocupações já estão quase esquecidas. Sarah andava saindo com outra pessoa. Alguém que poderia ter ficado violento. Alguém que, com muita facilidade, poderia ter entrado em sua casa e estrangulado-a. Volto mais leve para o hotel, como se um pouco do medo, e um pouco da culpa residual, evaporasse no ar noturno.

CAPÍTULO DEZENOVE

Estou deitada de costas na cama do hospital, que rapidamente está se tornando minha segunda casa, e reflito sobre o tumulto de emoções na minha barriga. Maya está me rodeando, prendendo os lençóis a meus pés, com a mesma rapidez com que os solto com um chute.

— Você está entendendo? — Ela fez esta pergunta em tantas oportunidades, que acredito cada vez menos na minha resposta.

Hoje, eles vão passar o Paraíso de Jarek pelo meu cérebro.

— Claro que sim. — Penso que também fiz questão de que tudo estivesse assinado formalmente, evitando dar-lhe corda ao dizer isto em voz alta.

— Você é mesmo uma mulher corajosa, Isobel — diz Maya, num esboço de sorriso para mim.

— Pelo quê? Por deixar você e seus comparsas verem meu Paraíso? — Vejo Daniel erguer os olhos do seu Codex.

— É, por isso. — Ela gesticula sobre o meu corpo, debaixo dos lençóis. — E isto.

— Não me importo, desde que você não ferre com ele — digo.

Maya está tentando me acalmar, mas, em vez disto, sua voz me deixa eriçada. Consolo-me pensando na conversa de ontem à noite, com Daniel. Sua relutância em compartilhar detalhes desse novo suspeito deve ser significativa. Talvez porque sua suspeita esteja se dirigindo para esse homem, o amante de Sarah, em vez de Jarek. O sorriso amistoso de Jarek surge na minha mente, e depois a sombra de um estranho ondula sobre a superfície do seu rosto, ocultando-o. Tento deduzir a possível lógica de Daniel. Se Jarek já não é o principal suspeito, Daniel não deixaria isto transparecer, porque ele e a Valhalla querem que eu faça esses experimentos mesmo assim. E descubro que estou feliz em fazê-lo. Apesar dos riscos, quero voltar àquele coma fascinante muitas vezes.

No entanto, hoje será diferente. A sala foi rearrumada de acordo. As luzes estão rebaixadas para permitir que a equipe veja o conjunto de projeções na parede do fundo. As visualizações da Valhalla mapearão minhas ondas cerebrais tanto em relação ao meu Paraíso quanto ao de Jarek. Maya está otimista de que eu conseguirei entrar no Paraíso dele, e de que eles obterão uma imagem bem precisa daquilo que estou vendo, ouvindo e sentindo.

Ela e Daniel sugeriram que eu tentasse falar com Jarek, na esperança de desencadear uma lembrança fantasma. Eles têm esperança de que eu veja alguma coisa, um lampejo de uma pista, talvez, sobre o que aconteceu naquela noite, mas estou convencida de que não verei.

Lembro-me de Daniel na primeira vez em que se aproximou de mim, em frente ao Instituto. Foi quando ele falou sobre a pesquisa de Jess, sobre os neurônios-espelho e as lembranças fantasmas. Ele sabe, *tem* que saber, que o que estamos fazendo hoje tem uma chance mínima de sucesso. Simplesmente não acredito que alguém conseguiria ir longe o bastante no Paraíso de outra pessoa. Tenho certeza de que eles só verão o registro de lembranças criadas pelo arquiteto. E isto, presumindo que Jess esteja certa sobre lembranças fantasmas. Afinal de contas, não vi nenhuma em meu próprio Paraíso.

Mesmo assim, estou feliz por participar do jogo, se isto for um jogo. Estou feliz por dar um passo de cada vez. E quero fazer a coisa certa.

A anestesista esfrega a tatuagem na parte interna do meu braço, e ela pinica a pele.

— Você parece um tipo de viciada — Daniel diz, e puxa o canto dos lábios para trás, naquele seu raro meio sorriso. Notei que ele é o tipo de homem que só acha divertidas suas próprias brincadeiras de mau gosto. Sei o que ele quer dizer; meus braços estão marcados com os resquícios de velhas tatuagens anestésicas. Eles estão ficando sem lugar para pôr as novas. Mas ele não faz ideia do quanto o meu Paraíso se assemelha a uma droga. Não destaco isto. Faço uma brincadeira diferente.

— Andei me lavando.

Se Lela pudesse estar no quarto para o procedimento de hoje, daria uma gargalhada ao ouvir isto. Ela me conhece suficientemente bem para saber que passei horas imersa na banheira da minha suíte. Passei minutos e mais minutos esfregando a pele com todo produto de higiene disponível, tentando me livrar da cola. Jarek também teria esperado este meu comportamento? Ele me conhecia tão bem? Reflito sobre esta questão por um tempo, mas a menção de seu nome na minha mente traz junto uma nova inclinação para lágrimas. Afasto-me disso. Vou vê-lo logo mais.

Conforme vou sendo envolvida pela sonolência, o número de pessoas no quarto parece aumentar. A anestesista flutua em algum lugar à minha esquerda e, com o passar dos segundos, ela parece dobrar e depois triplicar. Estou cercada de aventais brancos. Maya fica no canto, feito uma estátua, e tem Daniel, de pé, braços cruzados, na ponta da minha cama. Ele pouco falou comigo desde que assinou os formulários nesta manhã. Seus lábios estão torcidos para o lado. Percebo que ele está irritado consigo mesmo por ter sido honesto comigo, por revelar mais do que pretendia. Ele vacilou. Talvez ele não seja tão bom detetive quanto pensei a princípio.

Fecho os olhos, incitando o esquecimento. Só existe um lugar em que eu queira estar: com Jarek e nos lampejos de brilhantismo que tem sido a minha vida. Esqueço as perguntas que devo fazer e deixo o sorriso se abrir no meu rosto.

*

Estamos de volta no conversível e, dessa vez, estamos dirigindo em meio a uma tempestade. Estou sendo lançada diretamente a uma lembrança artificial criada por mim, a única que Jarek e eu compartilhamos, e, no entanto, me parece real. Reconheço cada detalhe: o cheiro de couro molhado, o roxo-acinzentado do céu, interrompido por trechos de azul forte, as gotas quentes e puras caindo na minha boca, enquanto jogo a cabeça para trás e rio. Minhas pernas estão enfiadas debaixo de mim, aninhadas sob as coxas de Jarek, ou enganchadas sobre a porta. Pareço novamente uma estudante; minhas panturrilhas estão mais grossas, arredondadas por festas tarde da noite e fast-food. *Eu te amo, eu te amo, eu te amo.* Nós dois dizemos isto, às vezes num cochicho ao ouvido, às vezes aos gritos para que todos ouçam na estrada à frente. Está chovendo a cântaros por um motivo com o qual Jarek e eu concordamos: a vida não é só luz solar e céu sem nuvens. Existe uma criancice inerente em se expor a esses elementos. Estou ensopada até os ossos e não me incomodo. Absorvendo as palavras e a chuva, admiro o arco-íris que emoldura a extensão de estrada a nossa frente. Pergunto-me por que não pus mais arco-íris em meu próprio Paraíso. Sempre deveria haver um, penso, num canto distante do meu cérebro que não faz parte desta lembrança artificial.

E então, de repente, sou Jarek. Estou correndo por um campo de rúgbi, molhado, enlameado, e vibrando com adrenalina e a antecipação da vitória, a bola agarrada ao peito. Parece o tipo de experiência de realidade virtual que se pode fazer em shopping centers.

Uma onda bate em mim e me gira numa queda livre de um avião, que entra e sai piscando da minha visão, enquanto despenco. Danço com a irmã de Jarek na sala da família, ensinando-a a valsar. As dobras de chiffon do seu vestido de baile parecem duras sob os dedos dele — meus dedos. Estou em disparada pelas lembranças. Por que eu deveria facilitar para a Valhalla? Se eu não parar, eles não conseguem me tocar.

Minhas próprias lembranças voltam a aparecer. Uma água quente bate ao redor dos meus tornozelos e espirra para cima, na minha pele. Sinto-me esperando por amigos. Vislumbro rostos que deveria reconhecer, mas não reconheço.

E então, estou no quarto de segurança do porão, com Jarek. Cobrimos um ao outro com beijos, e o brilho do sangue sob nossa pele quase dá cor à escuridão. Mas me sinto encurralada. Lembro-me do motivo de estar aqui, e, de repente, o porão lembra muito uma sala de interrogatório. Meus pés parecem afundar no chão, e me sinto recuar de um dos beijos de Jarek.

Isso nunca aconteceu.

Esta é uma nova realidade.

Olho para o rosto dele, imaginando o que acontecerá a seguir. Seus lábios úmidos estão abertos; seus olhos verdes, vítreos. Ele parece morto. Ele *está* morto. Gemo de frustração e bato os punhos fechados em seu peito. Ele nem mesmo cambaleia. É como um holograma passivo, um boneco. Caio de joelhos e apoio as mãos no chão. Preocupo-me que minha camisa aberta esteja se arrastando na terra, mas estou zangada demais para tomar qualquer providência.

Nunca tinha sentido claustrofobia, mas agora ela me acerta no meio do peito, e percebo que não há botões que eu possa apertar para me tirar desta ilusão; não há tubos que eu possa arrancar dos braços. Sinto-me como se estivesse amarrada a uma cama, e então me pergunto se estou de fato, se é isto que eles fazem comigo quando estou anestesiada.

Todo neuroticismo que já tive colide em minha mente e me levanto, atirando-me contra a parede num pânico cego, esmurrando com os punhos, gritando. Deixe-me sair, deixe-me sair, deixe-me sair. O pânico aumenta e cai sobre mim, e eu tremo debaixo dele. Minha garganta não consegue decidir se traz para fora o conteúdo do jantar da noite anterior ou simplesmente se fecha. Assim como Sarah, estou me sufocando.

Acho que isto não vai funcionar. Eu já sabia que não funcionaria. Por que não disse a eles que parassem de desperdiçar o tempo de todo mundo?

Se isto fosse real, Jarek me confortaria, mas ele está paralisado no lugar, olhando através de mim. Tento respirar fundo e sinto uma raspagem fria no lado de dentro do meu braço. Paro de tremer, e a náusea diminui. Eles me deram um tranquilizante. Enrolo a indignação e guardo-a para depois. Tento, da única maneira que sei, fazer o que me mandaram vir fazer aqui.

— Você amava sua esposa, Jarek? — pergunto, virando-me de volta para ele, agarrando seus ombros. Ele sorri, e então seu rosto retrocede novamente no vazio.

O mundo que criei gira a nossa volta, e percebo que, se ele puder responder isto, conseguirei atingir toda a dimensão de Jarek, escondida ali, em algum lugar no Paraíso que fiz para ele. Estou me agarrando a qualquer coisa, sei que estou, porque este homem à minha frente não é o verdadeiro Jarek. É um homem que montamos de suas lembranças.

— Você amava sua esposa? — grito desta vez, implorando que ele me responda, sacudindo-o pelos ombros, e mandando meus próprios tremores para dentro dele, como flechas envenenadas. — Você tem que me contar, Jarek!

Bato os punhos contra seu peito, e ele cambaleia para trás, para evitar perder o equilíbrio. Nossos olhos se encontram, e detecto confusão pairando sobre seu rosto. Percebo que ele respondeu. Não com uma lembrança, mas com outra coisa.

— Jarek? — Aperto-o contra mim, passando os braços à volta dele, apertando meu corpo contra o dele. Mas o momento passou. Ele fica ali, imóvel, e deixo minhas lágrimas ensoparem sua camisa. Apenas deixo que passe.

Sinto Lela apertar a minha mão, as beiradas curtas e afiadas de suas unhas entrando na minha palma.

— Isobel? Isobel? Você está bem? — diz uma voz em meu ouvido, e me dou conta de que não é Lela, mas Daniel, inclinando-se sobre mim. Está envolto em escuridão, o lado do seu rosto iluminado apenas pelos hologramas ao lado da cama. Suas sobrancelhas estão juntas, preocupadas, e os salpicos cor de avelã no castanho-escuro das suas íris parecem brilhar. De início, o movimento atrás dele não entra em foco, mas depois de alguns segundos, percebo que as pessoas no quarto estão de costas para mim, movendo-se do monitor para o holograma e novamente para o monitor. Seu falatório ressoa e retine das paredes.

— Você está acordada — ele diz. — Sua voz está suave e equilibrada. — Você está bem. — Ele sorri no que parece ser um alívio genuíno. Um verdadeiro sorriso.

Abro completamente os olhos e contraio o abdômen enquanto levanto a cabeça em direção a seu ouvido.

— Não estou nada bem — murmuro, transformando cada palavra em um ataque.

— Sinto muito — ele diz, e sua expressão espantada sugere que esteja falando sério. — Eles quase conseguiram; por um momento, você fez parte do Paraíso de Jarek, mas depois eles voltaram a perdê-lo.

Maya surge ao lado dele, parecendo igualmente preocupada.

— Sinto muito. É bem mais difícil do que pensávamos, Isobel.

— Se vocês não sabem como fazer — vocifero, mudando meu olhar e minha malevolência para ela —, então deixem que *eu* faça isto.

CAPÍTULO VINTE

— Em primeiro lugar — digo a eles —, se formos continuar fazendo isto, preciso arrumar um jeito de dar o fora de lá, porque, vou dizer uma coisa, ter um ataque de pânico não é muito divertido.

Nós três, Daniel, Maya e eu, estamos sentados em volta de uma pequena mesa de bistrô, no fundo de um café parsi. Recusei-me a ter a reunião no laboratório. Já passo tempo suficiente lá dentro. Os olhos de Maya percorrem o nosso entorno, e ela se remexe na cadeira. Acha que vamos ser bombardeados por um drone a qualquer momento. Olho para o rosto dela e posso me ver, num semissonho, olhando pela janela no meio da noite, imaginando aviões precipitando-se do alto. Passei inúmeras noites assim. Mas agora me sinto diferente, como se o luto tivesse me trancado em uma caixa transparente, que entorpece não apenas a mim, mas também o meu entorno, tornando-me intocável. O medo não pode me alcançar.

Reprimo um bocejo. Dormi tão profundamente ontem à noite que estou achando difícil acordar, o que me faz lembrar:

— E não dei a ninguém o direito de me aplicar tranquilizantes.

— Não, e sinto muito por isso, Isobel. — Maya dá uma olhada em Daniel com o canto do olho. — Mas ainda estamos tentando descobrir o que funciona. — Ela faz uma pausa, como se estivesse pesando suas palavras. Depois, inclina-se para frente, abaixando a voz. — Quando você concordou em fazer isto, sabia que era experimental.

— Você já teve esse tipo de ataque antes? — Daniel pergunta, estreitando os olhos.

Sinto como se, no fim disto, ele fosse ter todo um dossiê sobre mim. Penso em mentir, mas não funcionará a meu favor.

— Tive algumas vezes. E posso lidar com eles. Mas nada de tranquilizantes — digo com firmeza, e eles concordam com um aceno de cabeça.

Ninguém tocou na travessa de batatas com cúrcuma que está no meio da mesa. As pessoas conversam a nossa volta. Lá fora, a manhã está clara, e dá para sentir a umidade no ar. Táxis e riquixás passam velozes, e vejo a fumaça do *tandoor* a carvão subir de uma barraca de peixe do outro lado da rua. Volto a dirigir minha atenção para Maya. Gostaria de vê-la fazer isso. Gostaria de vê-la concordar em ser posta para dormir, num quarto cheio de gente estranha, e deixar que todos observem o desenrolar de suas fantasias mais íntimas.

— O incrível é que conseguimos ligar sua consciência à simulação de Jarek com a maior rapidez — diz ela. — E houve algo, o que pareceu ser um momento de conexão entre os Paraísos de vocês, bem no final.

— Àquela altura, não era bem um Paraíso, mas, sim, entendo o que quer dizer.

Tentando ignorar o fato de ela estar falando comigo como falaria com uma criança, estendo a mão e pego uma batata da travessa. Ainda está quente, e tento não fazer careta quando ela queima meu céu da boca. O gosto do gengibre formiga na lateral da minha língua, e me pergunto por que no meu Paraíso não há uma presença maior de comida. Terei que fazer uma lista de coisas a serem acrescentadas quando tudo isto terminar.

— Nós só não conseguimos manter aquilo — Maya continua — e não conseguimos fazê-lo interagir com você.

— Minha imersão deveria ser mais profunda? Ainda fui capaz de sentir a agulha do tranquilizante.

Maya parece me ignorar.

— Antes de eu ser anestesiada, tinha certeza de que ele não conseguiria me ver — digo. — Mas quando eu estava lá, pareceu estranho que ele não conseguisse.

Noto que, quase todo o tempo, Daniel permaneceu calado. Não apenas calado, mas preocupado. Neste exato momento, ele está olhando para o pé, dobrado sobre o joelho. Como se sentisse que estou olhando para ele, levanta a cabeça e nossos olhares se encontram.

— Então, agora, precisamos descobrir se podemos realmente nos conectar com Jarek, ou como entrar em seu Paraíso com uma profundidade suficiente para ver uma lembrança fantasma — ele diz, e sinto como se ele não tivesse entendido nada do que eu dizia. Quero continuar dizendo a ele como me senti, e fazer com que o detetive que há nele me ouça daquela maneira atenta que ele aprendeu a escutar, como se estivessem lhe contando os segredos do universo.

— Acho que esperávamos que fosse haver algum tipo de reação a um novo acontecimento no Paraíso de Jarek — Maya diz. — Foi isto que Jess e nossa equipe disseram ser uma possibilidade, que o programa do Paraíso dele reagiria de alguma maneira, especialmente a algo tão próximo ao que já figurava em seu Paraíso, e a uma pessoa com quem ele... se preocupa. — Ela hesita nas últimas palavras, e me surpreendo por quase sentir pena dela. É uma situação constrangedora para ser discutida. Todos nós sabemos que ele era casado. Todos nós sabemos que tipo de mulher eu sou. Percebo que não deve ser fácil para ela dizer isto em voz alta.

— Mas não deu certo — Daniel interfere, talvez percebendo o desconforto. — Então temos alguma outra ideia?

— Bom, tem algumas coisas que os caras lá da Valhalla acharam que poderíamos tentar... — começa Maya.

Sacudo a cabeça.

— Os neurônios-espelho de Jarek — digo. — Para ir mais a fundo, precisamos da consciência dele. Precisamos ver o verdadeiro Jarek.

Maya concorda com a cabeça, sem tirar os olhos dos meus.

Respiro fundo e me recosto na cadeira.

— Precisamos falar com a Jess sobre isto. Não estou preparada para fazer nada, nada mesmo, que possa pôr Jarek em perigo.

— Ou você, a propósito — Daniel diz.

Olho para ele. É como se seu papel nisto estivesse mudando. Ele mais parece meu guardião. Decido tentar me esgueirar por essa brecha em sua armadura.

— Sua equipe já o identificou? O sujeito com quem Sarah estava saindo?

Daniel suspira e Maya analisa-o, enquanto ele responde:

— Sim, ele está sendo interrogado.

— Vamos voltar ao assunto em questão, ok? — Maya começa — E se...

— Por que eu deveria continuar com tudo isso? — digo, interrompendo-a. — Sei que Jarek não fez isso, e agora existe essa nova pista...

— Jarek ainda é o principal suspeito — corta Daniel, não me deixando terminar.

— Você está enganado.

— Prove — ele dispara de volta, num tom que imagino que normalmente reserve para a sala de interrogatório.

Pressiono a base das mãos na testa.

— As ideias não são boas — digo, sem tirar as mãos do rosto —, quero uma solução que funcione de primeira. E Jess é a pessoa capaz de fazer isto. Tudo que restou dele está no laboratório dela. Ela é a única pessoa em que eu... nós... podemos confiar.

Minhas palavras são definitivas. Ambos sabem que tenho razão. Fico feliz de não precisar continuar falando. Uma nova tristeza saiu do nada e lateja na minha garganta.

— O fuso horário de Londres está mais de cinco horas atrasado em relação a nós — diz Daniel. — Temos que ligar para ela esta tarde.

Olho as horas nas lentes dos meus olhos.

— Duas horas. Tentarei falar com ela às duas, do meu quarto. Vou conectar vocês — digo.

Retomo o poder em minhas mãos, e nenhum deles parece questionar isto.

*

Aumento o ar-condicionado da minha suíte, sirvo-me de um copo de água e me instalo na espreguiçadeira. Sentindo-me sonolenta, engulo a água. Pressiono o dedo do meio na entrada do meu canal auditivo.

— Chame o escritório de Jess Sorbonne — sussurro. Aguardo a conexão. — Copie Daniel Lyden e Maya Denton.

Uma voz masculina atende. Digo meu nome e pergunto por Jess. Ativo o visualizador de holograma no meu Codex e posiciono-o no peitoril da janela a minha frente.

— Um momento, madame.

— Isobel? — Um brilho aquoso em minha visão transforma-se em Jess. Está sorrindo. — Como foi, sua exploradora intrépida?

— Meu Paraíso? Ele me surpreendeu, Jess. — Paro, provocando-a. — Está fenomenal!

— E como está você? — ela pergunta, com uma voz mais séria.

— Estou bem. Você?

— Bem. Não tenho do que me queixar.

— Estou com Daniel e Maya em cópia. — Mesmo que eles não estejam escutando ao vivo, receberão o arquivo do áudio.

— Tudo bem. Soube que ontem as coisas não saíram como o planejado.

— Não. — Resisto a lhe contar a história toda. Não quero parecer petulante. — Jarek não teve qualquer reação a mim.

— É porque só é a simulação do Paraíso dele, não sua consciência verdadeira. Não é realmente o Jarek. — Seu tom é um pouco mais incisivo do que eu esperava.

— Então, o que acontece agora? Como posso ir mais a fundo? Como posso fazê-lo reagir a mim?

Estou testando-a, esperando para ver se ela também chegou à mesma conclusão que eu.

— É mais uma questão de *se*, Isobel — ela diz, lentamente. — Eu enfatizei isto para a Valhalla.

Existe uma insinuação em sua voz, uma culpa. Ergo as sobrancelhas e espero que Maya esteja escutando, remexendo-se incomodada em seu assento.

— Se — repito.

— Você sabe tão bem quanto eu que tudo isto não passa de teoria. É um procedimento experimental. Estou certa de que poderemos fazê-la acordar dentro do seu próprio Paraíso, mas no dele? Isto é uma questão totalmente diferente. — Suas palavras pairam no ambiente estéril do ar-condicionado do meu quarto de hotel.

— E a resposta à pergunta envolve os neurônios-espelho de Jarek, certo? — Raspo as unhas no veludo da espreguiçadeira.

Jess suspira e desvia o olhar.

— Se houvesse uma maneira de fazer isso, sim, é possível que houvesse algum tipo de reação natural nos neurônios-espelho de Jarek ao ver você, e você poderia entrar mais a fundo no Paraíso dele.

— Se de algum modo você pudesse conectar minha consciência à de Jarek?

— É, se pudéssemos fazer isso. Achamos que o amor é um dos conjuntos de emoções vivenciais codificado nos neurônios-espelho. Codificado duas vezes. Conectar seus neurônios-espelho aos de Jarek poderia suscitar um nível mais profundo de consciência, um que não esteja especificamente inscrito no Paraíso dele, mas que seja reativo. Reativo a você.

Engulo meu constrangimento. Sinto-me suja, mais do que nunca uma amante.

— Você não parece ter certeza, Jess. Como faríamos isso?

— Eu... eu, na verdade, não sei. — É uma hesitação acentuada, e naquele segundo arrastado, percebo no que me meti: em algo extremamente perigoso.

— Sabe sim. — Levanto-me e estico a calça, como se as dobras profundas no linho fossem sumir sob as minhas mãos. Enquanto ando pela pequena área na extremidade da cama, examino o holograma de Jess. Seu rosto demonstra preocupação. Depois de termos construído juntas o meu Paraíso, ela está bem familiarizada com a minha insistência.

— Então, o Paraíso de Jarek é pré-programado, finito, o que não é bom para nós. Precisamos de uma chance melhor de identificação e visualização das lembranças fantasma que você acredita estarem armazenadas nos neurônios-espelho dele, certo?

Jess concorda com um gesto lento de cabeça.

— Uma parcela minha precisa encontrar a parcela dele que está escondida dentro daquele bando de células em seu laboratório — continuo. — E a única maneira de fazer isso é fisicamente, não digitalmente.

— Correto.

— Então, e se você simplesmente jogar dentro os meus neurônios-espelho com os dele? Deixar que eles interajam entre si, deixar que nossas consciências se vinculem? — Sinto-me ligeiramente sem fôlego e, assim que acabo de falar, percebo que esta não apenas é uma solução possível, é a única solução. Observo Jess com atenção, enquanto ela desvia o olhar da câmera. O holograma não é perfeito. Apenas o balanço dos seus cachos revela o fato de ela estar balançando a cabeça de leve.

— Jess?

— Você tem razão. — Ela se vira de volta para mim, e uma expressão resignada perpassa por seu semblante pálido. Abre as mãos. — Eu sabia que você estaria certa.

— Desde o começo, o Daniel não pediu que você fizesse isso?

Ela me encara, mas não diz nada. Ficamos as duas em silêncio, enquanto penso no que perguntar a seguir.

— Dá para fazer isso? — pergunto.

Ela leva um tempo para responder, e quando o faz, não olha nos meus olhos, sussurra em seu peito.

— Não sei.

— Tenha dó, Jess. Você sabe que pode fazer isso. Como? E daqui a quanto tempo?

— Eu teria que ir para a Índia, levando os neurônios de Jarek comigo. E então, teríamos que inserir sensores no seu cérebro, diretamente nos seus neurônios-espelho, do seu cérebro conectá-los de algum modo diretamente aos dele... criar sinapses artificiais entre eles, ou coisa assim.

— Então, por que a hesitação?

— Nunca fiz isto com alguém vivo, e ninguém ali também o fez. Não sei qual seria o risco. Nem mesmo sei se funcionaria. E o aspecto ético disso me incomoda, pois Jarek não pode opinar a respeito.

— Mas nós concordamos em permitir um ao outro em nossos Paraísos. — Sei que isso soa como uma criança mal-humorada. — Eu tenho acesso.

— Trata-se de um terreno perigoso, Isobel.

— Não me importo. Não me incomoda correr riscos. Desde que o Paraíso dele ainda esteja a salvo, farei qualquer coisa.

Qualquer coisa? Repito na minha cabeça. Eu faria mesmo qualquer coisa para provar a inocência de Jarek?

— Estamos nos afastando do meu ponto. Estou mais preocupada com *você*, Isobel, não com ele.

— Não tenho medo de morrer, Jess — digo, com a voz pesada.

— Tem sim, todo mundo tem.

— Mas eu vi o Paraíso. — Sorrio, sabendo o quanto soa piegas.

Ela sacode a cabeça.

— Ignorando o fato de que isso envolveria uma cirurgia neurológica extremamente invasiva e sedação profunda e prolongada, não há como prever como seus neurônios reagirão com os de Jarek. Não tem como saber se, de alguma maneira, eles serão alterados pelo processo. Não tem como saber se eles continuarão plenamente funcionais. E esses neurônios são tudo o que temos da sua mente, de *você*, Isobel.

É a minha vez de ficar em silêncio.

— Poderíamos perder você completamente. Você seria um pedaço de carne em uma mesa de cirurgia, Izzy — ela diz, num tom mais agudo. — Seu corpo viveria, respiraria, mas você? Não haveria mais você.

CAPÍTULO VINTE E UM

Acordo, na maior escuridão, com uma batida à porta do meu quarto de hotel. Dou uma olhada na hora. Uma da madrugada. Estou morrendo de calor, apesar do ar-condicionado, totalmente vestida e encolhida na cama. Há uma nova batida, e me esforço para ir atendê-la. A claridade do corredor me invade, contornando a estrutura esguia de Daniel.

— Não posso te pedir que faça isso — ele diz. — Não sabia o que envolveria.

— Eu sabia — resmungo. E é quase verdade. Já me livrei de tudo para estar aqui: meu relacionamento, minha casa, meu trabalho, minha carreira. Não me restou nada. Neste exato momento, sinto como se quisesse dormir até que meu corpo tivesse tido o bastante desta vida. — Agora, se você me der licença... — Tento fechar a porta, mas ele desliza o pé para dentro do quarto. Seu sapato toca no meu dedão.

— Estou preocupado com seu estado mental, Isobel.

— Meu estado mental? Está achando que *enlouqueci*? — Aproximo-me dele, deixando a luz incidir no meu rosto.

Ele olha para mim, seu rosto explodindo de racionalidade. Dá uma olhada de um lado a outro do corredor.

— Não estou te forçando a ficar aqui. Ninguém está.

Fico muda. Travo os dentes e olho para ele, decidida.

— Deixe-me te levar pra casa — ele sussurra.

— Esta pode até ser sua investigação, mas aposto que agora você está comprometido demais, Daniel, não está?

— Pelo amor de Deus, Isobel! — Ele bate no batente da porta com o punho, mas não antes de eu o ver hesitar.

Enquanto me afasto um pouco para trás, penso na maneira como ele se comporta na presença de Maya e da equipe da Valhalla. Reproduzo em minha mente os acenos subservientes e os gestos de mão de concordância, e sei que tenho razão. É a Valhalla que está pressionando para que isto prossiga, não ele.

Quando ele torna a levantar a cabeça, retomou a compostura.

— Me desculpe, eu não devia ter sido ríspido.

— Tudo bem — me vejo dizendo. — Escute, quer ver se o bar ainda está aberto?

Descemos a escada elegante, que conduz dos quartos de hospedes às áreas comuns do hotel, e vamos até o bar Harbour. A área de cadeiras está vazia, mas alguns grupos grandes de pessoas, com ternos e vestidos sociais, estão reunidos junto ao bar branco de mármore, conversando e rindo. Vejo uma brecha e me enfio por ela; Daniel vem atrás. Inclino-me à frente para que o barman me veja.

— Por favor, quero um uísque; o que tiver de bom. — Meus olhos percorrem a extensa seleção, reproduzida em múltiplas imagens atrás do bar espelhado.

Daniel cutuca-me o lado, com o dedo.

— Você não devia beber antes da cirurgia, não é? — pergunta.

— Por que você concordou em vir tomar um drinque, se vai ser meticuloso?

Ele revira os olhos. Algo na maneira como faz isso me faz lembrar eu mesma. Junto o polegar e o indicador.

— Só um bocadinho. Quarto 1119 — digo ao barman. — E meu colega aqui vai querer...?

— Uma tônica, por favor.

— Não, falando sério, o que você quer?

— Não bebo — Daniel diz, sorrindo para o barman e evitando meu olhar duro. O barman sacode a cabeça.

— Uau. — Queria que fosse Lela quem estivesse aqui, ao meu lado. Eu poderia subir e acordá-la. Ela não se incomodaria, depois de ter acordado. Dividiríamos uma garrafa de vinho. Riríamos. Esqueceríamos o motivo de estarmos aqui. Mas então me lembro de que preciso extrair informação de Daniel sobre o caso, e volto minha atenção para ele.

— Então, seu trabalho sempre te leva para destinos tão exóticos? — pergunto.

— Na verdade, já estive na Índia algumas vezes. Eu costumava trabalhar em investigações de hackers. — Ele sempre fala muito baixo. Ficamos um ao lado do outro, observando o barman preparar nossas bebidas.

— Devemos pedir com gelo? — pergunto a Daniel, baixinho.

— Já te disse para não beber antes de passar pelo procedimento de amanhã, e você vem me perguntar sobre gelo?

— Mas ele vai estar cheio de bactérias?

— Que ano você acha que é este, 2003? — Ele sorri com ar superior. — Você também anda escovando os dentes com água mineral?

Lanço-lhe um olhar de desaprovação. O sorriso é para ele mesmo, porque ele sabe que tem razão, mas está focado no monitor atrás do bar que mostra as últimas notícias em algum canal internacional. *A Marinha Britânica nega ter colocado minas no Mar da China Meridional.*

— Não sei por que estamos nos envolvendo — resmungo.

— Porque é isto que fazemos.

— Meu namorado, meu ex, é consultor do Ministro da Defesa. Mas só sei que tudo é um caos completo. Todo mundo está se envolvendo. Tem todos os elementos para outra guerra mundial.

Nossos drinques são empurrados para nós, e dou um grande gole. O amargor intenso entorpece a minha garganta. Gostaria que pudesse me entorpecer inteira. Eu ficaria no balcão, mas Daniel se afasta e se senta em uma das banquetas de couro debaixo das janelas panorâmicas. Sento-me ao lado dele e o observo, enquanto ele espreme um gomo de limão no copo.

— Devia acrescentar *neurótica* a sua lista de traços de personalidade? — ele me pergunta.

— Existe uma lista?

Ele dá um tapinha na lateral da cabeça.

— Sempre existe uma lista.

— E quem é neurótico, então?

Ele olha para mim e inclina a cabeça:

— *Touché.*

Giro para olhar através da janela, protegendo os olhos com as mãos para impedir reflexos. O Portal da Índia está suntuoso no escuro, iluminado por holofotes que dirigem sua luz dourada para cima. Turistas e ambulantes ainda se aglomeram ao redor da base do arco. Além dele, as luzes no alto dos mastros de barcos balançam na escuridão de um azul profundo, lembrando-me a visualização do Paraíso de Clair, no Laboratório Elétrico. Os muros do porto perdem-se no mar, e o mar perde-se no céu. Até aqui dentro, tenho certeza de que posso sentir o gosto de sal no ar.

— Você sabe o que vou te perguntar — digo, virando-me de volta. Engancho a unha na borda do meu copo, e ergo os olhos para os dele.

— A investigação. — Ele quase sorri. — Você quer que eu te conte que alguém, que não seja seu amado Jarek, atacou e tirou a vida da mulher que ele um dia amou.

Não estou acostumada com Daniel falando com tal emoção, e suas palavras me abalam. Abro a boca, mas as perguntas sumiram.

— Você quer mesmo saber o que aconteceu? Quer saber o que sabemos? — A voz de Daniel está abafada e sem pressa. Ela me deixa assustada. — Alguém entrou naquela casa enquanto Sarah preparava o jantar. Colocou um par de luvas e apertou sua garganta por vários minutos, até ela ficar inconsciente e ter morte cerebral. Foi feito de maneira precária, lenta, sem habilidade. Ela deve ter sentido uma dor excruciante. Os vasos sanguíneos dos seus olhos e rosto estouraram. A laringe foi esmagada. Depois, o criminoso forçou uma quantidade enorme de drogas pela sua traqueia esmagada, com o cabo de uma colher de pau, só para o caso de ela não estar suficientemente morta. É informação o bastante para você?

Afasto meus olhos dos dele e olho para a água escura do porto.

— Jarek não estava forte o bastante para fazer isso — digo. Sai como um sussurro.

— Ah, você ficaria surpresa em como é fácil.

— Então, quem mais poderia ter feito isso?

— A lista é muito pequena, Isobel.

— Incluindo?

Ele sacode a cabeça e se recosta em seu assento.

Jogo os ombros para trás.

— Então, há quanto tempo você anda rastreando assassinos a sangue-frio? — pergunto, antes de dar mais um gole no uísque.

Ele descruza os braços e gira sua bebida. O gelo tilinta no copo.

— Não vamos mais falar de trabalho? — pergunto.

— Não, não vamos.

— Então, do que *podemos* falar?

— Qualquer outra coisa de que você goste: arte, política, filosofia... Qualquer assunto médico que esteja te deixando preocupada. — Noto que raramente vejo seus dentes quando ele sorri. Ele é sempre muito reservado. Tomo o que resta do meu drinque e ergo o copo, fazendo sinal para mais um. Daniel envolve o copo com a mão e abaixa-o para a mesa, sacudindo a cabeça para o barman.

— Se não posso tomar mais um drinque, podemos ao menos falar sobre moda, então?

Ele revira os olhos para mim.

— Posso saber por que você tem sete versões da mesma peça de cima? — Quero estender a mão e esfregar entre os dedos a trama preta tão bem tricotada, mas não o faço. Em vez disto, corro a unha sobre um arranhão na mesa de madeira a nossa frente, avaliando sua profundidade.

— Você gosta que as coisas estejam perfeitas, não é? — ele pergunta, girando para ficar de frente para mim.

— Achei que todo mundo gostasse.

Ele projeta o lábio inferior e sacode a cabeça.

— Fico surpreso que uma perfeccionista goste de ficar bêbada. Estou especialmente surpreso que uma perfeccionista tenha feito uma tatuagem. — Ele gesticula para o meu tornozelo, onde as penas de tinta estão cobertas pelo linho largo da minha calça.

— Por quê?

— Porque por qual motivo você iria marcar permanentemente algo que já é exatamente como deveria ser?

— Está dizendo que sou perfeita, Inspetor Lyden? — Comprimo os lábios numa imitação de flerte, mas a seriedade dele permanece inabalável. — Sou um anjo? — Puxo a calça a partir do joelho e viro o pé para mostrar-lhe a tatuagem.

Ele se curva para frente e abaixa a cabeça para estudá-la. Torce os lábios para um lado.

— Por que um anjo? — pergunta.

— Eu estava... — Paro. Nem eu mesma tenho mais certeza. Olho pela janela. — Quando mandei fazer, acho que estava preocupada. Preocupada que aquilo que estava fazendo para as pessoas não fosse suficientemente bom, ou não fosse a coisa certa. — Volto a levantar o linho e pressiono o indicador sobre uma asa. Sei que ele concorda.

— Todo mundo diz que você é excelente no seu trabalho, Isobel.

Olho atentamente para Daniel e me pergunto quem é "todo mundo". Com quantas pessoas ele já conversou a meu respeito?

— Como já disse... — digo, deixando o tecido cair. — Eu a odeio agora.

— Não, é legal. — Pelo menos ele é educado.

— Vou dormir. — Quando me levanto, sinto o uísque correr pelos meus vasos sanguíneos, dos joelhos até os pés. Posso sentir Daniel me observando, enquanto saio do bar.

★

Quando chego de volta ao meu quarto, Lela está sentada no chão, em frente a minha porta.

— Ei, idiota! — Sorrio e levanto-a. — O que está fazendo?

— Não consegui dormir. Vim até aqui e vi a luz acesa por debaixo da porta. — De início, vê-la é um alívio da intensidade de Daniel, mas depois percebo que ela está me encarando. — Você não deveria beber.

— Desci, mas não estava bebendo. — Perceptiva como é, em geral Lela ignora minhas mentirinhas bobas. Olho para a fechadura da porta, e ela abre.

— Posso entrar um pouquinho? — ela pergunta.

Dou uma olhada na hora, depois olho para ela, mordiscando a pele do polegar.

— Podemos conversar de manhã, antes de eu entrar?

— Só preciso saber se você está bem. — Ela me olha intensamente por alguns segundos, a cabeça inclinada de lado. — Fico bem, se você estiver bem.

Seguro-a pelos ombros.

— Estou bem, Lela, estou bem.

Ela me puxa para um abraço.

— Lamento o que você está passando. — Sua voz é quente e abafada na reentrância do meu pescoço.

— Mataram Sarah enquanto ela preparava o jantar — murmuro depois de alguns segundos. — Daniel disse que ela deve ter sentido muita dor.

Lela afasta-se de mim, pegando-me pelos ombros.

— É disso que vocês estavam falando? Qual é a jogada dele, te contando coisas assim?

Dou de ombros.

Ela suspira.

— Sinto não ter podido estar lá, no último procedimento — ela diz. — Eles me disseram que agora tem muita coisa acontecendo, que eu atrapalharia.

— Eu sei. Amanhã peço de novo a Maya, se você quiser. Ela poderia mudar de ideia — digo. Estendo o braço e tiro as últimas partículas de rímel de debaixo do seu olho.

Eu deveria dizer a ela que queria muito que ela pudesse estar lá, que ela faz com que eu me sinta mais forte simplesmente por sua presença no quarto. Mas não digo. Em parte, porque preciso garantir-lhe que estarei bem. Em parte, porque é mais fácil não dizer.

— Vamos lá — digo. — Tenha uma boa noite de sono, e te vejo de manhã. O próximo procedimento é em questão de horas.

— Que é exatamente o motivo pelo qual você não deveria estar bebendo uísque.

Suspiro e viro a cabeça para o outro lado, contemplando o corredor vazio.

Ela me encara com uma expressão insondável.

— O que mudou, Isobel?

Olho de volta para ela, e sinto a sinceridade entre nós, a total aceitação mútua. Dez anos de amizade, e ela sempre me entendeu. Hesito, procurando a resposta verdadeira para ter virado, de cabeça para baixo, minha vida perfeitamente organizada.

— Achei alguém que acreditou em mim.

Ela abaixa o rosto, com os lábios curvados para baixo.

— Boa noite, Izzy. — Joga-me um beijo e sai.

Só quando vejo a curvatura dos seus ombros, enquanto ela se afasta pelo corredor, é que me dou conta de que o que eu disse a magoou. Ela sempre acreditou em mim.

Fecho a porta e tiro a roupa aos tropeções, deixando uma trilha delas atrás de mim. Estou atrapalhada por causa do álcool e, imagino, com o restante do anestésico. Consigo escovar os dentes sem ligar a luz do banheiro. Ignoro a garrafa de água mineral e abaixo a cabeça dentro da pia, deixando a torneira encher a minha boca antes de enxaguar e cuspir. Deito na cama e fico acordada por alguns minutos, estendida de costas. Imagino Jess arrumando a mala para a viagem, e penso no trem desgovernado que pus em movimento. Está ganhando velocidade. Em oito horas, meu corpo será posto em coma à força, enquanto meu Paraíso, as lembranças, esperanças e sonhos com os quais trabalhei dia e noite nas últimas semanas, será ativado. E então, minha consciência encontrará a consciência de Jarek. Estaremos novamente juntos, de uma maneira que ainda não consigo conceber. *Deveria* funcionar. Mas ainda que nada dê errado, ainda haverá certa sensação de morte.

CAPÍTULO VINTE E DOIS

Nas vezes anteriores em que me atirei deste precipício no abismo que me aguarda, senti-me muito calma. Prova disso é que, antes, nunca pensei em termos tão dramáticos quanto essa analogia. Mas hoje meus nervos estão em efervescência em minhas extremidades. Meu estômago reclama de fome. Mesmo o fato de ter Jess aqui não parece estar ajudando. Ela está raspando áreas do meu cabelo com uma dignidade silenciosa, que me pede para confiar nela. As pontas frias dos seus dedos pressionam de leve o meu crânio e a pele do meu rosto.

— Vou te perguntar pela última vez — murmura, sua voz pairando acima do alto da minha cabeça. — Tem certeza?

Olho para o algodão branco do seu avental de laboratório e permaneço em silêncio. Ela tira as mãos de mim e recua, agachando-se para me olhar. Seus olhos são calmos lagos cinzentos. Seu cabelo escuro está puxado para longe do rosto, de tal modo que quase parece liso, e pela primeira vez noto cabelos branco-prateados saltando da rigorosa divisão central. Talvez ela seja mais velha do que eu pensava. Ela me dá tempo. Espera com uma paciência que eu gostaria de testar. Pisco de volta para ela.

— Sei que é importante fazermos tudo direito, mas vou tentar que dure o mínimo possível, Izzy — Jess diz. Ela me rodeia, verificando fios e monitores, e afastando a mesa de cabeceira para colocar o gotejamento encostado em mim. Sinto seus dedos esbarrarem nas depressões entre minhas costelas. — Estou sabendo que você não tem comido bem. — Assim como Lela, ela está sempre descobrindo novas maneiras de me repreender.

Jess inclina a cabeça na direção do anestesista. Hoje é um homem. Tem um rosto mais amável do que a mulher que ele substitui. Ele se aproxima e corre suavemente o dedo pela parte interna do meu braço, sentindo a veia, e decidindo onde colocar a nova tatuagem anestésica.

— Quanto tempo? — murmuro correndo meus olhos por Lela, Daniel e Maya, todos parados no fundo do quarto. No último momento, com um pouco de persuasão, Maya concordou em deixar Lela entrar. Ela teve que correr do hotel até aqui, então não está usando nada de maquiagem, e não escovou o cabelo. Isto faz com que pareça mais jovem, mais perto da idade que tinha quando a conheci, em meu primeiro dia na Oakley Associados. Isto foi anos atrás. Sorrio para ela e faço um pequeno aceno, sem levantar a mão da cama. Ela acena de volta, seu rosto paralisado com o que deduzo ser preocupação.

A seu lado, Daniel e Maya estão de costas para mim, suas cabeças juntas. Maya fala com uma ferocidade sussurrada, acompanhada por gestos de mão incisivos. Começo a perder interesse no que eles poderiam estar conversando, e nem mesmo tenho certeza quanto ao que acabei de perguntar a Jess.

— A cirurgia é o que leva mais tempo; perfurar o crânio, inserir todos os sensores e posicioná-los corretamente, conectar as sinapses artificiais. Acho que para dar certo, será preciso muitos ajustes. Então, só o preparo poderia levar quatro, talvez cinco horas. — As palavras de Jess quase se atropelam, ela fala muito rápido. Percebo que está nervosa. — Depois, vamos ativar seu Paraíso e conectar seus neurônios-espelho aos de Jarek.

— E vocês terão uma ideia, bem rápido, se está funcionando?

Ela se agacha a meu lado, e cruza os braços sobre a cama, na altura do meu peito.

— Sim, como conversamos, com sorte, sua consciência então se sobreporá a seu Paraíso e ajudará a configurá-lo. Seus neurônios-espelho deverão encher rapidamente as brechas, fazer suposições, para conectar seus Paraísos em algo coeso. É como com a visão: nosso cérebro pode cair em ilusões e truques óticos, por estar muito propício a fazer uma imagem completa. Ele pega atalhos.

Seu tom natural esmorece, e a verdadeira Jess sorri para mim com delicadeza.

— Ficarei com você entre os procedimentos cirúrgicos. Vou tomar conta de você. — Ela olha por sobre o ombro. — Lela também.

— O que vai acontecer comigo? — pergunto, e tento erguer o braço para apontar para o lado da minha cabeça, mas ele não se mexe. Sou varrida pelas emoções com tanta rapidez, que nem mesmo consigo identificá-las. Sinto meus olhos cobrirem-se de água, borrando o que resta da minha visão, enquanto eles se fecham.

— Vou fazer isso perfeitamente — ela diz. — Garantirei que suas sinapses e neurônios permaneçam inalterados. Prometo que tudo estará como deveria estar. — Ela faz uma pausa, e me pergunto se ela acha que já fui. — Posso explicar isto para você, Izzy, mas não posso entender isto por você — ela sussurra.

A última coisa que ouço, enquanto estou sumindo, agarrando-me à realidade, é o que parece ser o som de uma sirene. Todos os outros sentidos apagaram-se, mas meus ouvidos registram isso, enquanto deslizo para longe. Ela ricocheteia ritmadamente nos cantos do quarto, enquanto eles se juntam a minha volta. Tem a cor do perigo e cheiro de medo.

★

Estou deitada de bruços na grama, respirando o cheiro de clorofila e sentindo o sol aquecer minhas costas sob a camiseta de algodão. Minha irmã está na mesma posição, e estamos rindo histericamente de nós mesmas. Estou de barriga cheia, e o canto dos passarinhos está alto, nas árvores. Agora estamos colhendo amoras silvestres das sebes, e olho para as minhas mãos. Estão pretas, azuis e sujas, cheias de arranhões e pontilhadas de sangue. Onde minha irmã estava, meus gatos agora ronronam, olhando para mim do chão junto às sebes. Agacho-me e estou na casa da minha infância, rolando no tapete. Olive é uma gatinha, e me apalpa com suas patas rosa, aveludadas, seus olhos enormes observando cada um dos meus movimentos. Ouço a risada incorpórea da minha irmã, e o sussurro do vento úmido de outono atravessando uma sebe. Juniper e Olive miam para mim, pedindo o jantar.

Então, tudo se mescla, fica borrado, e se aguça em um crepitar que é mais tátil do que ruído. Sinto um comichão, como se meu corpo estivesse sendo alterado. Olho para as palmas das minhas mãos e, enquanto estou estudando as linhas e os aros dos meus anéis, meu contorno se desfaz. Um ruído branco me atravessa, e me lembro de que não posso sair. Sair disto de forma precipitada seria mais perigoso do que ir até o fim. Estou gritando, rindo, e parece que meus pulmões vão explodir. Estou girando e caindo por cômodos, veículos, céu, sentindo que isso deveria me deixar enjoada, mas só é confuso mentalmente, e não fisicamente desnorteante.

Estou novamente no campo de rúgbi de Jarek, cercada por homens enlameados. Uma névoa de suor ergue-se e nos envolve. Não sinto nada senão pura euforia. Minhas pernas estão fortes e vigorosas sob mim, e corro por entre pinheiros, sendo perseguida por minha irmãzinha. Rio porque sempre ganho. Estou embalando um bebezinho, e ela grita com sua boca que é só gengivas. É uma menina rosada, roxa e branca, careca. É maravilhosa, linda e, no entanto, estou chorando.

Estamos correndo pelo alto de um penhasco e, de certo modo, sei que a garotinha a minha frente e o bebê são a mesma criança. Ela se vira, olha para mim e ri, seu cabelo castanho cobrindo o rosto, e isso faz meu coração cantar. Uma figura indistinta corre a meu lado, e sei que é a esposa de Jarek. Mas Jarek não faz ideia de quem é. Ele não a queria em seu Paraíso, mas queria esta lembrança. Então, ali está ela, mas sem identidade, desvanecendo ao fundo. No entanto, existe uma sensação subjacente de escuridão, sem tempo, lugar ou significado. Ela faz com que eu me cale e fecho os olhos para ela.

— Izz. — A voz de Jarek é rouca nos meus ouvidos. Giro em seus braços, quando ele me puxa para ele. Tudo dentro de mim parece despedaçado e curado ao mesmo tempo. Mas então ele me beija, e o mundo silencia, enquanto a pressão dos seus lábios parece estourar meus tímpanos. Não consigo sentir as lajotas debaixo dos pés, mas sei que estão lá, esforçando-se para me manter em pé, enquanto me desmancho em seu abraço. Nosso primeiro beijo. O único beijo de que preciso me lembrar.

Estamos novamente na sala de segurança do porão. Não consigo olhar. Tenho muito medo de estar imaginando isto. Porque, se ele estiver falando comigo desse jeito, como teria feito em vida, é real. Podemos não estar neste prédio, ou nestes corpos, ou nestas roupas, mas nossas mentes são reais.

Contra todas as probabilidades, funcionou. Jess é um gênio.

— Você está bem? — Jarek pergunta. Ofego quando ele corre a mão pelas minhas costas.

— Estou. — Percebo que soa como uma pergunta. Porque não estou muito bem, claro que não estou. E, pela primeira vez, me vejo imaginando o quanto do meu tempo com Jarek foi gasto sendo honesta.

— Estou morto, não estou? Este é o meu Paraíso? — Uma confusão dança pelo seu rosto, e me lembro de que ele não faz ideia, não faz a mínima ideia.

Concordo com a cabeça, lamentando, até perceber que ele está sorrindo.

— Você é o máximo, Izz. O que você fez é incrível. Incrível! — Ele sorri e sei, no auge da emoção, que este é, sem sombra de dúvida, o homem que eu amo, não um fruto da minha imaginação.

— Você está morta? — ele me pergunta, e quase rio, mas deixo pra lá.

— Não. — Ele não precisa me pedir para explicar, as perguntas estão escritas por todo o seu rosto. — É complicado.

— Claro que é.

Espero que ele me agarre de brincadeira, ou feche a boca no meu pescoço, dando beijos até chegar à orelha, mas ele não faz isso. Quase me inclino para ele com desejo, mas então me vejo imaginando até que ponto Daniel e Maya podem ver esta cena, e me contenho. Percebo que não planejei o que vou dizer a essa altura. Nunca me passou pela cabeça que iria ter que interrogá-lo. Espero que ele me pergunte por que estou aqui, e como, mas ele não o faz. Sentamos um de frente para o outro, com as mãos no colo. Quero estar em algum outro lugar em nossos Paraísos. Quero estar livre, mas sei que não estou.

— Você amava sua esposa? — Olho fixo em seus olhos, meio esperando que ele volte a ficar paralisado, mas, ao mesmo tempo, implorando que me responda.

— Minha esposa? — Ele sacode a cabeça, franzindo as sobrancelhas. Seus olhos vagam, à procura de algo que não está ali. As lembranças que figuram em seu Paraíso são limitadas, e ela não está nelas, é óbvio. Mas as palavras de Daniel entram na minha mente: *E se ele fez alguma coisa, talvez algo incrivelmente violento, então é o tipo de memória marcante que poderia estar escondida ali, em algum lugar.* Em algum lugar dos seus neurônios-espelho, as células que tornam possível, para nós, esta conversa.

— Você era casado, Jarek. Ela era a mãe das suas filhas.

— Ah. — Ele faz uma careta. — Então, por que ela não está no meu Paraíso?

Ignoro sua pergunta.

— Quando você morreu... — Engasgo com a minhas palavras, sentindo mais uma vez a ausência dele, apesar da mágica que o coloca aqui, uma simulação de carne e sangue à minha frente. — Ela também foi encontrada morta. Foi assassinada.

— Ai, meu Deus. — Ele fica boquiaberto e olha para mim com os olhos arregalados.

Acho difícil continuar, mas, depois, penso na escuridão que senti quando estava vivenciando seu Paraíso. Vi aquilo, senti aquilo, no que parecem ser poucos momentos atrás. Penso na insistência calma e racional de Daniel. Penso na força urgente e passional que Jarek pressionou em mim, em vida. Será que a raiva dele poderia ter a mesma intensidade? E embora esteja meio deglutida e avariada, tenho suficiente dúvida na minha mente para perguntar:

— Você a matou?

— Se eu *matei* ela? — ele escarnece.

— Pode me contar — vejo-me dizendo. — Só preciso saber. Não vou contar a ninguém. — As palavras se esgueiram e desaparecem nos cantos escuros do cômodo.

— Nem consigo me lembrar de ter uma esposa, Isobel. Só me lembro de você! — Ele se agarra a mim e beija minha orelha. Reparo que é a primeira vez que ele faz isto. — Mesmo que eu a tivesse matado, como é que iria lembrar disso aqui, no meu Paraíso?

— Eles acham... — Começo e percebo que deveria ter dito "eu". Esquadrinho seu rosto, mas não vejo sinal de ele ter notado. — Seus neurônios-espelho, a sua parcela que continua viva no laboratório, codificando sua consciência, é o que nos permite estar tendo esta conversa. Acho que algumas lembranças também podem ser armazenadas lá. Lembranças com forte ressonância emocional.

— Como amor? — ele pergunta.

— É, como amor — respondo. — Mas também como raiva.

Ele se levanta e deixa as mãos penderem ao lado do corpo.

— Entendo o que você está dizendo, Izz, mas você não sabe que eu jamais faria uma coisa dessas?

— Claro, claro que sei.

— Então por que você precisa perguntar?

Meneio a cabeça. Agora que estou aqui, não faço ideia do motivo. Estou tão distante de mim mesma, que minha memória está falhando. O que me levou a concordar com tudo isto? Foi por querer ver meu próprio Paraíso? Foi por querer rever Jarek, de qualquer jeito que fosse possível? Será que eu realmente posso estar sendo levada tão cegamente pelo amor? Sim, sim, sim. Eu também precisava ver o que dediquei minha vida criando? Precisava redescobrir alguma fé perdida na ética da minha profissão? Sim, ah, sim.

— Porque cabe a mim provar que você não fez isso. Estou tentando descobrir uma maneira de provar sua inocência.

Deixo que ele me puxe e me abrace com força junto ao peito. Sinto o amor permeando através das minhas roupas e, pelo seu silêncio, sei que ele não teve nada a ver com a morte de Sarah. Ele não a matou, e não existe lembrança a ser encontrada que diga o contrário.

Ele beija meu nariz, e percebo que, quando o deixar, meu trabalho está feito. Para mim, tudo isto estará encerrado. Os sensores sairão do meu cérebro, nossos neurônios-espelho serão desconectados, e ponto final. Nem mesmo meu Paraíso, quando eu de fato morrer, será capaz de replicar esta estranha realidade. Não conseguiremos vivenciar mais nenhum momento juntos. Não temos um futuro juntos. Só temos velhas lembranças e lindas mentiras que nós mesmos criamos. O pânico espalha-se pelo meu peito, rápida e agressivamente. Não posso ir, não posso ir, não posso ir.

— Não quero voltar — cochicho em seu pomo de Adão, esperando cegamente que ninguém que esteja me observando na simulação ouça. — Quero ficar aqui com você.

— Eu estarei aqui, Izz, quando você estiver pronta. — Ele ergue meu queixo para o seu rosto. Seu maxilar está cerrado, e acho que vejo lágrimas aglomerando-se no canto dos seus olhos. — Mas primeiro você tem uma vida a ser vivida.

— Não tenho, não tenho uma vida.

— Não seja boba.

E então, por uma fração de segundo, o corte decisivo de tesoura em uma linha. Tudo treme. Jarek olha a sua volta, como que recuperando o equilíbrio, e sei que ele também sentiu. E então acontece de novo, por mais tempo. É um grito silencioso que se alastra pelo porão, e meu corpo se quebra. É como quando estou folheando documentos rápido demais, na minha sala, e eles vibram, enquanto se esforçam para acompanhar o movimento do meu dedo. Ou quando olho a hora na minha lente ocular, enquanto corro, e ela muda de um jeito estranho. Os tremores convulsionam nosso mundo. E depois tudo volta a como estava antes.

— O que foi isso? — Jarek pergunta, e o vejo tentando disfarçar o medo. Ele pressiona a mão na parede.

— Só uma falha técnica? — Olho para ele com uma expressão valente. Por dentro, espero tijolos caindo e poeira explodindo a nossa volta, mas não ouço nada. Mais uma vez, passou. Coloco a mão no trinco da porta.

E então sou atirada ao chão. Em vez de raspar as mãos nas lajotas de concreto, estou olhando para o céu azul da Cinque Terre, na Riviera Italiana. Trata-se de uma cena do meu Paraíso que eu não tinha vivenciado. Mas não está correta. A vista está abaixo de mim, abaixo das minhas mãos e dos meus joelhos, desprendendo-se de onde deveria estar o chão. Estou suspensa, como que sobre um vidro. Está tudo fora de contexto, e posso sentir o cheiro de grama podada invadindo minhas narinas, com a agressividade de cabelo queimado. Posso ver Jarek em pé, com as costas apoiadas em uma parede, como se a gravidade o estivesse forçando contra ela, como se ele estivesse em uma montanha-russa desenfreada. Quase posso ver a distorção da força gravitacional em suas bochechas. Olho ao redor e vejo uma porta pairando sozinha no centro do cômodo, entreaberta. Minha gata, Juniper, está deitada no lado vertical da porta e, quando ela abre a boca para miar para mim, o que sai é o soft rock ao som do qual eu e minha mãe costumávamos dançar. De repente, sinto um enjoo violento.

— Jarek! Jarek! — chamo, e seus olhos encontram os meus. — Tem algo errado!

— É você? Por que você veio aqui?

Aquilo dói como uma acusação, mas ele parece se corrigir, tropeçando e se agachando a meu lado, equilibrando-se com uma das mãos. As veias do seu pescoço e das têmporas estão congestionadas de sangue. Os olhos estão arregalados e a boca está puxada para trás, como se sentisse dor.

— Temos que tentar nos mover. Talvez esta parte da simulação do Paraíso esteja corrompida — digo. Meus pensamentos tentam acompanhar minhas palavras. Algo poderia ter danificado esta parte dos nossos neurônios, acho, na localização física em que nossas consciências estão atualmente ativas e conectadas. Talvez haja refúgio em algum outro lugar neste agrupamento de neurônios que me mantém viva.

— Tudo bem, vamos! — Jarek agarra a minha mão e me ajuda a ficar em pé. Luto para conectar minha visão com pensamentos, e pensamentos com ações. Deixe a porta... A porta... O que é uma porta? Olho sem objetivo para os diversos objetos que estão entrando e saindo da minha visão. Pareço tocá-los com a ponta dos dedos, antes de deixá-los seguir flutuando. Uma dessas coisas é uma porta, mas qual? E por que preciso de uma porta, no fim das contas? Posso estar dizendo estas coisas, mas também posso só estar pensando. Sinto Jarek sacudir meus ombros com força, mas isto não chega até mim. Estou entorpecida e com dor, simultaneamente. Não consigo rir, chorar, gritar ou... Deixo-o me pegar em seus braços, e me carregar escada acima, para fora do porão, e então, no momento seguinte, estamos correndo e o mundo está morrendo a nossa volta.

Um borrão de cores e uma cacofonia de sons ondulam em volta da minha cabeça. Tudo tem uma textura intensa. Num momento, aquilo roça com a maciez de uma lã em meu pescoço, e no momento seguinte pega como se fossem agulhas. Procuro os arbustos de amora selvagem, mas não estão lá. Minhas emoções também estão espalhadas. Mudo do horror que bombeia e cospe em minhas veias para uma leveza discordante; não é bem um contentamento, é mais uma ausência de sensação, a silenciosa aceitação de demência. Não há tempo para um ataque de pânico.

— Quando a gente para? — Jarek pergunta, sem olhar para mim.

Antes que eu possa responder, vejo uma miragem cintilando a nossa frente. Ela espera por nós. Torna-se nosso alvo. Ao redor dela, o mundo toma forma. É a literal luz no fim do túnel.

— Jarek! — Aponto para ela com minha mão livre e aperto os olhos. É o conversível. A pintura branco acinzentada reluz. As portas estão abertas e talvez, só talvez, eu esteja ouvindo o ronronar do motor. Corremos cada vez para mais perto, vejo a estrada estendendo-se além do carro, e sinto os pés batendo no asfalto. Isso engole o som do meu medo.

Jarek sorri para mim, eufórico.

— Vamos, continue! — diz, embora eu não esteja sem fôlego. Sei que deveria estar, mas não sinto a fisicalidade disto. É uma ilusão incompleta.

— Você pode dirigir — digo. Meus olhos captam a luz do sol refletindo-se da placa prateada do carro, e quando ela atinge a minha retina, o chão desaparece. É como se um abismo tivesse se aberto no meio da estrada. Como se uma fotografia tivesse sido cortada ao meio e depois, colada de volta de um jeito esquisito. Em alguns lugares aquilo combina, quase funciona, e em outros os dois pontos estão tão distantes que chegam a ficar irreconhecíveis como uma mesma imagem. Consigo me deter bem na hora, meus dedos dos pés oscilando na beirada, os braços rodando para manter o equilíbrio. Não há chance de gritar, praguejar ou exclamar.

Mas Jarek é mais pesado e mais alto do que eu. O impulso por trás de sua velocidade é mais forte e mais difícil de parar. Ele continua indo, e é tarde demais para mudar isso. Assisto, enquanto ele se precipita em frente, e depois me sinto caindo novamente. Ele cai por cima da borda, se é que é mesmo uma, ou pode ser entendida como tal, e me puxa para baixo com ele. Mas estou suficientemente atrás para apenas desmoronar na estrada, meus seios sendo esmagados pela minha caixa torácica, e meu queixo batendo no chão. Espero sentir gosto de sangue, mas nada acontece. Jarek está pendurado, de certo modo agarrando-se, e gritando para mim, para que o erga de volta. Não consigo ver a parte inferior do seu corpo; ela foi seccionada na escuridão. Ele quer que eu o salve. Sinto que poderia, mas escolho não tentar.

Deixo pra lá, levanto-me, dobrando as mãos vazias ao redor do meu próprio pescoço, enquanto escuto seu grito que vai sumindo.

CAPÍTULO VINTE E TRÊS

Estou deitada, golpeando qualquer coisa à frente, chutando. Aventais brancos esvoaçam a meu lado. Ouço gritos e sinto cheiro da terrosidade metálica do sangue. Estou dentro, mas o ar que respiro não é ar interno; está misturado com terra, fumaça e calçamento. Meus olhos pestanejam fechados.

Abro-os novamente e estamos ao ar livre, realmente ao ar livre. Ainda estou me movendo, e Jess está ao meu lado, andando rápido, mas com uma das mãos aberta sobre o meu peito.

— Tudo bem, tudo bem — ela diz. Repete isto sem parar, e não sei se está falando comigo ou consigo mesma. As palavras se atropelam e, com seu sotaque irlandês, aquilo começa a soar como uma música. Existe uma gritaria por todos os lados, e o trânsito retumba perto de nós.

Na minha terceira retomada de consciência, é como acordar de um sonho ruim. Sinto-me nauseada, e meus lábios parecem secos e rachados. Não abro os olhos até me recompor. Lembro-me da minha conversa com Jarek. Lembro-me do abismo e das visões que acabei de ter. Espero me deparar com a esterilidade branca e impecável do quarto do hospital, mas me engano. Estou em algum outro lugar. Minha mão escorrega do abdômen e bate no chão. Estou deitada em um sofá. Três pessoas estão sentadas em cadeiras, fazendo um semicírculo a minha volta. Olho para cada um e percebo o alívio em seus rostos.

— Isobel! — uma das mulheres exclama. Ela cai de joelhos e coloca a mão no meu rosto. Seu cabelo crespo pinica o meu pescoço, e resisto ao impulso de empurrá-la para longe. A outra mulher levanta-se, fica parada perto de nós, e pressiona alguma coisa fria no meu peito, levando um tubo ao seu ouvido. Há um corte na pele clara da sua testa, e seu cabelo está sujo de cinzas. O homem junto a elas está calado. Inclina-se para frente em sua cadeira, seus dedos formando uma ponte. Seus olhos deixam o meu rosto e se desviam, para olhar o céu acinzentado pela janela.

— Isobel, você sabe quem eu sou? — pergunta a mulher que está em pé. Ela tira o cabelo do meu rosto, e sinto suas unhas arranharem atrás das minhas orelhas. Não dói, mas estremeço.

Ouço o homem dizer:

— Não pressione ela. É cedo demais. Precisamos que ela descanse.

É, digo a mim mesma, preciso descansar, e deixo meus olhos se fecharem.

*

Escuridão. Apenas formas e contornos são visíveis. Estou coberta com um material que arranha meu pescoço, como a mulher do cabelo crespo. Lela. Aquela era Lela. Percebo um movimento a meu lado e vejo que é o homem. Parece que estamos sozinhos. Ele está ali sentado, com os cotovelos pousados nos joelhos. Parece que não se mexeu desde a última vez que o vi. O ar tem um cheiro estagnado, e me pergunto há quanto tempo estou aqui, deitada. Talvez o cheiro seja meu. Não sei se ele nota meus olhos semiabertos.

— Sinto muitíssimo — murmura, em um tom quase inaudível.

Esforço-me para lembrar seu nome. A primeira coisa que me lembro é que não confio nele.

— Daniel — murmuro. Gostaria de poder ficar acordada para observá-lo me observando, mas me dissolvo de volta no sono.

*

— Você precisa comer — afirma uma voz feminina, e um aroma condimentado flutua sob meu nariz. Posso sentir meu corpo sendo erguido para uma posição sentada, e a sopa é inclinada em minha direção, antes que eu possa reagir. Um caldo de tomate morno chega a meus lábios. Olho para ela. Jess. Acho que ela deve perceber que a reconheço, porque abre um sorriso. Uma sequência de pontos minúsculos forma uma linha sangrenta acima da sua sobrancelha. Depois, ela vai até a janela, e observo seu perfil enquanto ela fala. Eu me lembro que ela retorce seu narizinho arrebatado quando está pensando, e espero por isto.

— Houve uma explosão — ela diz. — Acho que terroristas chineses entraram no hospital. Pensávamos que estávamos seguros lá embaixo, mas parte do teto se rompeu e caíram destroços em todo meu material de laboratório. — Ela olha para mim, e faço sinal para que continue. — Estou dizendo que foi isto que deu errado no seu Paraíso. Acho que houve um dano físico mínimo em seus neurônios-espelho. E então, tivemos que trabalhar rápido, para que tudo fosse desconectado. — Ela me olha, inclinando a cabeça para o ombro. — Tivemos que dar o fora de lá, e eu nunca tinha feito isso antes, muito menos com tanta rapidez. Estava convencida de que a tinha lesado permanentemente, mas acho que você está bem.

— Eu me sinto bem. Parece que você fez a coisa certa.

Ela acena com a cabeça umas duas vezes, e continua falando, mas é interrompida pela porta que se abre. É Daniel.

— Você pode dispor de uns dois minutos — Jess diz, irritada, pressionando as costas da mão no machucado da testa. — Não mais. — Ela sai do quarto e fecha a porta.

Daniel aproxima-se de mim, puxando uma cadeira, e se senta.

— Então, onde estamos? — pergunto.

— Nos escritórios da Valhalla. Felizmente, tudo está intacto aqui. Foi o melhor lugar em que consegui pensar.

— Onde está a Lela?

Ele fica em silêncio e baixa os olhos.

— Ela se foi — Daniel diz.

— Ela não pode já ter ido embora; eu a vi mais cedo.

Daniel sacode a cabeça e olha para a porta.

— Ela estava aqui. Vocês todos estavam aqui — digo.

O silêncio se prolonga, e minhas palavras ganham força no vazio.

— Ela falou comigo, Daniel. Ela estava aqui. Por que você não se lembra? Não estou imaginando coisas, não estou.

— Acho que você poderia estar, Isobel. — Ele puxa a cadeira para frente e coloca a mão sobre o meu braço. Tento me lembrar se esta é a primeira vez em que ele me toca. Ele passa uma sensação quente, mesmo através do xale que me cobre. Olho para ele, boquiaberta. Não consigo imaginar o que ele quer dizer.

— O que aconteceu lá? — ele pergunta, franzindo o cenho. Retira a mão. — Por que você deixou Jarek cair?

— Eu... — Agarro-me às palavras. Esperava uma resposta, não uma pergunta. — Eu... Nós... Não sei. Não sei o que aconteceu, por que aconteceu. — Faço uma pausa, minha mente ainda está pesada, e meus processos mentais movem-se em meio a um melado. — Ai, Deus, ele está bem?

— Os neurônios de Jarek sofreram um nível de dano semelhante aos seus, uma área mínima de corrupção física. Mas Jess acha que eles estão bem intactos e, como os seus, a área até pode se recuperar. Jess vai restaurar o Paraíso dele, quando voltar a Londres.

Penso nele como totalmente morto. Neste exato momento, ele nem chega a ser uma simulação de vida, e sinto uma tristeza desesperada. Aninho a caneca de sopa quente junto ao coração.

— Não fui eu quem provocou o dano, fui? Quando eu...?

— Não, e na verdade, àquela altura, provavelmente seus Paraísos tinham se separado. Acho que o abismo só apareceu no seu próprio Paraíso. — Ele se cala e se recosta na cadeira, cruzando os braços. Quando fala, sua voz está mais baixa, mais firme, me investiga. — Pensei que você o amasse. Pensei que fosse este o motivo de estar fazendo tudo isto.

— Claro que amava! Ainda amo! Como você pode duvidar disso?

— Porque não consigo parar de pensar no motivo de não tê-lo salvo. Por que você não tentou puxá-lo de volta para cima? Não faz sentido.

— Eu estava assustada, acho.

— Não — ele diz, abaixando o queixo, com determinação. — Não, você não estava. — Ele está no controle e eu, nua. Ele viu tudo. — Você simplesmente deixou que acontecesse — ele continua. — Algumas pessoas poderiam chamar isso de psicopático.

— Pessoas como você, é o que quer dizer? — Não consigo pensar em uma resposta melhor que essa. Não acredito que ele esteja usando isto para fazer deduções sobre meus sentimentos em relação a Jarek.

Ele ergue as sobrancelhas e inclina a cabeça como resposta.

— Fiz o que você queria que eu fizesse — digo, com mau humor. — E você viu o que eu vi, não houve nada, nenhuma insinuação, nenhuma pista de que ele tenha machucado Sarah, ou até que tenha tido vontade.

Daniel permanece quieto, apertando os lábios com o dedo indicador. Está esperando que eu diga mais. Uma sensação incômoda tremula pelo meu peito, enquanto me lembro de correr ao longo do alto do penhasco, no Paraíso de Jarek, ao lado da figura sem rosto que sabia ser Sarah. Relembro a amargura, a raiva latente que, a tendo vivido, agora quase parece a minha própria. E, de fato, o que eu estava vendo e vivenciando era tão confuso que, talvez, aquela emoção fosse minha mesmo; talvez fosse ciúme. Esta é a única coisa que eu poderia contar a Daniel, que ele talvez não tivesse notado ao assistir à simulação. Mas não conto. Afinal de contas, foi apenas uma *sensação*. Enquanto minha hesitação persiste, há uma batida à porta e Jess reaparece. A preocupação estampada em seu rosto me diz que o tempo todo ela ficara parada do outro lado, escutando.

— Chega, Daniel. Ela precisa descansar esta noite. — Ela estivera olhando para mim, mas agora dirige o olhar para ele. — Todos nós precisamos.

Ele suspira e se levanta, puxando as mangas de volta para os pulsos.

— Espere. Você acabou não me contando onde Lela está.

Daniel olha para Jess e, naquele momento, sei. *Ela se foi.* A náusea me atravessa e coloca as mãos na boca para mantê-la dentro de mim.

Jess aproxima-se e senta-se a meu lado, me envolvendo com o braço.

— Lela morreu, Isobel. Sinto muito, muito mesmo.

— Não, não, não — balbucio dentro da mão. Posso sentir o sangue deixar o meu rosto, enquanto sacudo a cabeça.

— Ela foi atingida por um destroço que caiu, ao vir para cá, saindo do hospital.

— A culpa é minha — murmuro. — Se eu não tivesse vindo aqui...

Penso na nossa conversa em frente ao meu quarto, ontem à noite. Eu estava cansada demais para conversar direito com ela. Sinto a chicotada de culpa contra as paredes do meu coração, e sei que elas nunca vão se recuperar.

— Foi decisão dela vir aqui, Izzy, de mais ninguém.

— Era para ser seguro no laboratório. A Valhalla deveria estar cuidando da gente.

Aperto as mãos sobre as clavículas para reprimir as contrações parecidas com soluços, que se espalham pelo meu peito. Só consigo pensar que preferia que tivesse sido eu, em vez dela. Deveria ter sido eu.

— Acabou muito rápido — Jess diz, com a voz ficando mais baixa. — Trouxemos o corpo dela para cá, e Caleb está pagando para que seja repatriado privadamente, amanhã. E tenho os neurônios-espelho dela intactos, todos prontos para ir. Ela estará em seu Paraíso assim que eu voltar a Londres.

E agora?, pergunto a mim mesma. E agora?

Jess puxa-me para ela, e passa os braços a minha volta enquanto choro. Choro por muito, muito tempo.

CAPÍTULO VINTE E QUATRO

Durmo durante um dia e duas noites, enfrentando pesadelos e despertares entrecortados. Jess fica vindo dar uma olhada em mim. Faz medições e olha as leituras em hologramas que surgem ao meu lado. Abre minhas pálpebras e joga uma luz forte dentro. Faz muito isto, mas parece satisfeita. Tenta me fazer sorrir, mas tudo que posso ver quando olho para ela é Lela, e sinto como se meus lábios fossem ficar quebrados para sempre, porque só consigo mantê-los fechados e tensos.

Meu chip me marcou como salva na minha rede social. Acho que minha irmã me liga algumas vezes, mas Jess conversa com ela. Assisto bastante ao noticiário, até que o ardor nas minhas têmporas se aguça em uma chuva de dor faiscante. Grande parte do noticiário é a reação global ao ataque de drone aqui. É estranho vê-lo em meu Codex, quando vivi quase alheia em meio a isso. As cenas do entulho fumegante, no lugar do impacto, e os resquícios de roupas rasgadas das vítimas, parecem estar a um mundo de distância daqui. Olhando pela janela, você nunca saberia que este prédio está na mesma cidade em que quase mil pessoas perderam suas vidas, uma delas sendo Lela. Só posso ver os jardins formais na frente dos escritórios, um grande estacionamento e, além, o lago Powai. Os escritórios da Valhalla são voltados para o norte, longe da carnificina.

Em meus momentos acordada, quando não estou fixada no último noticiário ou pensando em Lela, na mancha do seu batom vermelho, na sua risada conspiratória, ou sobre seu perdão, me imagino em algum outro lugar. Às vezes consigo mergulhar num devaneio tão profundo que o tempo começa a escapar e resvalar, e estou caminhando em meio a moitas de amoras pretas, de mãos dadas com Jarek. Mas agora não. Neste momento, estou o mais desperta que estive desde que passei pelo último procedimento. Parece meses atrás.

Toco nos pinos de metal em meu couro cabeludo, para o caso de Jess tê-los arrancado durante o meu sono, sem que eu soubesse. Mas eles ainda estão ali, prendendo-me a uma experiência que me enche com as emoções mais sombrias. É uma sensação estranha, estar dentro de um escritório, sobre um sofá, enquanto o mundo prossegue a minha volta. Mas a realidade perdeu seu atrativo. Sinto como se ela estivesse danificada para sempre, contaminada pelos acontecimentos que me envolveram. Não pensei que eu fosse capaz de mais tristeza, mas acontece que sou. Enquanto antes ela pendia como um nevoeiro nas bordas da minha visão, agora ela me consome como uma força física, pressionando-me. Um sedimento cinza fumegante parece se enfiar em tudo neste quarto, como um vírus; amortece cores e cheiros. Até as sopas nutritivas e os *curries* condimentados com que Jess me tenta estão perdendo seu apelo.

Tiro o xale que está bem enrolado a minha volta e fico em pé. O enjoo agita-se na minha barriga. Saindo do quarto, arrasto-me na direção oposta ao toalete, à procura de Jess. Procuro ouvir sua voz, mas este andar do prédio parece totalmente deserto. Entro no elevador e desço para o primeiro andar. Olho para mim mesma no interior espelhado e limpo as manchas de rímel embaixo dos olhos. Não saem. Inclino-me mais para perto e percebo que a mácula também está ali, espreitando sob a minha pele.

As portas se abrem e pareço estar na parte funcional do prédio. Homens e mulheres estão à espera do elevador, e passo por eles até um pequeno átrio de vidro que enquadra o lago. Sinto o olhar deles em mim, enquanto passo rapidamente. Então, esta é a maior empresa do mundo de Arquitetura do Paraíso. Sem dúvida, faz com que nossa clínica pareça peixe miúdo. Pelos botões dentro do elevador, sei que existem quatro andares. Centenas de pessoas devem trabalhar aqui. Projeções enormes exibem o noticiário local. Um logo holográfico da Valhalla está suspenso no espaço, no centro do teto. As barreiras douradas que enquadram o nome da companhia acham-se sobre nuvens prateadas que parecem se mover e rodopiar. O saguão está movimentado. Além das pessoas mexendo-se para lá e para cá, avisto a figura de Jess. De início, pergunto-me se é ela, porque não está usando o avental de laboratório. Está de jeans azul, camiseta azul-marinho, e o cabelo está solto. Conversando com alguém em seu Codex, apoiada na janela, e enrolando um cacho de cabelo entre os dedos. Não me vê chegar, até eu deslizar as costas junto ao vidro, movendo os dedos num aceno fraco. Fica boquiaberta de surpresa e me agarra pelo ombro.

— Tudo bem, querido — ela diz. — Até daqui a pouco. Te amo. — Enrola seu Codex e o enfia no bolso traseiro. — Izzy! O que está fazendo de pé? Está bem?

— Quero tirar isto. — Indico os pinos de metal no meu couro cabeludo.

— Eu sei, eu sei, eu também quero tirá-los, mas a Valhalla ainda não quer que eu faça isto.

— Tenha dó, Jess. Eles que se fodam. Por favor, podemos fazer isto agora?

— Preciso do equipamento certo. Não posso simplesmente arrancá-los; você teria uma hemorragia e inundaria o chão de sangue.

Reviro os olhos porque sei que ela está exagerando.

— Veja, esta é quase a Isobel que eu conheço e amo.

E faço uma careta. Qual seria o motivo de ela fazer um comentário tão descartável? Quem poderia me amar? Preciso voltar para o meu Paraíso; não para o Paraíso de Jarek, não algum limbo bizarro entre os dois, mas para o meu, o único lugar sobre o qual tenho algum controle; o único lugar em que conseguirei ser feliz novamente. Chega disto.

— Escute. — Jess agarra minha mão e me puxa para ela. — Caleb está aqui.

— Caleb? Que diabos?

— Não faço ideia. Ele diz que veio se certificar de que o corpo de Lela seja repatriado da maneira correta, mas estou... desconfiada. — Seus olhos percorrem os arredores, além de mim, perscrutando o saguão.

— O quê? Você acha que ele veio me matar? — Meu sarcasmo é ácido. Sei que soo belicosa, mas Jess parece me ignorar.

— Bom, sem dúvida ele está puto da vida, mas... — Ela para e retorce os lábios para um lado da boca, sacudindo a cabeça. — Conheço ele. Sei que vai aprontar alguma.

Analiso seu rosto, enquanto ela pensa, com o olhar perdido no lago. Se alguma vez Caleb tivesse batido em mim, eu o teria matado. Teria arrancado seus olhos. Pelo menos, a antiga Isobel teria. Esta daqui, provavelmente, daria de ombros e sairia andando, com sangue pingando dos lábios. Acompanho o olhar de Jess pela janela, e olho abaixo, para a área de entrada. Um carro vermelho reluzente estaciona, e Caleb desce do banco traseiro. E pelo outro lado surge Daniel, usando paletó, e não seu costumeiro suéter escuro. Faz com que pareça mais alto. Vejo-o desabotoá-lo, enquanto contorna a traseira do veículo.

— Jess. — Cutuco suas costelas com o cotovelo e aceno com a cabeça para o carro.

— Eu nem ao menos sabia que Daniel havia saído — ela diz, contraindo os lábios.

Acho que Jess é magnânima demais para odiar Caleb, ao passo que eu faria disto um ponto definidor da minha personalidade. Talvez em parte ela ainda o ame, mas como poderia amar alguém que tivesse feito algo tão medonho quanto aquilo?

Vemos os dois entrarem juntos no edifício, e sumirem de vista.

— Eles vão subir aqui — ela diz. — Venha comigo.

Afastamo-nos da janela para a lateral do saguão, onde algumas fileiras de bancos e cápsulas de leitura estão agrupadas. A área está movimentada, e sentamo-nos em um banco mais ao fundo. Fico satisfeita de me sentar, porque meu peito já está apertado de cansaço. Caleb e Daniel surgem do elevador no lado extremo do saguão, e caminham em direção a uma mulher miúda e loira. Maya. Ela junta-se a eles, e rapidamente desaparecem.

Por alguns instantes, Jess esfrega o dedo sobre os lábios, perdida em seus pensamentos.

— Vamos.

Não espera que eu a siga. Quase corre pelo andar, e preciso forçar meus membros pesados para acompanhá-la. Ao virarmos para o corredor, os três estão chegando ao final, conversando animadamente. Viram à direita. Jess para na mesma hora.

— Tudo bem, eles devem estar indo para a sala de Maya. Vamos esperar um ou dois minutos. Preciso pensar.

E ficamos ali paradas, de um jeito estranho, no meio do corredor. Jess tamborila os dedos na parede. Uma mulher me empurra ao passar, murmurando algo em hindi. Dispenso com uma piscada a tradução automática, e vou me encostar à parede. Sinto-me bastante esgotada, mesmo com esta pouca atividade.

— Podemos tentar entrar na sala de reuniões ao lado — Jess murmura. — Poderíamos conseguir ouvir de lá.

— Tem certeza de que não está querendo espioná-los?

Jess finge não ter me ouvido. Vamos juntas até o fim do corredor e, com cuidado, dobramos a esquina. Nenhum sinal deles.

— Aqui — Jess sussurra, indicando a porta a nossa direita.

Nesse momento, a porta se movimenta para dentro, e perco o fôlego com a surpresa. Pessoas saem, sorrindo e conversando, carregando canecas minúsculas com restos de *chai* indiano. Deve ter acabado uma reunião neste instante. Elas passam por nós, e somos forçadas a recuar para a parede. Um homem de terno é o último a sair, e nos cumprimenta com um aceno de cabeça, empurrando a porta para trás, de modo a permanecer aberta. Jess concede-lhe um sorriso cintilante, ao entrarmos.

— Isto é insano — murmuro, enquanto deslizamos até o chão, as costas contra a parede.

Jess não diz nada, mas me dirige um olhar de alerta. Conforme as pessoas se dispersam em frente à porta, a sala fica em silêncio e começo a ouvir o murmúrio abafado de vozes. Olho para Jess, e ela assente, a testa franzida em concentração. *São eles*, ela gesticula com a boca, e bate levemente nos ouvidos. *Quero meu estetoscópio!*

Sorrio e dou de ombros. Quando os sons de fora cessam completamente, a voz deles fica mais clara. Recostamos a cabeça na parede, e fecho os olhos em concentração.

— Ela sempre pareceu rebelde — escuto Maya dizer. — Já me ameaçou.

Não consigo ouvir a resposta de Daniel, mas sei, sem sombra de dúvida, que é ele, e que está fazendo uma pergunta.

— Para enlamear o nome da Oakley, fazer com que os negócios pareçam ir mal — diz Caleb.

Abro os olhos e olho para Jess, apontando o dedo para meu próprio peito. Eu?

Maya diz alguma coisa sobre uma reunião, mas não entendo completamente o que ela diz. Está falando sobre aquela reunião, sobre a discussão da autorização única, quando a conheci.

Caleb interrompe-a. Sua voz é mais grave; vai mais longe através da parede.

— E nunca se sabia em que pé você estava com ela. No meio disso tudo, ela sempre flertou comigo. Era, no mínimo, impróprio, e sou casado, me deixava constrangido.

Quase esmurro a parede de raiva. Como ele se atreve?

Jess agarra meu pulso e leva o dedo aos lábios. *Escute.*

Passos parecem se mover para mais perto de nós, presumivelmente em direção a Caleb. Desta vez, ouço Daniel com mais clareza.

— Pessoalmente, tive dúvidas o tempo todo. — ele diz. — Para começo de conversa, ela é uma mulher pequena. Nossa equipe de medicina legal ainda parece pensar que a Sra. Woods foi estrangulada por alguém maior do que ela.

— Tenha dó. Somado ao DNA, acho que temos provas suficientes, não acha? — É a voz de Maya, aguda e incisiva nas vogais.

DNA?, articulo para Jess.

— Vou perguntar mais uma vez — diz Daniel. — Vocês realmente acreditam que ela poderia ter feito isto?

— Acredito.

— Acredito.

Penso em nossa conversa naquela noite, no quebra-mar que dava para a praia Chowpatty. *Sinto muito, Isobel, que grande parte disto esteja fora do seu controle,* Daniel havia dito. Eu não entendi o que ele queria dizer, mas agora acho que entendo. O tempo todo eu tinha sido uma suspeita? Daniel teria me enganado para que eu viesse aqui e fizesse os experimentos da Valhalla, ainda que eles estivessem se preparando para me prender?

Aperto a mão na base do meu pescoço e sacudo a cabeça para Jess, não acreditando.

Ela parece bem calma, quase como se fosse isto que esperava ouvir. Inclina a cabeça em direção à porta. *Vá.*

Levantamo-nos e saímos correndo da sala, retornando pelo caminho por onde viemos, contornando rapidamente as pessoas, até chegarmos novamente ao saguão. Estou sem fôlego, e meu coração golpeia contra as paredes do peito, confundindo meus pensamentos desordenados.

Jess pega na minha mão e me puxa para o elevador.

— Isobel, me ouça. Você precisa voltar para seu hotel, agora. Pegue um pouco de dinheiro, não demais, e vá para algum lugar, qualquer lugar.

— O que você quer dizer?

— Eles vão te prender, Izz, e depois que tiverem feito isto... — Sua voz diminui de intensidade, quando as portas se fecham e o elevador desce.

— Mas isto é ridículo. Por que eu mataria a mulher de um homem terminal?

— Não sei. — Jess suspira e inclina a cabeça para trás, olhando para o teto do elevador. — Não sei. O óbvio e velho ciúme?

— Mas eu não fiz isso, não matei ela! — cochicho. Há um homem e uma mulher conosco, no elevador, e eles agora estão olhando diretamente para nós. — Como eles puderam pensar...?

— A Valhalla é poderosa. O Caleb é poderoso. E você ouviu eles mencionarem a prova do DNA. Se for isto o que eles querem...

— Caleb simplesmente *mentiu* a um detetive a meu respeito! Ele quer que Daniel acredite que matei Sarah. — Tropeço nas palavras, porque não consigo acreditar no que está acontecendo. — Por quê?

— Não sei, mas confie em mim. Você tem que dar o fora daqui. Precisa ganhar algum tempo para entender isto.

As portas do elevador abrem-se, e rodeamos o casal, enquanto eles se beijam. Atravessamos outro saguão de vidro, passamos pelas portas automáticas e saímos para a ofuscante luz do sol. Sigo Jess cegamente, enquanto fecho os punhos e me imagino acertando o rosto de Caleb com eles. Nunca fomos próximos, mas não consigo pensar em um motivo para ele me trair desse jeito. Tem que haver um motivo. Não posso confiar em mais ninguém, especialmente não em alguém tão desumano quanto ele.

— Vou pegar um avião para Londres hoje à noite, para levar os neurônios-espelho de Jarek e Lela de volta ao laboratório — Jess diz. Ela olha em torno e segue em direção ao ponto de táxi. Vou agir normalmente. Vou dizer a eles que você quis se afastar por alguns dias, e ficar sozinha. Vá para a estação e pegue um ônibus ou um trem para fora daqui.

Ela me empurra para dentro de um táxi e se inclina sobre mim para que o sensor escaneie seu chip. Desabotoa o bolso de cima e dinheiro esvoaça para o meu colo. Abro a boca para falar, mas não sai nada.

— Por favor, Isobel, só faça isto — ela diz, batendo a porta. Está de volta dentro do prédio antes mesmo de o táxi ter partido.

CAPÍTULO VINTE E CINCO

Se pelo menos Lela pudesse ter vindo comigo, penso. "Aonde você vai?", ela teria perguntado, com os olhos arregalados. "Você não contou pra eles?" Se ela ainda estivesse aqui, me defenderia; impediria que eles fizessem qualquer coisa. Faço uma anotação mental de escrever para seu marido.

Embora sua ausência tenha me deixado carente, ganhei a capacidade de mentir para quem eu quiser. Quando a recepcionista pergunta para onde vou a seguir, não hesito nem por um segundo.

— Delhi — digo a ela. — Vou para Delhi. Eles podem me achar lá, se quiserem.

Saio com céu encoberto, pegando um táxi para o Terminal Chhatrapati Shivaji, para achar o primeiro ônibus que conseguir encontrar que não esteja indo para o norte, em direção a Delhi. Pego um maço de dinheiro no caixa eletrônico da estação e depois corro de ônibus em ônibus, na garoa, não me atrevendo a parar para olhar por sobre o ombro. Se alguém tiver me seguido, vai me pegar; não preciso desperdiçar tempo me preocupando demais com isso. Logo percebo que os veículos mais modernos, sem motorista, estão bloqueados para quem não tem passagem. Passo a me concentrar nos ônibus mais decrépitos, implorando por um lugar para quem quer que esteja atrás da direção. Molhada até os ossos, esmurro a porta de um semivazio, que está saindo do seu posto, juntando minhas mãos em oração, para implorar ao motorista. Só depois de pagar é que pergunto a ele onde estamos indo. Ele ri de mim, uma risada grave e gutural, como que dizendo *Estrangeira maluca*.

— Você está com sorte hoje — diz. — Estamos indo para a praia!

Durmo por algumas horas e acordo quase seca. Lá fora, o mundo está escuro, e é como estivéssemos ziguezagueando por uma encosta. Mumbai parece bem longe. Recosto na janela trincada e me concentro nos contornos da estrada à frente, iluminada pelos faróis, de modo a não ficar enjoada. Parece que o ar-condicionado parou de funcionar, e estou espremida ao lado de um homem enorme que me esmaga a cada curva enjoativa do ônibus. Ele mastiga folha de areca sem parar. De tempos em tempos, cospe-a numa pequena embalagem de sanduíche, que amarra de volta e empurra para o fundo do bolso. Por horas a fio, aguardo o sumo vermelho, engrossado pela saliva, escapar dali e vazar da sua calça fina para a minha coxa. E enquanto espero, respiro fundo, tentando me acalmar, e penso na conversa de Daniel, Caleb e Maya.

Tento ser lógica. Sei que não matei Sarah. Assim sendo, Caleb e Maya não deveriam ter motivo para acreditar que fiz isso. Nem deveriam, de fato, se preocupar. Mas se preocupam. Preocupam-se muito, porque soou como se estivessem tentando me incriminar. Respiro várias vezes seguidas, cravando as unhas dentro das palmas das mãos. A última coisa com a qual Maya se importou demais foi me trazer aqui, para a Índia, para tirar vantagem da minha posição ímpar, para experimentar as novas tecnologias da Valhalla. Volto a ouvir a voz dela, determinada, insistente: *Acho que agora temos provas suficientes, você não acha?* Mordo o lábio, retrocedendo mentalmente. O que leva as pessoas ao ataque? Medo, sempre medo. A ideia de lembranças fantasmas deve aterrorizar tanto a Oakley quanto a Valhalla. Se elas forem comprovadas, e isso for divulgado, o império deles seria abalado. Ninguém iria querer um Paraíso. Eles seriam processados, destruídos. A equipe de Daniel está no rastro, e eu cheguei tentadoramente perto de detectá-las por mim mesma. Então, me mandar para a prisão por assassinato me impediria de falar? Anularia minha opinião se rumores viessem à tona um dia? Tiraria de cena Daniel e sua equipe? E, mais inquietante, se eles pudessem descer tão baixo a ponto de me acusar em falso, teriam algum escrúpulo em eles mesmos cometerem o assassinato?

*

Quando desço os degraus na poeira de Anjuna, estou desidratada e fisicamente esgotada, desejando ter pegado um trem e não um ônibus. Ele me deixa em um estacionamento que não poderia ser mais perto da beira do penhasco. Seu perímetro é contornado por pontos de recarga elétrica. Motocicletas e riquixás amontoam-se em busca de espaço, observados por burros e cabras. Detenho-me por alguns instantes para organizar os pensamentos. Desenrolo a echarpe de algodão da minha cabeça, aliso-a e dobro-a novamente, estendendo-a de volta sobre as partes raspadas do couro cabeludo, com os anéis de metal bem escondidos dentro dela. Vejo-me olhando sobre as rochas cor de ferrugem para o oceano lá embaixo. Mesmo no calor do sol do meio da manhã, sua luz confiante atingindo as cristas das ondas, sinto que uma escuridão magnética me arrasta para baixo.

Dou uma olhada em alguns quartos em Anjuna, até me ver nos confins da aldeia, vagando por um portão de fundo, não identificado, e entrando nos jardins arenosos da Casa de Hóspedes Pérola do Oceano. Escolho um pequeno bangalô privado, com uma varanda na frente, pagando adiantado por três noites. O sorridente proprietário me oferece um coco fresco como presente de boas-vindas, e aceito, agradecida. Sua pele está manchada pelo vitiligo, mas tento não ficar olhando, e ele, por sua vez, tenta não me encarar de volta. O calor do meio-dia me oprime, e saio direto da areia para o frescor do meu quarto. Deitando na cama, caio no sono imediatamente e durmo até o começo da noite, quando sou acordada por um chamado de Daniel. Deixo o Codex tocar, sabendo que ele poderia usá-lo para determinar a minha localização.

Agora, estou sentada na cadeira de vime, junto à porta de entrada do meu bangalô. Os barulhos guinchando por debaixo sugerem-me que não é para ser uma cadeira de balanço. No entanto, quando tiro os pés dos ladrilhos mornos do deque, ela balança mesmo assim. Nuvens de insetos e mosquitos de fim de tarde dançam ao meu redor. Na última vez em que estive na Índia, lembro-me de tomar obsessivamente meu antimalária todas as manhãs, à mesma hora, e de nossa mãe cobrir nossa pele nua com um líquido pungente todo fim de tarde. Como era diferente naquela época! Felizmente, os dias de malária acabaram-se há muito tempo. Outra doença mortal varrida da face do planeta. Estamos eliminando-as uma a uma.

Fecho os olhos e imagino Jess sentada no avião, com a maleta de laboratório no colo, contendo os restos vivos de Lela e Jarek. Talvez a maleta não fique na cabine com ela. Talvez vá em algum compartimento seguro. Não sei. Acho mais difícil do que nunca acreditar que as pessoas ficam mortas por mais tempo do que vivas. Ao refletir sobre o quanto a vida é transitória, não estranho que eu tenha me apaixonado por Jarek tão rápido, tão completamente. Torna menos surpreendente que alguns pontos em comum — um pai abusivo e ausente, a perda de uma mãe amorosa e uma irmã, uma crise de insegurança e uma disposição para curá-la — tenham sido suficientes para fazer com que nos apaixonássemos mesmo com a iminência da morte.

Gafanhotos conversam nos capins da duna, e o céu se pinta de rosa e laranja, enquanto o sol mergulha atrás das palmeiras altas que camuflam minha vista do oceano. Esta parte de Goa é como uma cápsula do tempo. Parece que este lugar está aqui há décadas, imutável. Acho que aqui eu poderia ser hippie. Poderia sumir do mapa e me esconder do mundo, vendendo colares na praia, sobrevivendo de bananas roubadas, *tarka dhal* barato e *puri*. Mas mesmo esta ideia parece muito cheia de dificuldades. Afasto os pensamentos e enfio as pontas dos dedos debaixo da echarpe, percorrendo com elas os círculos de cabelos raspados que rodeiam os plugues de metal. Esfrego a beirada de um, onde encontro uma área áspera. Esfrego, esfrego, até ter uma sensação estranha na ponta do dedo. Só quando tiro a mão e trago o dedo para perto do rosto é que percebo que ele está sangrando.

Revejo uma lista selecionada de sintomas na minha cabeça: ansiedade, desesperança, cansaço. Mas acho que isto não é, na verdade, uma depressão. É uma ausência, uma ausência de emoção, seja ela qual for. Agora, aqui sentada, acho até difícil pensar em mim mesma. Posso observar os minúsculos morcegos mergulharem e esvoaçar; posso descobrir certa satisfação no som do mar banhando a costa distante, mas eu? Estou farta de mim mesma. Sou um recipiente que foi esvaziado e não tenho nada com o que voltar a enchê-lo. A única coisa que me resta é salvar Jarek. Talvez eu consiga descobrir quem matou Sarah e por quê. Talvez possa fazê-los pagar pelo que fizeram a mim, Jarek e Lela.

Lentamente, começo a adormecer na cadeira, com os pés balançando acima dos azulejos.

*

Uma vibração de leve no meu canal auditivo me acorda, alertando-me para uma chamada que chega. Pisco no negrume, desorientada. E então, o cheiro de suor e de água do mar faz com que eu me localize. Enquanto endireito o corpo, vejo que a lua desceu atrás das palmeiras. Olho a hora na minha visão. Uma e meia. Desenrolo meu Codex da mesa lateral de vime, e vejo que é Don. Penso duas vezes, antes de atender.

— Oi — digo cautelosa. Não ativo o link visual, e volto a me deitar, fechando os olhos. Seja como for, ele não conseguiria me ver.

— Isobel, cadê você? — Seu tom é incisivo, investigativo. Faz-me perceber que eu não deveria atender nenhuma chamada. Não posso deixar ninguém me achar.

— Oi, Don, e como vai você?

— Não é hora para o seu sarcasmo. Estou preocupado com você.

Não respondo. Agora, aqui fora está muito mais fresco. Preciso entrar, mas primeiro preciso me concentrar nisto.

— Caleb me mandou uma mensagem umas duas horas atrás, dizendo que você sumiu, que precisa achar você.

— Bom, ele não precisa me achar.

— Ele disse que desaparecer desse jeito só fez as coisas piorarem pra você.

Eu mesma tinha pensado nisso, mas Jess parecera muito segura. Neste momento, não sou capaz de tomar minhas próprias decisões.

— Lela morreu — digo baixinho. — No ataque do drone.

— Eu sei; sinto muitíssimo, Isobel. — Sua voz voltou a ser agradável como eu me lembrava, grave e encorpada. E, por um momento, desejo que ele esteja aqui pessoalmente. Sei que me abraçaria com força, e faria com que eu me sentisse melhor, sem dizer uma palavra. Ele me conhece. É uma das poucas pessoas que restam que me conhecem.

— O que está acontecendo? — Don pergunta, sua voz brandindo de volta para mim, num tom tão firme que exige resposta.

— Jarek, meu cliente, a esposa dele foi assassinada. Estrangulada em sua própria casa. Acho... Acho que sou uma suspeita.

Pense em abreviar uma longa história. Há silêncio na linha, mas não por choque. Don nunca se choca. Em vez disto, ele está pensando, e o vazio sem emoção no meu peito é tomado de alívio por ele ter entrado em contato. Existe um motivo para ele ter ligado. Ele saberá o que fazer. Vai me ajudar.

— Quando foi que aconteceu? O assassinato? — ele pergunta.

Revejo minhas conversas com Daniel na minha mente, reunindo os detalhes por completo, antes de responder. E então, percebo como é fácil me lembrar da data, porque é o mesmo dia em que vi Jarek pela última vez.

— Foi numa noite de sexta-feira, em meados de setembro. Na mesma noite em que terminamos.

— Na noite em que *você* terminou — ele diz, e eu me encolho com a mágoa contida em suas palavras.

Não há nada que eu possa dizer, então espero mais uma vez enquanto ele processa os próprios pensamentos.

— Eu voltei para o apartamento às...

— Tarde — interrompo. — Era tarde.

— Não. — Suas palavras vêm cheias de certeza, exigindo meu silêncio. — Não, não era tão tarde. Acho que sua mente está lhe pregando peças. Cheguei em casa às... O quê? Cinco? Seis da tarde?

Claro, ele está me dando um álibi. E está fazendo isto de um jeito tão gracioso que eu não apenas não preciso reconhecer, nem mesmo agradecer-lhe, como é crível, caso um dia a chamada seja logada e ouvida. Está tornando plausível. Um consultor do Ministro da Defesa sempre será confiável. Quase acredito nele agora. Aperto os dedos nas bochechas. Eu poderia chorar por ele estar fazendo isso por mim, mas não posso deixar de me perguntar por que está sendo tão bom. Depois de tudo que aconteceu, estaria no seu direito... Meu peito se aperta. E se ele descobriu sobre mim e Jarek? Não é provável que um homem especialista em coleta de informações saberia? Isto não o teria enlouquecido de ciúmes, saber que fiz amor com outro homem em nosso apartamento? E, poucas horas depois, Sarah estava morta.

Deixo minha mão deslizar pela boca e sopro minha ingenuidade pelas frestas dos dedos. E se esta ligação não for para me oferecer um álibi, mas para lhe dar um, também?

— É, é, você tem razão — digo, tentando não deixar minha voz oscilar. — Foi por volta das cinco.

— Espero que você esteja bem, Izz. — Seu tom volta a ser mais suave, seu modo fora do expediente.

— Espero que *você* esteja bem.

Sei o que ele dirá a seguir, e desejo que não o diga.

— Eu te amo, sabe disto?

— Sei. É, eu sei.

Em parte, eu queria poder amá-lo. Esquecer todo o resto. Em parte, desejaria poder voar para casa e voltar a entrar em nosso velho apartamento, para encontrá-lo engraxando os sapatos na cozinha. Esta poderia ser uma troca tranquila: um álibi em troca de afeto. Mas tudo isso está morto e enterrado, e a parte que me resta não confia em ninguém.

Especulo se o dano nos meus neurônios-espelho fez algo em mim, se acabou com a minha capacidade de amar, porque tudo que sinto é um vazio que range atrás das minhas costelas e zumbe nos meus ouvidos. Ao entrar no bangalô desarrumado e em sua cama recheada de palha, envolvendo-me nos lençóis finos, esta é a única canção de ninar que eu tenho.

CAPÍTULO VINTE E SEIS

Passo horas vagando pela praia e contemplando o oceano. De certa maneira, quase me sinto normal, se não insisto em pensar em Lela e Jarek, e nas pessoas que me traíram; se esqueço o medo por um momento e tento não procurar sinais de reconhecimento nos olhos de cada pessoa com quem cruzo.

Para me distrair, procuro repetidamente o amor dentro do meu cérebro, e embora encontre a tristeza que resulta do amor, e a lembrança do amor, o amor por si mesmo já não parece algo tangível. Sinto-me estilhaçada.

Na maioria dos dias, caminho ao longo da praia, até chegar ao promontório, e volto. Imagino que, à minha maneira, estou sendo cuidadosa. Não paro para beber ou comer duas vezes no mesmo lugar. Não bato papo. Ignoro as repetidas ligações de Daniel e contatos desconhecidos. Não faço nada para chamar atenção sobre mim. Por sorte, há inúmeros cafés e bares espalhados ao logo da beirada da praia. Em um dos meus primeiros dias aqui, distraída, fiquei bêbada numa rápida sucessão de coquetéis frutados, servidos à vontade, gratuitos. Não estou mais fazendo isso. Acabei numa melancólica espiral depressiva que apenas o sono conseguiu resolver. Com frequência, compro um coco dos vendedores de praia e me sento bem na beirada das ondas, bebericando o puro frescor da água de coco, antes de chamar o vendedor quando ele passa de volta, e pedir que o abra com seu facão, para que eu possa raspar a polpa de dentro. Vejo-os atacar o coco com um golpe experiente, e mais uma vez me pego cismando: se eu não fiz isso, se Jarek não fez isso, então quem fez? Quem matou Sarah? Seu amante? Poderia até mesmo ser Don, buscando algum tipo de vingança? Maya e Caleb poderiam me querer calada, depois de tudo que vi? Antes de mais nada, um deles poderia ter providenciado o assassinato para me deixar desesperada por provar a inocência de Jarek, e me ter aqui, fazendo parte do seu experimento?

Uma tarde, deixo uma menina na praia decorar os meus pés com henna. Ela faz os desenhos mais bonitos, mais intrincados, até chegar a espirais minúsculas ao redor das minhas unhas dos pés, e flores cheias de pétalas entre cada junta. Enfeita-me com anéis nos artelhos e tornozeleiras, num esforço para me levar a gastar mais dinheiro. Prende brincos nos lóbulos das minhas orelhas e levanta um espelho para que eu possa me admirar.

— Bonita — diz.

Olho para a mulher no espelho e me pergunto quando foi a última vez que me olhei direito. Não vejo beleza. Nunca vi. Mas vejo sim sombras macilentas no rosto que já cheguei a conhecer muito bem. Pareço cansada e desidratada. Mas não é isto. Meus olhos estão desalinhados. Pelos dispersos encrespam os arcos das minhas sobrancelhas, outrora perfeitas. Minha pele está menos impecável, menos cuidada. Nunca vi meu cabelo coberto por uma echarpe como agora, muito menos uma que já vem sendo usada há dias, tornando-se uma desculpa para eu não lavar o cabelo.

A menina pega o espelho para enfiá-lo em sua bolsa, e baixo os olhos, me analisando. Poucas semanas atrás, nunca teria deixado uma estranha enfeitar meu corpo com metal barato. Nunca usaria nada que não fosse feito sob medida, cinza, preto ou branco. Agora, estou vestida com uma túnica laranja de crochê e calça baggy presa com elástico, cor creme, que antes eu pensaria ser uma cor suja. Não há dúvida, mudei. No entanto, a mudança não trouxe paz. Estou mais sozinha do que nunca, e os argumentos que se exacerbam dentro da minha cabeça estão mais gritantes.

— O que é isto? — pergunta a menina num inglês impecável, apontando para a minha tatuagem. Olha para mim com olhos tímidos, por baixo de cílios espessos.

— É um anjo.

Sorrio perante a confusão em seu rosto. É como se ela ouvisse falar naquilo pela primeira vez.

— Eles têm asas — digo, traçando o contorno. — Vivem no Paraíso e executam os desejos de Deus.

— É mesmo? — Seus olhos castanhos arregalam-se.

Sinto-me mal.

— Não, não, eles são só uma fantasia.

Ela sorri, aliviada.

— Espero ganhar dinheiro suficiente esta semana — diz, acomodando-se a meu lado, e imitando minha posição ao colocar os cotovelos sobre os joelhos. — Então, vou conseguir levar meu irmão comigo, para a escola, no mês que vem.

Olho para ela com um cinismo velado. Ela quer que eu compre esta tornozeleira, a mais cara, que insiste ser feita de prata e incrustada com lápis-lazúli. Sei que é níquel e vidro, mas não consigo chegar a ponto de lhe dizer isto.

— Você gosta da escola? — pergunto.

Ela acena a cabeça com força. Conta que inglês é sua matéria preferida. Gosta da professora e, um dia, quer viajar pelo mundo. Ficamos um tempo sentadas, juntas, num silêncio amigável, e depois ela volta a me perguntar se eu gostaria de ficar com a tornozeleira. Digo a ela para repetir a pergunta no dia seguinte, o que parece deixá-la satisfeita, e ela vai embora pela praia, sua loja encaixotada batendo contra seu quadril infantil.

*

Na manhã seguinte, acordo cedo e acho um carretel de linha de algodão na gaveta da mesa de cabeceira. Acomodo-me na área com luz do sol, que entra pela janelinha, e depilo com a linha os pelos das minhas canelas. Gostaria de cuidar das minhas sobrancelhas, mas o único espelho está preso na parede do banheiro escuro. Estico as pernas e percebo como, a cada dia, me pareço mais com a minha mãe. Como abacaxi na varanda e lixo as unhas com uma lixa comprada na praia dois dias atrás. Quando Jess liga, descubro que tenho forças para limpar o sumo do queixo e falar com ela.

— Oi — digo, enquanto ainda estou desenrolando meu Codex. — Como vai você?

— Estou bem. — Depois: — Você parece mais animada.

Talvez eu esteja, não tenho certeza. O visor do holograma aparece, e vejo Jess, inclinando-se para frente sobre os cotovelos.

— Quis falar com você antes de ir para a cama — ela diz. — Você está em segurança?

— Não, provavelmente não.

Jess ignora meu sarcasmo.

— Falando sério. O seu Codex pode ser rastreado?

— Arrumei um sujeito que desativou isso assim que fiz um upgrade nele, no ano passado — explico, comprimindo os lábios. — Mas fico na dúvida se ainda existe um jeito de a polícia rastreá-lo, caso realmente queira. Não sei.

— Tudo bem, vamos ser breves. Mas você parece bem. Nenhum efeito colateral das cirurgias?

Penso na escuridão esponjosa me pressionando por dentro, e preenchendo as lacunas entre os meus pensamentos.

— Nada de que eu me lembre — digo.

— Então, Daniel considerava você como suspeita o tempo todo — ela diz.

Eu ainda estou surpresa, imagino. Pensei que ele gostasse de mim. Sempre pareceu que ele estivesse fazendo concessões para mim. Foi ele quem me convenceu a embarcar nessa missão ridícula. Uma nova raiva arrepia a minha pele.

— E agora Caleb e Maya também se voltaram contra você. Juntos, eles têm ainda mais força. A Oakley Associados e a Valhalla são uma só agora. Eles estão assinando os papéis hoje. Os boatos são de que, no fim, a Valhalla conseguiu a Oakley por uma pechincha.

— Ah. — Fico quieta, olhando além da imagem de Jess, para o mar cintilante. Aquela reunião sobre autorização única, ser repreendida por Lela, brigar com Maya e Caleb pertencem a um mundo distante. — Mas eu tenho um álibi.

— Que fantástico! Quem?

— Don. Ele me telefonou alguns dias atrás.

— Ótimo. Isto é ótimo. — Ela não parece convencida, mas é bom ter a sua companhia. Vê-la me faz perceber o quanto eu tenho andado só. Ela aperta os olhos para mim. — Você sabe *como* ela foi morta, certo?

Confirmo com a cabeça. Não me sinto disposta a me arrastar de volta aos detalhes, principalmente se Jess já os conhece.

— Então, você sabe que ela foi estrangulada e depois drogada, só por precaução, talvez o assassino quisesse garantir que ela estivesse morta antes de fugir. — Ela faz uma pausa, mordiscando o lábio. — O que você pensa sobre os opioides fortes? — Jess volta a olhar para mim, e seu queixo se tensiona. Levo alguns segundos para processar o que ela está dizendo.

— Opioides? — Sinto um nó de nervosismo se desdobrar de seu esconderijo, bem atrás das minhas costelas.

— O Daniel não te contou este detalhe, hã?

Sacudo a cabeça, com os olhos fixos em seu rosto.

— Onde é que o assassino conseguiria comprimidos como aqueles, Isobel? — Jess pergunta. Sua voz oscila. Não preciso lhe dar uma resposta. Perceptiva como sempre, já está convencida de onde vieram aqueles comprimidos. — Um álibi é bom, mas não basta — continua. — Isto e a prova do DNA que ouvimos eles mencionarem? Não sei mais nada a respeito, mas parece complicado para você, Isobel.

— Eu sei, eu sei que parece. — Mal posso ouvir a minha própria voz, e tenho que afastar meu olhar do visor. Não fui forçada a admitir isso antes, para mim mesma, e a minha respiração falha como se eu tivesse levado um soco no plexo solar.

— Então, precisamos descobrir uma prova de que ele fez isso... Uma vez que ninguém mais parece se importar.

— Você acha que foi um homem?

Jess suspira ruidosamente.

— Tenha dó, Izzy, acho que nós duas sabemos que deve ter sido Jarek.

Olho de volta para ela, decidida.

— O que ele te disse? — ela pergunta. — Disse que detestava ela? Ela fez alguma coisa que o magoou? Preciso de algo para ir atrás.

Meus olhos ziguezagueiam pelo holograma do seu rosto, buscando uma parcela dele em que posso acreditar.

— Quem mais teria feito isto, Izz? Quem mais? — O sotaque dela fica mais forte, e a voz sobe como ar quente, rodopiando a minha volta. Sinto-me tonta.

— Não foi ele.

— Então, quem foi? — Agora, ela está engolindo a raiva de volta, mas seu desdém é claro e repentino, como no dia em que me alertou sobre meu relacionamento com Jarek. A lembrança de suas palavras ressoa em minhas têmporas. *Quando a gente morre, já não deixamos tudo para trás. Levamos outras pessoas junto.* — Você acha que um estranho conseguiu entrar na casa dela, e depois a matou com uma caixa de comprimidos que encontrou, por acaso, no armário do banheiro? Comprimidos que já foram seus? — ela continua.

— Talvez mais alguém soubesse sobre eles — resmungo. — Daniel me contou que a Sarah estava saindo com alguém. Ele poderia ter estado na casa antes; poderia ter visto os comprimidos.

— É mesmo? Que interessante! Só me pergunto qual teria sido a motivação. Os detalhes do assassinato fazem com que pareça planejado, não uma besteira de alguém com a cabeça quente. E eles não teriam encontrado algum DNA na cena?

— A gente não sabe se não encontraram. E o Caleb? Ele tem acesso ao mesmo ambulatório de remédios que eu. Ele poderia ter conseguido os mesmos comprimidos.

— Isto parece mesmo vagamente provável para você?

— Se estivermos falando sobre o que é provável, qual teria sido a motivação de Jarek, Jess? Ele mesmo já estava morrendo. Por que raios ele mataria a esposa?

Jess dá de ombros.

— Por inúmeros motivos.

— Acho que devemos considerar Caleb e Valhalla. Maya me queria aqui, fazendo isto, ajudando eles. E o assassinato de Sarah conseguiu isso. Se estivermos procurando uma motivação... — Posso ouvir minha voz se elevando com desespero.

— Bom, não sei grande coisa sobre a Valhalla, mas o Caleb é sórdido, Isobel, você sabe disto. — Ela para e suspira. — A nível pessoal, eu diria que ele está furioso por você ter lhe dado as costas. E do ponto de vista de negócio, agora você é um perigo para eles, com ou sem acordo de confidencialidade.

— Viu? Eu também pensei nisto. Se você ou eu dermos a conhecimento público essa história de lembranças fantasmas...

Jess concorda com a cabeça, desviando os olhos da câmera por alguns segundos.

— Isso acabaria com eles. — Percebo que ela também está pisando em terreno perigoso. — Embora a equipe de Daniel também saiba sobre a possibilidade de lembranças fantasmas. Se elas fossem encontradas, iriam querer usá-las em processos criminais. Tudo viria à tona então, não viria?

— Talvez — digo. É difícil saber se estou pensando direito, quando me sinto tão paranoica. — Poderia ser por isto que eles o estão mantendo tão por perto. Querem controlar o que ele sabe, o que ele faz com a informação a que tem acesso.

— Estamos mudando de assunto. — Jess parece exasperada. — Não tenho como examinar os motivos de outra pessoa, Isobel. Só posso olhar para os motivos de Jarek.

Olho novamente além dela, de volta para a costa e o progressivo nascer do sol.

— Você de fato o amava, não é? — Jess volta a falar com calma, se recuperando.

Confirmo com a cabeça, porque é só o que consigo fazer. Qualquer outra coisa acabaria comigo. Percebo que nem uma vez Jess me perguntou diretamente se eu fiz aquilo. Ela confia em mim, e sinto um enorme conforto com isso. Mas como ela poderia pensar que Jarek é culpado? Ela o encontrou tantas vezes, escaneou seu cérebro, criou as simulações do seu Paraíso. Teria visto seu sorriso fácil, escutado suas brincadeiras, admirado sua falta de autopiedade, sua força calma, e conversado com ele sobre seu amor pelas filhas.

— É melhor eu ir — digo.

— Só mais uma coisa, rapidinho. Sei que você vai ficar decepcionada, mas achei que gostaria de saber que, na semana passada, o Conselho de Bioética aprovou a autorização única. Com o aval deles, acho que vai passar rapidamente pelo Parlamento. — Vejo Jess sacudir a cabeça. Ela sente o mesmo que eu a respeito. — As coisas vão mudar.

Desligo e sinto o suspiro reverberar pelo meu corpo. Deixo a tensão se espalhar e se acomodar, enquanto as autorrecriminações sobem à superfície. Fui embora da clínica quando deveria ter ficado para lutar contra a implementação da autorização única. Eu poderia ter feito diferença, mas desisti quando realmente importava. Levanto-me e vou até a praia em meio à luz intermitente, entrecortada pelas palmeiras.

Jess tem razão. Agora as coisas vão mudar. As pessoas poderão pôr quem quiser em seus Paraísos, sem que aquela pessoa autorize. Imagino que a maioria dos meus velhos clientes, agora mortos há muito tempo, ficaria bem animada com a ideia de incluir um ator de Hollywood, ou uma paixão de adolescência. Quase inocente. Mas a ética difusa disto é inevitável. A autorização única inviabiliza a sacralidade do Paraíso, e outras leis rapidamente se seguirão, sem dúvida. A Valhalla e as forças policiais conseguirão seu desejo de poder fincar raízes nos domínios mentais de estranhos. O que eles acabaram de me mandar fazer será obsoleto. É provável que, logo, qualquer um poderá vasculhar o Paraíso de Jarek. Afasto seu nome quando o ouço surgir em minha cabeça. Não posso lidar com isto agora.

Chego ao oceano e paro na beirada, deixando as ondas rasas lamberem meus pés. A água ainda está fria da noite, e aperto os olhos para ver as pequenas conchas brancas rolando indefesas sobre meus dedos dos pés. As coisas poderiam ter sido bem diferentes. Se a autorização única tivesse sido aprovada antes, e as outras regras relaxassem, poderíamos não ter tido que vir até a Índia para entrar no Paraíso de Jarek. O que fizemos teria sido bem menos uma área cinzenta do que a descrita por Daniel naquele dia, no Maidan. Uma sala cheia de gente, espiando o Paraíso de Jarek, da segurança de Londres, teria sido um pouco mais do que uma tecnicalidade. Eles não teriam precisado de mim para nada. Lela estaria viva.

Fico ali parada, considerando um mergulho matinal, completamente vestida, até a água alcançar o meio da minha canela. Depois, me viro e volto para o chalé. Vou tentar dormir um pouco mais.

A garotinha me espera perto do portão da casa de hóspedes. Hoje, está com um vestido de algodão roxo vivo, com babados na bainha e no pescoço, mas reconheço o sorriso enviesado e seus ombros estreitos. Ao chegar mais perto, vejo que a tornozeleira balança em seu dedo indicador, e ela dá uma risadinha atrevida.

— Ah, oi. Quem é você mesmo? — digo.

Ela ri de novo, todo seu rosto se iluminando com a minha brincadeira. Passo a mão pelo cabelo no alto da sua cabeça.

— Oi, senhora. Ainda gosta desta?

— Gosto sim.

Sem hesitar, ela se ajoelha na areia e a prende ao redor do meu tornozelo, antes que eu mude de ideia. Espero que ela volte a se levantar, mas ela está contemplando o anjo.

— Por que você se marcou com a imagem de uma coisa que não é real? — pergunta. Olha para mim, e suas bochechas estão retraídas, fazendo os ossos se destacaram sob os olhos. Seu rosto tem uma seriedade, como se, de algum modo, ela soubesse o que aquilo significa para mim.

— Escolhi uma coisa que não é real, porque já não sabia no que acreditar.

Ela concorda com a cabeça, como se fizesse todo o sentido, e se levanta, enfiando casualmente sua mão pequenina e ressecada dentro da minha.

— Agora você sabe no que acreditar?

Perco-me na inocência franca do seu rosto. Sinto uma pressão de alguma coisa dentro do peito, que rodopia para cima, um calor que sobe até o alto da minha cabeça. E então, percebo: o que estou sentindo não é a perda da minha capacidade de amar. É a explosão da minha capacidade de duvidar.

CAPÍTULO VINTE E SETE

Estou na aldeia, sentada em um restaurante que oferece uma vista hipnótica sobre os penhascos rochosos de Anjuna e o oceano abaixo. Enquanto como, observo os pescadores arrastarem o pescado para a praia, bem abaixo de mim. Não consigo discernir seus rostos, mas suas costas nuas estão lustrosas com o esforço, e me sinto culpada por estar aqui sentada, debaixo da sombra do toldo.

A última mensagem de Jess pisca na tela do meu Codex: *Você está aí, Izzy?*

Aceno para a tela, e a palavra *olá* aprece automaticamente.

Minhas rúpias estão acabando, e este restaurante é barato, então vim aqui alguns dias seguidos. O charmoso e idoso dono parece estar me alimentando, apesar da minha pobreza, tentando-me com *curries* aromáticos de peixe e sundaes elaborados, polvilhados com flocos secos de banana e coco. Quando cheguei, cerca de uma hora atrás, ele me cutucou nas costelas, acenando com satisfação por seus pratos estarem preenchendo os espaços entre os meus ossos.

Na praia, crianças brincam à beira das redes, tentando agarrar peixe apanhado em alto-mar. Os pescadores as espanam como moscas.

Quando olho de volta no meu Codex, outra mensagem me espera: *A caminho de uma reunião. Falo com você direito mais tarde. Preciso te contar uma coisa.*

Respondo imediatamente: *O quê?*

Chego mais perto da tela. Não pisco. Mas ela não responde por alguns segundos, então volto minha atenção para o restante do meu *masala dosa* enquanto imagino qual poderia ser a novidade. Estou me saindo melhor ao comer sem talheres. É meditativo, o ato de abrir a panqueca entre os dedos da minha mão direita, e depois passá-la ao redor do prato repetidas vezes, até que ele fique limpo.

Encontrei alguma coisa no Paraíso de Jarek. Aguente firme. Vai dar tudo certo.

Fico boquiaberta.

— Belíssima vista — diz uma voz masculina sobre o meu ombro. Uma voz que reconheço. Uma voz que andei escutando em toda loja, toda esquina, na última semana.

Puxo meu Codex junto ao peito e fecho os olhos. A verdade é que quase engasguei com o último pedaço de *dosa*, mas aperto os lábios e engulo repetidamente até ter alguma compostura e erguer minhas defesas.

Daniel puxa uma cadeira bem a meu lado e se senta, sem nem mesmo olhar para o meu rosto, para ter certeza de que sou eu. Olho em volta, estreitando os olhos para o dono, que está parado, sem jeito, perto da porta da cozinha. Deve ter se rendido ao charme de Daniel, bem como ao meu. Noto que há dois policiais indianos parados na entrada, destacados por seu monótono uniforme cáqui. Eles me veem olhar para eles, mas permanecem inexpressivos. Com braços gordos cruzados sobre a barriga, parecem gloriosos leões-de-chácara.

— Dá para entender por que você veio para cá — Daniel acrescenta.

— Entrei no primeiro ônibus que me aceitou. Não estou de férias.

Recuso-me a ser a primeira a fazer contato visual. Olhos os pescadores e noto, em silêncio, que repentinamente o dia deles parece bem melhor do que o meu.

— Por que você achou que precisava fugir? — ele pergunta, apoiando a face no punho, de modo a olhar para mim. Parece que ele acha divertido ter me encontrado.

— Não sei. Por que você acha que eu matei Sarah?

Nesse momento, o dono aparece a meu lado para tirar o meu prato. Desfiro-lhe um olhar acusador, e não sei se é por isto, ou pela natureza da nossa conversa, que ele sai apressado, de mãos vazias.

— Tem gente que acha que foi você, é verdade. — Agora, ele abre as mãos sobre a mesa, e é claro que se trata de uma linguagem corporal deliberada. Está me dizendo que todas as suas cartas estão na mesa e que posso confiar nele. Não sinto nada disto.

— Você não? Você não acha isto desde o começo?

Ele meneia a cabeça em uma resposta vaga. Seu tempo na Índia está começando a refletir nele.

— Jess e eu escutamos vocês conversando na sala de Maya. Vocês três.

— Não era para vocês terem ouvido.

— À merda que não.

Ele suspira.

— Não ajudou seu caso, tentar desaparecer deste jeito.

— Tenho um álibi — conto a ele.

— Tem? Que bom! — Seus olhos parecem se igualar à genuinidade da sua voz.

Agora, os pescadores estão juntando as redes. É como uma dança, enquanto eles se movem em sua rotina experiente, pulando em volta das beiradas, e se encontrando no meio, para levá-las a formar, primeiro, um tubo como se fosse uma cobra, e depois um caracol. Mais locais juntam-se nas beiradas; as crianças continuam a disparar por cima das redes, e os adultos acenam as mãos ao redor, regateando o almoço. Penso na mensagem de Jess e me pergunto, em desespero, o que poderia significar.

— Conversa interessante? — Daniel gesticula para o Codex aninhado junto a meu estômago. O que me pega é o tom presunçoso. Enrolo a tela e estendo-o para ele. Quando sua mão se abre para pegá-lo, atiro-o por sobre a mesa, fazendo-o despencar pela beirada do penhasco.

Daniel morde a bochecha e sacode a cabeça, reprimindo um sorriso.

— Você acabou? — pergunta, indicando meu prato reluzente, um sorriso simpático no rosto.

— Ainda não.

— Vamos lá, Isobel. Agora temos mesmo que ir.

Penso em fazer mais uma brincadeira, mas uma olhada em seu rosto me impede. O sorriso se foi, ele não me encara. Existem dois dele, e é evidente que ele está dividido entre eles. Ou talvez ele saiba que não pode me fazer jogar seu jogo.

— Você está me prendendo? — Empurro o prato para longe e me recosto na cadeira, enquanto me viro ligeiramente para encará-lo.

Ele olha além de mim.

— Prefiro não ter que fazer isso.

— Você tem um mandado internacional? Preencheu todos os formulários na viagem para cá? — Estou supondo. Aposto que ele não fez isso. Aposto que confia que eu vá ser submissa. Seus olhos faíscam para mim, e sei que estou certa.

— Eu poderia pedir para aqueles homens prenderem você. — Ele indica os policiais que continuam parados, esperando ao lado da entrada. — Eles não estão muito preocupados com papelada, considerando os incentivos adequados.

— Ah, é — bufo. — Você? Sr. Correto?

Com isto, Daniel levanta-se e se inclina sobre mim, pousando as mãos nos braços da minha frágil cadeira de plástico. Sinto que ela começa a ceder sob seu peso. Sua sombra me cobre completamente.

— Estou te dizendo, este não é o momento para brincadeiras. Você volta para Londres comigo agora, ou fica aqui, numa cela, até eu ter preenchido todos os formulários, e conseguir os mandados que você considera tão importantes.

Permaneço sentada, olhando para ele. Quase quero rir, de tão ridículo.

— Não quero te forçar, Isobel. — Ele fala baixinho demais para que alguém que esteja por perto possa ouvir. Tenta pegar no meu braço, e por um segundo eu resisto, o que leva mais tempo do que avaliar minhas opções disponíveis. Tenho que acreditar que Jess vai se manifestar a meu favor.

Deixo-o me levantar da cadeira com calma. Houve época em que eu teria dado um chute em suas canelas e corrido, e quase lhe digo isto. Ele me leva para fora do restaurante, contornando as mesas. Deixo minha mão solta percorrer os encostos das cadeiras, enquanto vamos. O proprietário observa-nos parado, os braços relaxados, junto a um aparador. Acena a cabeça para mim, com meio sorriso.

— Obrigada pelos sundaes — digo.

Os policiais indianos acenam com a cabeça, educadamente, e nos deixam passar por eles antes de nos seguir, com a cabeça baixa. Saímos pela entrada enfeitada com folhas de palmeira, e Daniel vira-se para subir a colina.

— Tenho coisas no meu quarto — digo a ele.

Ele para, possivelmente para olhar a hora.

— Não temos muito tempo, mas tudo bem.

Ouço-o dizer algo aos policiais, e eles sobem a colina. Daniel e eu começamos a seguir na direção oposta, e desta vez sou eu que o conduzo, pelas barracas que se fecham a nossa volta, e a lábia dos vendedores. O cheiro de canela flutua até nós, vindo de uma passagem sombria. Olho de relance por ela, para a malha desordenada de caminhos de pedra. Abaixamo-nos sob os tetos de seda da loja de sari, e sinto que estou quase livre dele. Deslizo em frente, afastando de lado as borlas franjadas de sarongues e xales. Poderia correr, mas não o faço.

— Falta muito? — Daniel pergunta.

— Não — grito sobre o ombro. — Depois daquela curva.

Livramo-nos das barracas, e o caminho abre-se para o calor do dia. Dentro das minhas sandálias, a areia mistura-se com a poeira. Viramos à esquerda na rua e dobramos a esquina para o Ocean View.

Daniel coloca a mão na pintura que se solta do mourão da entrada.

— Espero aqui.

Atravesso os jardins de areia, pontilhados com áreas de grama. Tento guardar tudo aquilo na memória: o cheiro do mar, as senhoras vendendo frutas de cima de suas cabeças, e o alto e denso bosque de palmeiras, que obscurece parcialmente a vista para o mar. Entro no meu quarto e olho em torno. Já estou com a minha sacola e acrescento nela os principais artigos de toalete que estão sobre a pia. Enfio algumas peças de roupa, mas a maioria delas é barata. A Inglaterra estará fria demais agora para este algodão fino. Já é final de outubro. Conto. Faz seis semanas que Jarek se foi.

Ajoelho e olho debaixo da cama. Tiro os travesseiros do colchão. Sei que preciso me apressar, mas não consigo achar o que estou de fato procurando. O parapeito da janela está vazio, bem como a mesa de cabeceira de madeira. Passo as mãos sobre as flores incrustadas, de madrepérola. Volto a verificar no banheiro. Quando estou prestes a sair, coração pesado, vejo que o que procuro está preso na maçaneta. Prendo no tornozelo o metal que já está ficando opaco. Sorrio, enquanto saio e fecho a porta. Por alguns momentos, fico parada na varanda, firmando a vista em direção à praia. Procuro a diminuta figura e tento escutar o leve chacoalhar das bijuterias. Detesto não me despedir. Não consegui me despedir de gente demais, ultimamente. Espero por alguns minutos, mas é inútil. Minha garganta se aperta, e sinto nos olhos o comichão de lágrimas. Abro um sorriso triste, e jogo um beijo para o nada, para a areia inconstante e o oceano ondulado, além dela.

Viro-me de costas e saio ao encontro de Daniel. Quando me aproximo do portão, o dono acena para mim energicamente, de sua própria varanda.

— Preciso acertar — aviso Daniel.

— Já está feito — ele diz, balançando a cabeça e limpando os flocos de pintura velha das mãos.

*

A viagem de carro até o Aeroporto Internacional de Goa leva cerca de uma hora. Daniel senta-se na frente, com um dos policiais locais, enquanto permaneço em silêncio, atrás, ao lado do outro policial. Contemplo a Índia lá fora e me pergunto se vou sentir falta dela. Acho que sim. Daniel atende ligações esporádicas e cantarola junto com o rádio. Noto que ele canta as mesmas músicas que eu cantaria, se não estivesse tão concentrada em ficar furiosa. Vejo a mensagem de Jess faiscando na minha visão. *Encontrei algo no Paraíso de Jarek.* Ela estava procurando lembranças fantasmas, então, o que foi que descobriu? *Vai ficar tudo bem.* Tudo bem para mim? Para Jarek? Para nós dois?

O carro nos conduz até a entrada do aeroporto, e então Daniel assume o controle para nos levar até um ponto em que desceríamos. Dois policiais surgem de um pequeno prédio e abrem as portas do carro para sairmos. Daniel troca banalidades com um deles, enquanto a outra me vigia. Parece zangada, como se quisesse me dar um soco, como se conhecesse Sarah. *Sou inocente*, quero dizer a ela. *Eu não fiz nada.* Ela ainda está me vigiando, quando Daniel coloca uma fina algema de arame ao redor do meu pulso, ligando-se a mim.

— Sinto muito — ele diz. — É só protocolo. Está desligada, não vai te dar um choque.

A única coisa boa sobre tudo isto é que passamos rapidamente pela segurança e para os assentos na categoria premium. Não conversamos muito. De vez em quando, Daniel tenta uma conversinha banal, e respondo com resmungos, deixando que ela morra todas as vezes.

Acordo no escuro. Só consigo ouvir roncos, o mexer de corpos quentes debaixo de cobertores, e o zumbido abafado dos motores. Em alguns lugares a curiosa luz de farolete brilha sobre um assento. Daniel está olhando para o meu rosto, e sinto que ele me acordou deliberadamente. Endireito o corpo, constrangida e com raiva pela ideia de que poderia estar descansando a cabeça em seu ombro. Dormindo com o inimigo.

— Este é o único momento em que podemos conversar em segurança — ele cochicha. — É para eu gravar cada conversa que tiver com você.

Olho para ele, deixando meu lábio se curvar, perante o que parece uma pobre tentativa de coerção.

— Qualquer coisa que eu disser pode ser usada como prova, imagino. — Estou carrancuda. Não vou ser enganada de novo pela sua delicadeza.

— Olhe, não vou ficar aqui sentado, e dizer se acho que você é ou não culpada — Daniel retruca. — Mas você precisa estar preparada.

Ele para, enquanto uma comissária passa e olha em volta, antes de continuar a falar. Espero até que sua atenção tenha voltado para mim, antes de nitidamente virar a cara para longe dele. Olho o abismo bege da escotilha fechada. Espero por sua reprimenda, mas ela não vem.

— Você pode ter um álibi, Isobel, mas álibis podem cair no tribunal. Com a maior facilidade. Sarah foi assassinada com opioides que podemos provar que vieram de você. O seu DNA foi encontrado no frasco, no corpo dela.

— Que DNA? Eu nem mesmo a conhecia! — A mentira desnecessária engrossa em meu peito.

— Fios do seu cabelo foram retirados da garganta dela.

— O quê? — Viro a cabeça de volta para ele, bruscamente. — Como?

Daniel dá de ombros. Fica calado por alguns segundos, para deixar que a implicação de suas palavras seja assimilada. Percebo que a coisa soa mal. Meus fios de cabelo ainda deveriam estar em Jarek. Devem ter sido transferidos para ela de algum modo, para dentro dela, antes que fosse morta.

— Então, você veio atrás de mim depois disso — digo. — Mas por que me convencer a fazer esse experimento ridículo? Se você achava o tempo todo que tinha sido eu, por que me fez colocar minha própria vida em risco, para provar que *ele* era culpado? — Tento controlar a voz, mas noto que o homem em frente mexe-se e vira a cabeça. Daniel me alerta com os olhos. — Nada disso parece ético — continuo. — Esqueça isso; nada disso parece *legal*.

— É complicado.

— Mentir compulsivamente tende a complicar as coisas.

— Você precisa arrumar um bom advogado — Daniel diz, antes de abaixar ainda mais a voz e se inclinar para mais perto de mim. Seu cheiro é doce, como baunilha. — A Valhalla é perigosa, Isobel. Acho que eles queriam fazer isto havia muito tempo, mas não tinham a desculpa. Isto foi perfeito, entregue para eles de bandeja. Pense nisto: uma arquiteta do Paraíso, que, nada mais, nada menos, é contra eles implantarem a autorização única, envolve-se romanticamente com um de seus clientes, antes que a esposa seja assassinada. Isto é um presente.

— Maya quis que eu os ajudasse a fazer isto desde o começo. Ela me procurou e me convidou para trabalhar com eles e com o FBI, para descobrir como investigar os Paraísos de pessoas acusadas de crimes graves. Eu a dispensei. — Paro por alguns segundos, deixando meus pensamentos se organizarem. — Não é só que eles armaram para mim, Daniel. Alguém da Valhalla matou Sarah, para que eu fosse embora e o preço de mercado da Oakley caísse. Eles sabiam que eu viria para a Índia procurar lembranças fantasmas para eles, exatamente como queriam desde o começo. Já pensou nisto?

— É, já pensei — ele diz calmamente. — Sei que a Valhalla pode ser implacável às vezes, mas parece um pouco improvável, você não acha?

— Ah, acho, porque as corporações poderosas sempre são incrivelmente limpas e éticas — replico. — Eles me usaram e agora querem se livrar de mim.

Minha mente está rebobinando. Relembro a entrada no Paraíso de Jarek, e ficar presa no quarto do porão com ele; seu olhar vítreo, meu ataque de pânico. Não havia nada, nada que sugerisse que ele tivesse feito algo para machucar Sarah, ou que eu tivesse. Consolo-me com o fato de que o pequeno experimento deles não provou nada. Não provou que seria possível olhar no Paraíso das pessoas e ter sucesso em descobrir os segredos mais profundos da alma delas. Só mostrou a eles que seria *possível* fazer isso. Percebo que não estou tão zangada quanto esperava. Houve época em que teria feito uma barulheira com isso, audível e visivelmente. Teria feito uma cena. Mas estou caindo pelas tabelas por tristeza e amor, e tudo que existe no intervalo entre essas duas coisas.

— Além disto, eu não achei nada contra Jarek, achei? No fim das contas, não achei nada.

Ele me olha rapidamente, antes de virar o rosto. Ô-ôu.

— Eu não devia ter te contado isto. — Ele suspira pesadamente. — Pense em quando você estava no Paraíso de Jarek, quando vocês estavam correndo ao logo do penhasco, e vivenciando tudo pelos olhos dele. O rosto de Sarah estava invisível porque ele não a queria ali. Mas você sabia que era ela, não sabia?

Resisto ao desconforto de pensar nisso novamente, arrastando-o do fundo de todas as minhas lembranças daquele mundo estranho, intermediário. Percebo que é uma lembrança que caiu abaixo de todas as outras, como se estivesse tentando se esconder. Ou por estar sobrecarregada de medo.

— Nós vimos a amargura em relação a ela, Isobel; apareceu na simulação e nos visores. Nós vimos a raiva.

— Eu estava vivendo o Paraíso de Jarek. A maioria daqueles pensamentos, daqueles sentimentos era dele, não meus.

— Eu sei. — Daniel continua se recusando a olhar para mim. — Pareceu reconhecidamente confuso. Mas também não pareceu bom. Especialmente não quando já tínhamos encontrado seu DNA e o de Jarek no corpo de Sarah.

— Você acha mesmo que fui eu? — Estreito os olhos para ele, e coloco a mão sobre a dele, acusatória, mas suplicante; brava, mas bajuladora. Ele fica calado por um bom tempo, e não tiro os olhos do seu rosto por um segundo.

— Acho que foi um de vocês.

CAPÍTULO VINTE E OITO

Quando o carro da polícia metropolitana nos apanha no aeroporto, o céu está de um cinza sombrio, mas há uma brecha minúscula na nuvem por onde posso ver uma nesga de luz tingida de ocre. É de manhã cedo, porém mais parece um avançado anoitecer, ou uma tempestade tropical em Londres. Estou olhando para isso, tentando decifrar as nuvens do céu, quando Daniel abre a porta para mim e, simultaneamente, me lê a advertência:

— Estou prendendo você sob a suspeita do assassinato de Sarah Woods. Você não precisa dizer nada, mas pode afetar a sua defesa se não mencionar, quando questionada, algo de que, mais tarde, você dependa, no tribunal. Qualquer coisa que você disser pode ser usada como prova.

As palavras chacoalham na minha cabeça, enquanto vamos para a delegacia. A injustiça delas dói e, no entanto, tenho essa estranha sensação de que o tempo todo isso me era destinado. Tomei inúmeras decisões erradas; é o mínimo que eu mereço.

Daniel me conduz até o fim de um corredor que cheira a mofo. Está frio ali e estou tremendo. Meus braços me envolvem, e estou cansada demais para ficar zangada. Olho para cada uma das portas fechadas das celas, mas desvio o olhar antes de poder enxergar através das grades. Quero conseguir fingir que só eu estou aqui, que só estou passando uma noite em um hotel horroroso.

— Arrumei uma boa para você — ele diz, abrindo a porta de uma cela e indicando as quatro paredes nuas. Um cobertor de feltro cobre uma cama no canto. Não sei dizer se ele está brincando. — Entre.

Entramos juntos, e ele faz um gesto para que eu tire a camisa de dentro da calça.

— Nenhum cinto? Joias?

Sacudo a cabeça antes de me lembrar.

— Ah, espere. — Sento-me na cama e solto a tornozeleira, correndo o dedo sobre o vidro azul cobalto, antes de entregá-la a ele, juntamente com minha bolsa a tiracolo. — Tome conta dela — digo-lhe.

Em troca, ele me passa a bola de tecido enrolado que estava segurando.

— Para você não sentir frio.

Abro-o à minha frente. É um pulôver folgado de lã. Parece que foi tricotado para alguém.

— Você tomou as pílulas contra *jet lag* no avião? — ele pergunta.

Confirmo com a cabeça e me sento na cama dura, imaginando que horas seriam, mas sem me dar ao trabalho de verificar.

— Durma um pouco. — Ele sai e tranca a porta. — Daqui a algumas horas vamos interrogar você — diz, através da grade. — Você vai precisar contratar um advogado, quando acordar.

Ouço o clique de um interruptor, e a cela cai na escuridão. Isto me impede de inspecionar o entorno mais a fundo, à procura de sujeira. Acho que conseguiria dormir. Abro o pulôver no colo e enfio-o pela cabeça. Tem cheiro de armários úmidos e de gentileza. Soltando o cobertor de onde ele está enfiado, em volta do colchão fino, puxo-o até a cabeça ao me deitar. Agora, nenhuma luz me alcança, e sinto o calor do meu corpo começando a se acumular nas bolsas de ar a minha volta. Fecho os olhos.

CAPÍTULO VINTE E NOVE

Levo um tempo para entender que o tinir metálico é o som de um punho na porta. Ouço-a se abrir e me viro. Sinto-me como se tivesse acabado de cair no sono.

— Você tem direito a uma representação legal — a mulher diz. Está usando uma longa saia de camurça e um suéter roxo. Ela me analisa. — Você gostaria de chamar seu advogado?

— Não tenho advogado — murmuro.

A mulher suspira.

— Tudo bem. Quer falar com nosso defensor público? — ela pergunta, cruzando os braços.

Esforço-me para sair das amarras do cobertor enrolado e tiro as mãos de dentro das mangas volumosas do pulôver emprestado. Esfrego as mãos no rosto e enfio o cabelo atrás das orelhas. Ouço a mulher voltar a suspirar.

— Acho que sim — digo.

— Vou mandá-lo descer — ela resmunga por sobre o ombro, ao sair batendo a porta.

★

O cômodo é quadrado e escassamente mobiliado, desconcertante em sua perfeita simetria. Não há janelas, apenas um tapete azul-celeste e paredes brancas como nuvens, cobertas de marcas sujas de arranhões. Sento-me em um banco desconfortável, arrastado até a mesinha, ao lado do defensor público. É um homem muito alto e muito magro. Mesmo sentado a meu lado, sua cabeça ergue-se bem acima da minha. Numa voz inexpressiva, ele me diz que eu deveria arrumar um advogado, e depois se cala.

— Você parece uma jovem briguenta, Srta. Argent. Sugiro que tente se controlar. Pelo menos na próxima hora, ou coisa assim.

Finjo concordar. Cruzo as mãos no colo, e imagino que a sala cheire a jasmim e anis estrelado, não a fedor de placas de carpete podre, salpicado com leite evaporado. Um estranho entra na sala. É grande, em todos os sentidos da palavra, um cabelo escuro, que cobre sua cabeça como um capacete. Os pelos descem até os antebraços. Parece um ser humano recriado de um desenho infantil, feito com caneta hidrográfica. Sua camisa repuxa ao redor das axilas, e é só quando ele se senta que percebo que Daniel está atrás dele. Quase sorrio, mas aí me lembro que ele é o pior tipo de traidor. Daniel desabotoa o paletó e se acomoda na cadeira, evitando meu olhar. Observo enquanto o homem lida com um equipamento de gravação ultrapassado, instalado em um painel na superfície da mesa. Penso, com saudades, da mesa de última geração do meu antigo escritório. Passei um final de semana brincando com ela, assim que chegou, aprendendo a como ativar simulações e acessar documentos.

— Onde você estava na noite de sexta-feira, 16 de setembro? — o desconhecido fala, monotonamente. Sua voz é tão pesada quanto sua sobrancelha.

Eu esperava, pelo menos, uma introdução, e abro a boca para dizer isto, mas sinto o olhar do advogado perfurar o lado da minha cabeça. Ele já deve ter visto pessoas como eu pisar na bola com isto.

— Sem comentários — digo, obedecendo.

— É mesmo? Você não faz ideia de onde estava?

Penso em Don, meu álibi, e decido que parece bem idiota não responder questões simples com uma resposta direta.

— Estava em casa, no meu apartamento. — Falo imitando a segurança natural de Don. — Estava com meu namorado da época. — Sei que Don será fiel ao que disse. Espero que possam acreditar nele, e que não acabe estando em dois lugares ao mesmo tempo. Com certeza, ele é mais esperto do que isto. Quase posso ouvir o advogado gemer.

— Sem. Comentários. — ele sussurra ao meu ouvido.

— Você diria que ele esteve com você entre seis e sete da tarde? — o policial pergunta, desenrolando seu Codex e colocando-o num ângulo longe de mim.

— Sim, com certeza.

Observo Daniel. Está com um pé sobre o joelho, a mão na canela. Sua cabeça está tão abaixada que nem posso dizer se seus olhos estão abertos. Será que ele também está implorando para que eu cale a boca? Passa pela minha cabeça que conheço Daniel por quase tanto tempo quanto conheci Jarek. É isto que teria acontecido se Jarek e eu tivéssemos nos conhecido por mais tempo? Um de nós acabaria traindo o outro de alguma maneira? Aqueles dois curtos meses, doces e estonteantes não deixaram espaço para a verdade?

— O que vocês estavam fazendo naquela noite?

As perguntas estão tão densas em minha própria cabeça, que mal tenho espaço para continuar processando.

— Não sei, não me lembro — resmungo. — Já faz um bom tempo, agora. — Mas nem tanto. Seis semanas. Parece simultaneamente ser muito mais e muito menos tempo do que isso. Por um lado, não parece o suficiente para conter as coisas que aconteceram a partir dali. Mas também, pode acontecer um montão de coisas muito rapidamente.

— Não vem nada a sua mente?

Sacudo a cabeça. É por isto que se diz *Sem comentários*, acho. Porque então, quando você de fato não tem um comentário, evita parecer uma completa idiota. Ou uma mentirosa.

— Você não se lembra *de nada*? — ele pergunta, levantando as sobrancelhas numa incredulidade forçada. — Você sabe que estava em casa, mas não se lembra de uma única coisa que aconteceu naquela noite? — Ele se inclina à frente na mesa, com os olhos fixos em mim.

Tento engolir de volta minhas emoções crescentes, mas a agressividade desnecessária em seu rosto me provoca.

— Ah, sim, espere, eu me lembro! Estávamos ensinando os vizinhos a dançar samba, pelados. Ou foi naquela noite que estávamos nos balançando dos lustres? Tenho uma vida tão excitante, policial, que é difícil pensar.

O interlocutor comprime os lábios e olha para Daniel.

— Me desculpe — digo. — Quero dizer, sem comentários.

— Espere. — Daniel acena com a mão sobre o painel de gravação. É a primeira palavra que o ouço dizer. Seu colega franze o cenho e, ao mesmo tempo, concorda. Daniel rodeia a mesa, esfregando o queixo. Agacha-se a meu lado.

— Não acho que tenha sido você, Isobel — cochicha ao meu ouvido. Sua voz estremece de raiva. — É isto que você precisava ouvir? Pelo amor de Deus, me ajude aqui. Ajude você mesma. — Ele fala tão baixinho que mal consigo entender as palavras. Depois, me pergunto se ao menos escutei aquilo corretamente.

Ele contorna a mesa e volta a se sentar. Seu colega observa-o o tempo todo, sua cabeça movendo-se como o ponteiro de segundos em um relógio antigo e caro.

— Você gostaria de assumir? — o homem pergunta com a voz tensa, acompanhada por uma brusca projeção da cabeça.

Olho para Daniel e vejo que seu rosto parece vacilar em confusão. É como se ele não quisesse fazer isso.

— Não... — ele começa, coçando o rosto. Mas então, deve ter sentido meu olhar sobre ele, porque olha para mim e digo a ele, em silêncio: *Sim, vá em frente. Vou me comportar. Vou ficar boazinha.* Finalmente percebo as concessões que ele me deu, as exceções, as generosidades, apesar do fato de o tempo todo eu ser suspeita. E eu joguei tudo isso de volta, na cara dele.

— Tudo bem, Srta. Argent. — Ele pigarreia e puxa a cadeira mais para junto da mesa, de modo a poder colocar os braços sobre ela. Olha para o Codex que está inclinado para ele. — Você é uma arquiteta de Paraíso por profissão, correto?

— Sem comentários.

— Pelo que sabemos, o marido da vítima, Jarek Woods era um dos seus clientes?

— Sem comentários.

Daniel não precisa olhar de volta para o Codex para saber a próxima pergunta. Ele sabe qual é. Eu sei. Mas ele parece hesitar.

— Você também estava tendo relações sexuais com o Sr. Woods, não estava? — Agora que as palavras saíram, soam mais como uma acusação do que eu esperava. A seriedade do seu rosto mascara algo subjacente. É como raiva, espetando nos pelos do meu braço. Ou ciúme.

— Sem comentário. — Minha voz hesita. O outro policial e o advogado dissolveram-se. Agora, somos só eu e Daniel na sala.

— Descreva o que aconteceu na tarde de sexta-feira, 16 de setembro, quando o Sr. Woods foi até seu apartamento. — Sua voz soa mais firme. É como se ele estivesse no piloto automático.

Enquanto ele se fortalece, posso me sentir esfacelando. Sinto como se estivessem surgindo rachaduras no crânio, ao redor dos pinos de metal.

— Sem comentários.

— Vocês fizeram sexo?

— Sem comentários.

Daniel volta a olhar para o Codex, onde presumo que estejam as notas, e depois para seu colega. O homem dá de ombros e vira as mãos para fora, ligeiramente. *Agora este interrogatório é seu*, parece dizer.

— Você acha que o Sr. Woods ainda estava tendo relações sexuais com a esposa até o momento em que ela morreu?

Tento engolir, mas minha garganta está seca. Olho nos olhos de Daniel. Estão escancarados. Ele nem mesmo pisca.

— Não — digo.

— O que a faz pensar assim? A ideia a deixa zangada?

— Sem comentários.

Tento dizer isto com a menor entonação possível, mas no máximo é um sussurro torturado. Estou me comportando. Estou fazendo o que me mandaram. Não por mim, mas por Daniel. E agora ele está me provocando com essas perguntas.

Eu sei que ele não estava fazendo sexo com Sarah. *Porque estava bravo com ela e estava com ciúme*, sussurra uma vozinha dentro de mim. As emoções que senti reverberar por mim, naquela cena no alto do penhasco, não me pertenciam. Não me pertenciam. Eram dele. Todas dele. A raiva odiosa de Jarek e seu ressentimento amargo focavam a figura obscura que ele não conseguia identificar muito bem.

Enquanto estou aqui sentada, no fundo do poço, em uma sala fria de interrogatório de Londres, tremendo debaixo das luzes fortes, uma nova lembrança sobe à superfície. Uma que não fui capaz de admitir que já tinha notado antes. Quando estava dentro do corpo de Jarek, ocupando a mente dele, vi minha filhinha correndo à frente, olhei para minha esposa e pensei: *Agora, eu poderia agir agora, e ninguém saberia.*

— Minha cliente tem direito a uma pausa — o advogado reclama. Quase dou um pulo; tinha me esquecido de que ele estava ali.

Daniel suspira pesadamente e se afasta da mesa.

— Mais um minuto — resmunga o primeiro policial, enquanto olha para o equipamento de gravação. — Qual era a distância da casa do Sr. e Sra. Woods do seu apartamento? Quanto tempo você levaria para chegar lá? — Ele esfrega o polegar ao longo do dedo médio, e posso ouvir a fricção da pele ecoando nos meus ouvidos. Isso me dá vontade de bater a mão dele na mesa.

— Sem comentários — digo, embora eu esteja voltando a me perguntar o que eu realmente sabia sobre Jarek. Surpreende-me que eu tenha ouvido tantas de suas lembranças e histórias do passado, que talvez não tenha percebido o fato de que o homem sentado a meu lado fosse pouco mais do que um estranho.

— Você se incomodaria de nos contar por que acha que seu DNA poderia ter sido encontrado no corpo da Sra. Woods? — ele continua, claramente apreciando o detalhe. — Tem alguma ideia de por que seus cabelos foram extraídos do fundo do esôfago dela?

— Sem comentários — digo com firmeza, retomando minha força perante a loucura das perguntas.

— Gostaria que desse uma olhada neste documento, por favor, Srta. Argent. — Ele vira o Codex de frente para mim. São palavras, apenas palavras.

— O que é? — murmuro.

Daniel tensiona os lábios, e percebo o mais leve sacudir da sua cabeça.

— Ah, estou feliz que, finalmente, você esteja tendo algum interesse! — seu colega prossegue. — São transcrições tiradas da agenda em áudio do Sr. Woods, que ele parece ter gravado regularmente desde seu diagnóstico até a sua morte. Você se incomodaria de, digamos, ler esta frase em voz alta? — Ele se inclina para frente, colocando o visor levemente de volta, num ângulo em que ele também possa vê-lo.

Olho de volta para ele, sem palavras.

— Não? Ok. O investigador Lyden lerá para você. — Ele passa o Codex para Daniel. — Que tal o acesso datado quinta-feira 15, ali? — Ele o indica com seu dedo mindinho troncudo.

Daniel hesita em pegar o aparelho. Vejo-o engolir e contrair o maxilar.

— "Bom, o que você sabe?" — ele começa. — "O que acontece é que eu estava errado pela primeira vez em minha vida curta demais. Sei que tivemos nossas diferenças, mas estou começando a ver que a porra desta doença toldou o meu cérebro."

Contenho as lágrimas ao ouvir as palavras de Jarek na voz de Daniel. Está faltando o tom leve de Jarek, mas mesmo assim consigo ouvi-lo; coloco seus pontos de exclamação onde Daniel só permite sérios pontos finais. Quero fechar os olhos e fugir com essas palavras, deixar que elas me transformem. Mas não são as palavras que quero ouvir, não são as palavras que espero ouvir.

— "Talvez Sarah devesse estar no meu Paraíso. Somos uma família e devo isto a ela, depois de tudo. Só espero não ter percebido tarde demais, e que ainda haja tempo para Harry mudar as coisas." — Daniel olha rápido para mim. Não sei ao certo o que ele deve ver no meu rosto, se vê alguma coisa, afinal.

— "É em Isobel que tenho que pensar, de fato. Talvez eu devesse ser honesto. Talvez lhe deva a explicação de que nosso caso foi um erro. Embora ela não vá levar isto numa boa. Que puta confusão."

Imagino a calma fria da sua risada. Sei que estava ali. Um erro, um erro. A palavra apunhala meu coração.

Ele realmente veio me ver no dia seguinte, é claro. *Eu tinha que ver você*, cochichou ao meu ouvido. Veio fazer amor comigo. Veio pedir algo para a dor, algo forte o bastante para acabar com ela de uma vez por todas. Não veio me dizer que estava errado, que amava a ela e não a mim. Nada do tipo.

— Tempo, senhores — o advogado diz, rompendo o feitiço que vaza do meu cérebro como tinta encorpada dentro do sangue de toda veia, artéria e vasos capilares pulsantes. Ele e o policial empurram as cadeiras para trás, sem hesitação, enquanto eu e Daniel nos encaramos, atordoados.

O advogado me ajuda a sair da sala de interrogatório. Senta-me em um banco no corredor e some, murmurando algo sobre buscar um pouco de água. Acho que ele pode perceber tão bem quanto eu que preciso de algo mais forte. Preciso de esquecimento. Agarro as bordas do banco. Meus nós dos dedos estão brancos.

Bebo a água que surge a meu lado. Tem gosto branco, como o resto do mundo. Sinto o conhecido pânico subindo das minhas pernas. No início é um formigamento, como alfinetes e agulhas, até me lembrar do que significa, e então aquilo começa a me trespassar, porque já o encarei e reconheci.

Se eu surtar agora, eles vão me prender de volta na cela. Vão me amarrar e nunca mais vão me soltar. Ouço passos e vejo Daniel andando pelo corredor em minha direção. Sinto-me endurecer. As paredes que Jarek derrubou estão de novo em pé, e a própria ideia de um homem me consolando é o bastante para eu sair dessa. Inspiro e expiro lentamente, o mais fundo que consigo. Finjo um sorriso.

— Oi, Daniel. — E assim que digo isto, tenho plena consciência de que pareço completa e totalmente louca.

Ele olha para o meu rosto, a testa vincada de preocupação. Não pergunta se estou bem. Não diz coisa alguma. E vejo algo lívido desdobrando-se atrás dos seus olhos, que é a última coisa que quero ver neste momento; algo do qual nunca mais quero uma parcela.

— Vamos lá; vamos dar o fora daqui. — Há uma urgência em sua voz, como se ele ainda não tivesse visto sua própria bandeira de rendição.

Fico sentada, imóvel, olhando além dele para a parede vazia de trás. Penso em dizer uma porção de coisas. Penso em perguntar de que adianta ir para onde quer que seja; penso em lhe pedir para me ajudar a separar os pensamentos farpados que rasgam minha mente. Eu poderia aceitar a ideia de que a Valhalla aprontou comigo. Combina com a opinião que tenho deles e de Maya. Mas e se não tiverem?

— O diário — murmuro. — Você acha que é a verdade?

Daniel meneia a cabeça com o que parece tristeza.

— Pouco antes da morte deles, acho que Sarah o tinha chutado para fora para sempre. Mas não posso ter certeza. As famílias deles dizem que nunca souberam de nada.

Se Jarek fez deliberadamente um diário que era o oposto do que pensava e sentia, então como é que participo da vida dele afinal? Tento bloquear minhas dúvidas. Será possível Jarek ter feito isso? Ter me incriminado com tanta perfeição? Será que seu diário poderia ser uma mentira elaborada, feito para me atribuir um motivo? É a única explicação possível, e isto reverbera em cada célula do meu corpo. *Ele te usou; ele armou para você; ele nunca te amou.* As distâncias que ele teria percorrido para cobrir suas pegadas me surpreendem. Ele me deixou ser parte do seu Paraíso para que eu fosse tão profundamente conquistada por ele, para que um júri olhasse para mim e visse uma amante ladra de maridos, desprezada, não uma espectadora inocente. Será que Jarek também veio naquela tarde para arrancar fios do meu cabelo enquanto nos abraçávamos? Veio para buscar os comprimidos e montar tudo de maneira tão perfeita? Se for verdade, se foi isto que ele fez, então estou perdida.

O choque gruda meus pés no chão de tal maneira, que parece que eles nunca mais vão se mexer. As perguntas colidem e ricocheteiam sem nenhuma ordem especial. Quero eliminar todas de mim, ou gritar para que saiam. Quero que sumam. Quero minha mente vazia. E devo estar maluca porque ainda desejo estar no meu Paraíso, com um homem que pode muito bem ser um mentiroso e um psicopata; um homem que tirou tudo de mim, e que pode ter matado a esposa.

Penso em desabar nos braços de Daniel e chorar. Mas, aparentemente, existe uma parcela de mim que ainda tem um pouco de forças para lutar, porque o que eu faço, na verdade, é dizer a ele:

— Só tem um lugar aonde deixo você me levar.

CAPÍTULO TRINTA

— Você ainda está detida — Daniel diz, enquanto entramos no carro de polícia. — Agora, a não ser que alguém peça uma prorrogação, temos vinte e quatro horas para incriminá-la ou soltá-la. Prefiro que seja esta última opção.

Encaro-o.

— Por quê?

— Jess me convenceu — ele diz, antes de informar ao veículo para nos levar ao Instituto Francis Crick, na rua Midland.

O brilho quente das luzes do painel, nesta manhã chuvosa e sombria de Londres, combina com meu alívio por estar fora da delegacia. O carro move-se com cuidado pelas ruas estreitas. Paramos no cruzamento e, através da chuva que bate e depois cai pelo vidro, um dos mostruários de vitrine de loja capta a minha atenção. Um robô arruma retalhos de tecido em um manequim, montando a forma de um blazer. Vai de um lado ao outro de um ombro, enquanto eu observo, aparentemente verificando as medidas, uma, duas, três vezes. Não existe chance para erro. Daniel era como um robô, lendo o diário de Jarek, tentando dizer aquelas palavras sem atribuir-lhes emoção. Estava tentando me salvar, mas nada poderia fazer aquilo soar mais frio.

— Sinto muito — ele diz, abruptamente, sentado a minha frente. Quase imagino que estou pensando em voz alta. — Provavelmente, o diário de Jarek foi um choque. Eu quis ir direto ao...

— Tudo bem — digo, interrompendo-o. Olho de volta para o robô, que ainda se move para frente e para trás em relação ao corpo do manequim, enquanto saímos do cruzamento e viramos à esquerda na rua Regent.

Nesta parte de Londres, as ruas são preenchidas por Lela. Costumávamos vir aqui juntas, para as compras de Natal. Lembro-me de ser mais nova, começando na Oakley, e Lela me botar debaixo da asa. Ela me trouxe a algum lugar aqui perto, escondido, para comprar o novo Codex que eu usaria para trabalhar. Quando o carro vira à direita e passa pelas barras pretas da Liberty, lembro-me de como entrávamos lá a cada aniversário nosso, e escolhíamos algo pequenininho de presente para a outra, só para podermos ganhar a majestosa sacola roxa, com relevos dourados. Estico o pescoço para procurar o navio dourado na beirada do telhado. Foi Lela quem o apontou para mim. Antes, eu nunca tinha olhado tão para cima, para notá-lo. *É o Mayflower*, ela me contou. Agora, imagino pessoas minúsculas douradas a bordo dele, navegando para a liberdade.

O carro avança pelo leve trânsito do meio da manhã, e noto esquinas familiares, onde me lembro de me despedir dela, à noite. O carro para no trânsito, em frente ao Palladium, e o conjunto de lâmpadas reluzentes do teatro lembra-me dos shows que vimos juntas, ali. Lembro-me de brincar sobre o quanto o batom dela combinava com o tapete vermelho sob nossos pés, ao subir os degraus pela primeira vez. Não me lembro do que vimos, mas era terrível, tão ruim que rimos o tempo todo, e fomos repreendidas pelo casal atrás de nós. Sinto falta dela; sempre sentirei falta dela. Anseio a verdade do amor que tínhamos uma pela outra. Não me enganei quanto a isso.

Aqui, não estamos longe da rua Wimpole, e da Oakley Associados. E além dela fica a esquina onde Jarek me beijou pela primeira vez, puxando-me para ele com o que parecia luxúria, mas que, em retrospectiva, poderia ter sido um tipo totalmente diferente de necessidade. Minha respiração embaça a janela, de modo que não sou mais capaz de ver além dela. Eu poderia limpá-la com a mão, mas em vez disto apoio a cabeça no vidro, e fecho os olhos. Estas ruas estão cheias de uma vida que já não é a minha.

— Como você está se sentindo? — Daniel pergunta, mas não há resposta que eu possa dar. Ele pigarreia e deixa a pergunta se dissipar.

— Seu colega não quis vir com a gente? — pergunto.

— Quis sim, mas eu disse que não íamos demorar.

— Se a Jess tiver alguma prova, alguma coisa que quer te mostrar, por que você está me levando? — pergunto. — Você não deveria ter me deixado lá?

Daniel vira-se em seu assento.

— A Jess quer que você faça outro experimento, Isobel — ele diz, olhando-me nos olhos. — Faça isto, e podemos ter tudo o que precisamos para fechar este caso.

Meus dentes batem e meu estômago despenca.

Por alguns segundos ele olha para o meu rosto, e depois se vira, e só consigo ver uma parcela da parte de trás da sua cabeça.

— Você não percebe que estou tentando te ajudar? Estou infringindo regras do regulamento para isto, por você.

— Você me *prendeu*! Você me fez passar por um inferno! — explodo.

Mas até eu sei que não existe tanto poder de fogo na minha voz, como deveria haver. Por mais que eu esteja brava com outras pessoas, estou furiosa comigo mesma pela minha própria estupidez, e por sempre concordar em me envolver. A culpa é minha, não dele. Se ele não tivesse me pedido para fazer o que fiz, eu nunca teria visto meu próprio Paraíso, não teria visto Jarek uma última vez. Sussurro o último pensamento baixinho, em minha própria cabeça, mal me deixando perceber que havia pensado isso. E então reconheço uma sensação que aflora através do ressentimento. É um instinto de sobrevivência, uma força para o bem, o impulso para provar minha inocência. Ele finalmente assume, empurrando tudo mais para o lado. É só o que interessa agora.

— Eu tinha que te prender, Isobel. Isto agora está fora das minhas mãos.

Observo a maneira como as curvas das suas unhas bem tratadas arranham o apoio de braço. Não faço um som. Olho novamente pela janela, contemplando as árvores na beira do parque, agitando suas folhas avermelhadas.

— Venho quebrando regras desde que te conheci — ele diz. Fala tão baixo que mal consigo ouvir sob o barulho do trânsito, e me pergunto se ele ao menos quer que eu ouça o que está dizendo.

*

Jess espera por nós fora do Instituto, no alto do declive em frente ao saguão. Está parada, braços cruzados, enquanto nos aproximamos pelo pátio calçado, contornando os arbustos. Parece mais velha do que eu me lembro; talvez esteja cansada. Por minha causa? Fico na dúvida. Olho para as paredes de vidro e o telhado curvo do prédio. Dobrando a esquina foi onde Daniel me achou pela primeira vez, e viu que a paixão e o luto que surgiu dela tinham me deixado completamente exposta. Não sou mais tão vulnerável, digo a mim mesma. Também dirijo a frase mentalmente a Daniel, desafiando-o com o olhar.

Jess fica completamente passiva até chegarmos a ela; então joga os braços a minha volta e me esmaga junto a ela. Sinto-me tão fraca de repente, que tenho medo de desmaiar. Seguro-a desajeitada, com uma mão.

— Podemos? — ela diz.

Jess nos leva para dentro, e seguimos pela passarela inclinada de vidro. Na última vez em que estive aqui, fazia calor e lá fora estava ensolarado, um dia típico de Londres em meados de setembro, e o vidro estava aberto. Hoje está frio, o vidro está fechado, protegendo-nos do inverno ameaçador. Tanta coisa mudou.

— Estamos indo para o Laboratório Elétrico? — pergunto baixinho.

— Estamos — Daniel diz. Depois, para Jess: — Conte a ela o que você me contou.

Jess caminha à frente, conduzindo-nos pela passarela e por um corredor que parece familiar, mas provavelmente é igual a qualquer outro neste prédio. Ela se vira para mim, e vejo a empolgação, um tumulto de possibilidades dançando em seus olhos.

— Nós não encontramos realmente o que estávamos procurando no Paraíso de Jarek, não é? Você não encontrou. — Sua voz tem a mesma rapidez que seus pés. Ela sabe que não temos muito tempo.

Sacudo a cabeça.

— Só a...

— Só a cena do penhasco — ela diz, concordando. — Aquelas emoções vagas...

— Que eram dele — digo com energia, tanto para ela quanto para Daniel.

— Eu sei. — Jess olha diretamente para mim. — Sei que eram dele.

Isso me anima. Permito-me relaxar um pouco. Permito-me ter esperança. Jess é o tipo de mulher que você quer do seu lado: gentil, amigável, mas quando é realmente necessário, forte e agressiva como ninguém mais.

Entramos em um elevador e Jess toca o botão na parte inferior do visor, deixando-o escanear seu olho antes que as portas se fechem e o elevador desça. Nós três estamos calados. Tenho a mesma sensação que tive quando desci do ônibus e fiquei acima dos rochedos irregulares de Anjuna: que eu poderia cair, e aquilo seria preferível a qualquer outra opção. Poderia haver uma salvação nisso, salvação em despencar no fosso deste prédio e nunca sair.

As portas do elevador abrem-se, e eu e Daniel seguimos Jess, ao virar abruptamente à esquerda, e depois passar por uma ampla dupla de portas de metal. Elas se abrem deslizando à sua aproximação e fazem um barulho que não notei na primeira vez, um bip de boas-vindas, como se estivessem satisfeitas em vê-la. Daniel fica para trás e se detém por um momento para ler a inscrição que sei que está acima delas.

— Somos elétricos — digo, por sobre meu ombro.

Nós três vamos para o centro da sala, juntando-nos em volta do pedestal e suas projeções nebulosas. *Lela* — percebo de repente.

— Ela está aqui? — pergunto a Jess. — Está a salvo? — Olho ao redor para as paredes veladas da sala circular, procurando as juntas reveladoras das portas que sei que a revestem. Em uma delas está o que resta de Lela. Em uma delas está o que resta de Jarek. Muitos dos meus antigos clientes estão aqui em algum lugar, suas últimas células funcionais vivenciando vidas que nunca foram realmente deles, existindo em Paraísos que, ao que parece, poderiam ser em parte encobertos pelas sombras da realidade. Agora, este lugar parece uma prisão, lacrada, inescapável, uma câmara de lembranças.

Prometi perfeição a meus clientes e não foi o que lhes dei. Eles poderiam estar trancados em mundos que os atormentam com suas fortes recordações, lembranças emocionalmente intensas, vivendo uma vida dupla dentro de seus neurônios-espelho. Lembranças não apenas dos melhores momentos, mas também dos piores. As trevas que escondemos, eu acho.

— Não consigo me lembrar de qual é a sala — Jess diz —, mas sim, os neurônios de Lela estão sãos e salvos. Andei monitorando o Paraíso dela em busca de lembranças fantasmas, mas até agora nada. Parece estável.

Estável. É isto que a maioria dos meus clientes pode esperar? E, no entanto, sinto o puxão conhecido, como se fosse de uma droga, do meu

Paraíso. Sei que não é possível, mas é como se eu pudesse sentir minha proximidade a ele. Estou muito perto de onde posso acessá-lo. Os receptores de serotonina martelam como britadeira. Mas se Jarek matou Sarah, então está tudo perdido. Meu Paraíso será uma falsidade, jazendo feito entulho dentro do meu cérebro, afiado e pontiagudo, cortando as bordas de toda emoção. Precisaria ser completamente refeito, penso automaticamente, antes de me perguntar se a pilha de refugo está onde deveria estar.

— Não temos muito tempo — diz Daniel, baixinho, tentando não parecer intimidado pelo monitor que gira e rodopia em arco-íris sob a ponta dos dedos de Jess. A luz dança sobre o rosto dele, que tem um ar de esperança. Não consigo detestá-lo, nem sequer não gostar dele. Dirijo o olhar para Jess. Já tenho uma ideia do que eles estão me pedindo para fazer, e estou quase preparada. Meu coração ganha uma força neste lugar, com estas pessoas, tanto as vivas, quanto as mortas.

— Antes, eu não estava preparada, Izzy — ela diz em sua linda cadência irlandesa, que torna impossível não acabar gostando dela. — Eles não me deram tempo. Esperávamos...

— Eu sei, vocês esperavam que fosse funcionar — replico. — E quase deu certo.

— Mas desde que voltei da Índia, andei procurando, procurando com mais rigor. Você se lembra da primeira vez em que veio aqui, quando eu te mostrei o indício do neurônio-espelho...?

Confirmo com a cabeça, mas ela já voltou sua atenção para o que está a sua frente. Escuto as gotas de água suspensa sibilarem e zunir. A névoa reluz com uma luz verde, e uma porta atrás de Daniel ganha vida num clique. Jess nos acena em direção a ela, e segura a porta aberta, enquanto entramos.

Sem dizer uma palavra, ela coloca a ponta de um dedo na superfície escura do painel que rodeia a sala e bate. Pega o pequeno cartucho que aparece e pressiona-o dentro da cavidade superficial, na parede acima do painel. Conforme o aparelho começa a zumbir, ela tira dois pares finos de óculos do seu avental e nos entrega, apontando para a parede. Coloco os óculos e vejo o vazio escuro mais uma vez transformado no panorama de realidade aumentada de luzes piscantes, pontos de alfinete em um tecido estrelado. Tento seguir um ponto de luz, conforme ele dispara pelo meu campo de visão, colidindo em outros, girando, dançando com eles antes de prosseguir. Apesar desses encontros, está sozinho realmente, sempre só.

— Uau! — murmura Daniel a meu lado. — Isto são lembranças?

— É uma representação mais básica dos dados das ondas cerebrais do que vimos na Índia — diz Jess. — Isto é exatamente o que usamos cotidianamente para verificar se um Paraíso está funcionando de acordo, uma maneira de olhar de fora para dentro, sem precisar de qualquer tipo de acesso formal.

Ela se move em frente às luzes, interrompendo meu fluxo de pensamento.

— Lembra-se, Izz, aqui? — Ela aponta a parte inferior do monitor, a cerca da altura do seu próprio joelho, e traça uma onda de luz que se sacode e treme, mas é extraordinariamente firme, em comparação com o resto da visão.

— Uma lembrança fantasma?

Jess confirma e move a mão mais para cima, correndo a ponta do dedo ao longo de um par separado de linhas entrelaçadas.

— Três.

Aceno com a cabeça e tento engolir, mas algo parece ter se alojado na minha garganta. — Este é o Paraíso de Jarek, não é? — pergunto.

— É.

Sou tomada de surpresa pelo ataque de fúria que me assalta. Atravessa minhas próprias palavras. Imagino o desastre com o conversível, levando nós dois em uma bola de fogo. Imagino abismos rasgando pelos campos de rúgbi. Imagino pegando-o pela garganta na sala do porão, e jogando-o contra a parede. Tiro os óculos e arremesso-os contra as luzes, contra as lembranças que formatei com tanto amor.

— Precisamos que você olhe para isto mais de perto, Izzy — Jess diz.

Fico ali parada, tremendo, e sinto a mão de Daniel no meu ombro. É estranho, como se ele estivesse prestes a me empurrar para dentro de um carro de polícia, em vez de me oferecer conforto. Calmamente, Jess recupera os pedaços dos óculos e coloca-os de volta no bolso. Está com o cenho franzido, e posso ver a prega reveladora, onde sua testa foi cortada no ataque ao hospital. Olho ao redor da sala, para os contornos invisíveis dos cartuchos que sei que estão enfiados no painel preto descaracterizado.

— Um de *vocês* pode fazer isso. Não quero ter nada a ver com isso. — Não consigo esconder o medo que força a minha voz. Jess percebe. Ela vem a minha frente e corre a ponta dos dedos pela minha cabeça, deixando-os se enroscar nos pinos de metal, que quase esqueci que estão lá. Sei que essa lembrança fantasma é minha salvação. Sei que existem mil motivos lógicos de eu ter que fazer isto, e eles não poderem. Este é apenas um deles.

— Não temos muito tempo, Izz — ela diz, se desculpando.

★

Jess nos leva de volta a seu laboratório no andar de cima. Já estive lá uma vez. É um contraste completo com a obscuridade sofisticada do Laboratório Elétrico. Caminhamos pela passagem que corre pelo centro dele. Homens e mulheres estão debruçados sobre microscópios e outros aparelhos inidentificáveis, que parecem estar espalhados a esmo por toda superfície. O nervosismo formiga nos meus lábios e nas pontas dos meus dedos, mas o cheiro calmante de desinfetante, aquele cheiro conhecido de laboratório, enche minhas narinas. Respiro fundo. Ele sempre me transporta de volta para meus tempos de faculdade, e a satisfação de saber que passaria uma tarde inteira em um lugar tão limpo. Lembro que naquela época, minhas obsessões eram muito piores. Algumas pessoas estão aglomeradas ao redor de uma projeção, que mostra alguns neurônios extremamente aumentados. Falam com urgência, talvez estejam discutindo, e suas vozes encobrem o zumbido suave do maquinário e a conversa abafada que, fora isso, acontece no laboratório.

— Luke — Jess chama um dos homens do grupo. — Está tudo pronto? Ele ergue a mão para saudá-la.

— Está: sala cinco.

Sinto os olhos dele se demorarem em mim, enquanto seguimos. Minha história deve ser a fofoca mais indecente que eles ouviram nos últimos tempos. Se a Valhalla e a forças de investigação de nossos países conseguirem o que querem, eles estarão lidando com bem mais do que isto. Haverá alguém aqui, a cada poucos dias, dando uma olhada furtiva no cérebro de um possível golpista, hacker ou assassino. Reconsidero se isto seria tão ruim.

Jess nos leva por um corredor, até o fim de um imenso laboratório, atravessa uma porta para uma salinha, em que estão espremidos um sofá, uma mesa com uma cadeira de escritório, e uma janela. Atrás da mesa há uma porta branca de metal, com o número cinco, em relevo, no centro. Jess gesticula para que sentemos no sofá e fecha a porta por onde entramos. Inclina-se para trás junto à mesa, segurando suas beiradas com as mãos. Como no laboratório lá fora, sinto-me confortável aqui dentro, mas ele me lembra meu próprio escritório na Oakley, e o quanto ele me é irrecuperável.

Daniel senta-se na beirada do sofá, inclinando-se à frente, e assume sua pose de ouvinte: com os dedos formando uma ponte, seus braços apoiam-se nos joelhos. Noto o fio ondulado, característico do meu cabelo, estragando a lapela do seu paletó, e controlo a vontade de tirá-lo. Desvio o olhar novamente, para Jess, pensando naqueles meus fios castanhos, enfiados no fundo da garganta de Sarah, coçando e arranhando sua superfície seca, apavorada.

Jess pousa os olhos em mim, e me lembro de que, no momento, tenho um novo objetivo. Ele irá me matar ou me salvar.

— Então — ela começa, permitindo alguns segundos para que nos concentremos totalmente no que está prestes a dizer. — Primeiro eu examinei os neurônios-espelho que foram ativados no laboratório da Valhalla, quando você estava naquela cena do penhasco. Aquilo pareceu ser o mais perto que poderíamos conseguir de alguma pista em potencial, porque, embora Jarek não tivesse reconhecido Sarah, pareceu que ele teve uma reação emocional a ela.

Jess faz uma pausa e ajeita o cabelo atrás das orelhas. Mas ele volta a cair para frente, quase imediatamente no momento em que ela recomeça a falar.

— Acredito que aquelas emoções que notamos, o que pareceu ser raiva, talvez uma espécie de frustração, são dele, Isobel, é o que acredito. Mas na simulação é difícil separá-las de você. Então, temos que achar alguma outra coisa, algo mais.

Percebo que me inclino para a frente.

— Três dos neurônios-espelho de Jarek foram ativados na cena do despenhadeiro. Nós os examinamos com mais atenção, e realmente encontramos duas lembranças fantasmas. — Ela se vira para Daniel, lembrando-lhe para ficar claro: — Codificadas uma vez nos neurônios normais do cérebro, e novamente nos neurônios-espelho.

Ele acena com a cabeça; eu também.

— E no terceiro neurônio-espelho, encontramos uma terceira lembrança fantasma, sozinha, aquela que acabei de mostrar a vocês, lá embaixo, na visualização. Essa era completamente diferente em sua intensidade. Algo enorme. — Sua voz está ficando mais animada. Ela está quase sorrindo de empolgação. — Se essas lembranças fossem medidas como um terremoto, as duas primeiras seriam um nível quatro, talvez cinco, na escala Richter, o suficiente para provocar algum dano localizado em volta do epicentro, talvez algumas vítimas. — Ela para, esperando surtir efeito. — Mas a terceira? Seria um oito ou nove. Um raro acontecimento, e um causando uma devastação ampla e de longa duração. O tipo sobre o qual você ouviria no noticiário internacional.

— Você acha que essa lembrança é o assassinato? — Percebo que esta é a primeira vez em que eu realmente reconheço isto em voz alta; a primeira vez em que admito, de fato, minha disposição para acreditar nisto. Mas estou mais do que disposta, estou desesperada.

— Poderia ser — ela diz. — E quanto a essas primeiras lembranças menos intensas, bom, a esta altura elas são um mistério, mas com certeza são de grande importância para Jarek. Só posso dizer que o fato de elas terem sido ativadas na cena do penhasco, e na presença de Sarah, sugere que, de alguma maneira, podem estar relacionadas ao assassinato.

Jess termina e sinaliza que chegou ao fim apoiando as mãos nas coxas, e desviando o olhar para o chão. Posso observar, mais do que nunca, o cansaço gravado em seu rosto. Conheço-a bem o suficiente para ter certeza de que ela viveu dentro deste laboratório desde que voltou de Mumbai. Viveu e respirou os diagnósticos do Paraíso de Jarek, até conhecer cada detalhe. É minha salvadora, e sinto uma onda de afeto por ela. Sempre me apoiou. Lembro-me de ela me alertar na cafeteria, dobrando a esquina. Ela podia me ver caindo, vacilando. Ela vê isto agora.

— E você precisa de mim de novo, para ver tudo isto. — Mal ouço minha própria voz. Nem mesmo é uma pergunta. Todos nós sabemos por que estamos aqui agora.

— Teremos que conectar seus neurônios-espelho de novo. Ironicamente, pôr toda a sua consciência dentro, com toda consciência de Jarek, é a única maneira de podermos separar o que é lembrança sua e o que é dele, para que possamos ter dois visores de ondas cerebrais separados, duas visualizações separadas — diz Jess. — Caso contrário, será como os dados que temos da cena do penhasco: controversos e sujeitos a erro de interpretação.

— Na última vez... — começo, as palavras falhando assim que se formam na minha boca. — Da última vez, meus neurônios-espelho quase foram destruídos. Na última vez, Lela morreu. — Dito em voz alta, o fato me horroriza de novo.

Vejo Jess olhar para Daniel.

— Não vai ser como da última vez. Não posso te dizer, honestamente, que o risco é baixo, mas estamos mais protegidos aqui do que em Mumbai.

— E não posso confrontar Jarek. Não posso entrar lá e falar com ele.

— Nós só vamos passar aquelas lembranças fantasmas de Jarek para o seu cérebro. Nada mais. Nada de Paraíso. O que eu acho que vai acontecer é que, por você estar vivenciando uma lembrança específica, será como assistir a um filme. Afinal de contas, este não é o Paraíso que você criou para ele, e você não está nele.

— Então, alguém não pode olhar para elas? Por que eu?

— Porque você está toda pronta para ir, Isobel — Jess diz, tocando as pontas dos dedos nas áreas penugentas do couro cabeludo, ao redor dos pinos no meu crânio. — E porque acho que você poderia precisar ver isto por si mesma.

Suspiro e abaixo o olhar. Olho para as minhas mãos, virando-as e analisando-as. Alguém realmente acreditaria que estes dedos magros e ossudos poderiam matar outra pessoa? Um júri não perceberia que estas mãos foram feitas para confortar pessoas em seu momento de necessidade, ou passar uma linha, delicadamente, pelos fios de uma sobrancelha? Eu poderia arriscar, acho, poderia defender o meu caso.

Tenho Don como meu álibi: o forte e capaz Don. Ele seria uma ótima figura em corte. Um conselheiro do Ministro da Defesa? Eles o amariam.

— É mesmo legal fazer isto aqui? — pergunto, olhando primeiro para Jess, depois para Daniel. — Houve um motivo para todos nós voarmos até Mumbai, não houve?

— Como eu disse, não vamos olhar de fato no Paraíso de Jarek. Direi às pessoas que achei isto acidentalmente, durante minha pesquisa.

Estou assustada, mas minha cabeça move-se. Concordando.

— Está tudo preparado — ela continua. — Tudo pronto para funcionar. Estou com os neurônios de Jarek preparados nos lugares certos. Juro que vamos fazer você entrar e sair o mais rápido possível. Direto de uma lembrança para outra.

Aqui vamos nós, digo comigo mesma, quando nos levantamos e saímos da sala pra dentro do laboratório cinco.

CAPÍTULO TRINTA E UM

É tudo muito prático e objetivo. Não estou deitada em uma cama de hospital, nem mesmo em qualquer tipo de cama, mas num banco duro e frio do laboratório. Estou totalmente vestida, mas sem o suéter de lã, só de camiseta. Não tem lençol me cobrindo. Apesar das preocupações de Daniel, conforto é a última das minhas preocupações. Vou estar fora daqui em breve. Estarei em outro lugar. No entanto, aqui está quente, talvez por causa do equipamento que me rodeia, zunindo com eletricidade e me confinando. Como um corpo em um caixão, acho. Estou com muita sede, muita fome. Mas tudo é limpo, pelo menos parece ser. Mais uma vez, olho em volta. Pensando melhor, está um pouco bagunçado demais por aqui, para estar realmente limpo. Volto os olhos para o teto, tentando não pensar nisto.

Pelo visto, Luke, o pesquisador do laboratório, é meu anestesista, somando quatro de nós nesta sala minúscula. Cinco, contando com Jarek. Jess já tinha deixado o cartucho preparado. Ela deve tê-lo trazido do Laboratório Elétrico, sem que eu notasse. Eu o vi, quase por acaso, quando ela o abriu e começou a conectá-lo a seu equipamento. Tento me impedir de pensar que meus neurônios-espelho estarão, mais uma vez, conectados fisicamente aos dele. Revira meu estômago, numa mistura doentia de fúria e fragilidade.

— Como a pessoa mais imparcial que temos à mão, Luke vai manter um registro escrito e audiovisual do processo — diz Jess.

Luke inclina a cabeça e pega seu Codex.

Olho novamente para as telas e para o equipamento a minha volta. Vários deles parecem familiares.

— A Valhalla te deu autorização para usar o software de simulação deles? — pergunto a ela.

— Claro que deu — Jess responde. Noto um tom de abatimento em sua voz. — Eles querem que eu resolva todos os problemas deles, que encontre um jeito de impedir que as lembranças fantasmas entrem nos Paraísos das pessoas.

— Ou que arrume um jeito de encobri-las — Daniel diz.

Olho para ele boquiaberta de surpresa, pelo fato de ele conseguir ser mais cínico do que eu. Jess ergue as sobrancelhas e vira-se de costas. É nesse momento que tenho uma total compreensão do que essas lembranças fantasmas poderiam significar. Poderiam significar o colapso total da indústria. O fim dos Paraísos. Afinal de contas, quem iria querer um?

Observo Jess, enquanto Luke esfrega uma tatuagem anestésica no lado interno do meu cotovelo. Ela vai de aparelho em aparelho, ombros curvados, e me pergunto até que ponto a Valhalla, Caleb e todas as outras empresas de Arquitetura do Paraíso iriam para salvar seu negócio. Acho que sei a resposta. Jess iria embora, mas tem muitos outros como ela que não iriam.

Olho para as luzes de LED que enchem o teto e vejo que primeiro elas parecem clarear e depois diminuir, enquanto Jess fecha as cortinas e depois as desliga, para poder subir as simulações no fundo da sala. As drogas enchem minhas veias, apaziguando o pouco de combatividade que resta em mim. A sensibilidade suaviza-se. Entrego-me. Estou afundando. Enquanto meus olhos se fecham, penso na excitação de que fui tomada na última vez em que me preparava para ver Jarek no meu

Paraíso. Desta vez, é completamente diferente. Estou parada em uma falésia, meus dedos dos pés curvados sobre a beirada. Observo as ondas arrebentarem nos rochedos vermelhos, pontiagudos, abaixo de mim, e minhas entranhas estão paralisadas demais para eu me preocupar com o que acontecerá a seguir.

★

Vou direto para lá. Nada de gatos ronronando nas minhas pernas. Nem brincadeiras com a minha irmã ou danças com a minha mãe. Nada de colher amoras suculentas sob o sol outonal. O Paraíso é completamente ignorado. A sensação é outra, exatamente como Jess disse que seria.

Estou entrando em uma casa, ao que parece por uma porta lateral. Conforme a cena a minha volta começa a se cristalizar, percebo que estou atrás de Jarek. Reconheço seu cabelo ruivo acima dos ombros largos. Ele anda de cabeça erguida, com determinação, não com a inclinação enfraquecida à esquerda, que tinha quando o conheci. Aquela inclinação conferia-lhe uma valiosa vulnerabilidade. Estou apenas assistindo sua lembrança, mas sinto como se ele fosse me ver a qualquer momento. Fico atrás de uma passagem, e deixo-o entrar no que penso ser a cozinha. Permaneço com as costas junto à parede, e vejo-o andar por lá. Ainda está de sapato, mas move-se deliberadamente com muito silêncio; mal posso perceber o que está fazendo. É então que percebo que não consigo ouvir absolutamente nada. Esta lembrança fantasma é silenciosa. E agora vejo que minha visão disso nunca se cristalizou completamente. As bordas da minha visão desvanecem em um espaço branco vazio, onde deveria haver uma parede, um teto, ou uma peça de mobília. É como uma visão em túnel. Esta lembrança não tem o toque do meu trabalho; é grosseira e desgastada. Ficou enterrada por tempo demais para estar perfeita. Não foi formatada, nem revivida pela Arquitetura do Paraíso. Algo mais primitivo está à espreita aqui.

Lembro-me do motivo de eu estar aqui. Verei algo que muda Jarek para sempre. Esta é a única razão para que esta lembrança exista, copiada nas profundezas mais recônditas da consciência dele. Engulo e me preparo. Deixo meu coração golpear as paredes do meu peito, deixo seu ritmo tentar me acalmar. Mas é irregular e se acelera; está erguendo minhas defesas e me preparando para correr.

Do silêncio fantasmagórico, surge um barulho. Há uma pancada acima da minha cabeça, no andar de cima, logo seguida por risada. Alta e alegre, uma risada de mulher. Jarek sai às pressas da cozinha, e tenho certeza de que ele me verá então, ali parada, logo atrás do batente da porta, mas ele olha direto através de mim. Lembro-me que aqui as regras são diferentes; esta lembrança fantasma nunca me encontrou. Não estamos no Aston Martin, nem na sala do porão, ou em meu apartamento. Estamos juntos, mas separados, e fico aliviada.

Novamente ouço o tinido provocativo de risada. É o único som, além das batidas do meu próprio coração. No entanto, é como se eu pudesse ouvir a mente dele trabalhando. Está rodando numa marcha diferente, preparando-se para algo que não se sabe.

Por um momento, fico na dúvida sobre em qual lembrança estou. Posso ver que aqui ele está mais novo, e é bem antes do glioblastoma tomar conta. Esta lembrança fantasma deve datar de vários anos atrás. Jarek está completamente imóvel. Seu rosto está calmo. As mãos pendem dos lados, os dedos estão flexionados, pés separados na largura dos ombros, no chão encerado de madeira. Seu reflexo aparece ali. Olho para baixo, e vejo que o meu não.

Há um súbito movimento, e Jarek passa rápido por mim. Não quero segui-lo, mas sei que devo. Consolo-me com o fato de estar invisível.

Enquanto Jarek sobe a escada na ponta dos pés, fico alguns passos atrás, olhando o ponto onde sua camisa está enfiada na calça social com cinto. Deixo-me admirar seu corpo; pertence a um homem alguns anos mais novo do que aquele que conheci, mais forte, talvez mais feliz, e momentaneamente deixo-me imaginar conhecendo *este* Jarek, e me pergunto o quanto as coisas teriam sido diferentes.

Ele para a meio caminho na escada, abaixando o olhar, como que se concentrando nos sons que vêm do quarto a nossa direita. Não consigo ver o que há além; só posso ver a escada, a porta, e o patamar em frente a ela. Um ruído branco silencioso sustenta tudo. Conforme Jarek sobe de mansinho os últimos degraus, começo a ser tomada pela emoção. Assim como naquela cena no penhasco, há uma tensão crescente no ar. Desta vez, não sinto como se fosse minha, mas a sinto como se estivesse se irradiando da nuca dele. Começo a sentir medo por quem quer que esteja dentro do quarto, mas esta emoção é completamente minha.

Seguimos pelo patamar, e uma fragrância floral, almiscarada invade meus sentidos. Está emanando do outro lado da porta, como fumaça. Reconheço-a; eu costumava queimar um óleo com este cheiro para purificar o ar do meu apartamento, quando morava sozinha. É *ilangue-ilangue*. Don não suportava aquilo; tive que jogar fora assim que fomos morar juntos. *Mas é um afrodisíaco*, disse a ele, numa provocação, ao tentar convencê-lo a ficar com o aromatizador. *Homens como eu não precisam de afrodisíaco*, ele disse, levantando-me nos braços e carregando-me até o quarto. Sorrio. É uma lembrança feliz. Cheiros produzem as lembranças mais fortes.

Percebo agora que também tinha o óleo na minha sala na Oakley, algumas gotas em um prato, como um aroma calmante de segundo plano. Jarek comentou a respeito em nosso primeiro encontro. Será que isso o fez recordar esta lembrança em que estamos agora? Teria provocado raiva nele, desde o momento em que nos conhecemos?

A mão de Jarek está na maçaneta, apertando com força, de modo que os nós de seus dedos ficam brancos feito a tinta ao redor deles. Aproximo-me devagar, até estar parada quase diretamente atrás dele. Sei que preciso dar a Jess e Daniel a melhor chance de captar o que acontece a seguir.

Suponho que espero que Jarek escancare a porta dramaticamente, mas ele faz o contrário. Gira a maçaneta tão devagar que mal noto o movimento, apesar do fato de estar olhando para ela. Ele deve saber mais do que eu o que está prestes a ver, embora eu tenha uma ideia que rapidamente vai se aguçando em minha mente. Talvez nossos pensamentos e emoções estejam novamente se movimentando juntos: dois fluxos paralelos encontrando-se brevemente antes de se separar mais uma vez. Esforço-me para nos separarmos, vedando minha mente enquanto uma fresta da porta se abre. Ele não pode me envolver estando morto, já tendo conseguido em vida.

Não consigo ver além dele. Seu corpo preenche a pequena abertura da porta. *Abra!*, quero gritar. *Abra!* Quero empurrá-lo. Preciso ver o que tem dentro. Jess precisa ver o que tem dentro. Caso contrário, eles não podem me salvar. Caso contrário, estou perdida.

O clímax é calmo. A mão de Jarek solta a maçaneta e desce ao lado, enquanto ele se endireita. Fico parada atrás dele, a sua esquerda, mas posso ver tudo, conforme a porta se abre lentamente. A cama fica diretamente em frente a nós, junto à parede. É cercada por incerteza, colorida por um vermelho-rosado claro, e não pelo branco puro ao redor da escada e do patamar. É a cor do amor e da fúria.

Brinquedos sexuais estão espalhados na cama amarrotada. Olho cada um por vez, como ele deve ter feito. Involuntariamente, sinto então uma pontada de dor por ele. A injustiça daquilo é palpável. O casal está de pé, abraçado. Suas curvas, mutuamente envolvidas e difusas entre si. Quem o nota primeiro é a mulher de cabelos de fogo. Até o cabelo dela é mais ruivo do que o dele, artificialmente brilhante e caindo em tufos desgrenhados na altura dos ombros. Sua boca abre-se, e vejo sua mão apertar-se nas costas da outra figura: um aviso — tarde demais.

O cabelo castanho macio treme em sua cintura, e Sarah lentamente olha em volta, os olhos temerosos agitando-se sobre seu ombro, em nossa direção. Sinto minha boca se abrir por um motivo diferente de Jarek: ela é realmente linda. O alto do seu nariz capta a luz do sol que entra por uma janela que não consigo ver. Seus lábios estão apertados, mas ainda cheios e corados de luxúria. Tem o corpo de uma mulher, não de uma menina, mas é jovem, talvez vinte e poucos anos. Numa situação menos culpada, ela poderia ser chamada de escultural, mas ela se encolhe sob o olhar dele. Em parte me sinto como se devesse desviar os olhos, mas olho para as covinhas na base das suas costas, e sinto inveja da curva sinuosa do seu quadril, e quando ela se vira, do volume pesado dos seus seios. Ela é muito diferente de mim. Será que Jarek chegou a me achar atraente? Eu não fui mais do que alguém que lhe convinha?

Sinto-me constrangida, mas ergo a cabeça no intenso silêncio que paira no ar entre nós quatro. As mãos de Sarah deixam os ombros da mulher e caem de lado, e a ruiva começa a pegar suas roupas no chão. Observo, hipnotizada, enquanto ela enfia o suéter sem se preocupar em vestir primeiro o sutiã, enfiando as roupas de baixo em uma bolsa.

— Sinto muito — Sarah diz, sua voz abafada pelo choque, os olhos no marido. — Sinto muito, Jarek. — Seu rosto está fragmentado por um emaranhado de emoções, e seus olhos muito maquiados abaixam-se, enormes e vítreos, como os de uma boneca.

— Tenha dó, Sarah, você não precisa tolerar essa merda — a mulher deixa escapar, com raiva. — Você não pode mais participar das jogadas dele. — A mão livre dela está esticada, mas os pés de Sarah estão ancorados no chão, e ela abaixa os olhos, se desculpando.

A voz da mulher suaviza-se.

— Isso não é amor. — Ela encara Sarah um pouco mais, antes de abanar a cabeça, vencida. Vira-se e aguça seu olhar no rosto de Jarek, e seus olhos faíscam em desafio quando ela passa por nós, ainda semivestida e despenteada.

Mexo-me porque não quero descobrir se ela vai passar direto por mim. Vejo Jarek agarrar com força o braço dela, forçando-a junto a seu peito. Ela cheira como se tivesse passado horas neste quarto, com o *ilangue-ilangue* e com Sarah.

— Se você voltar aqui, eu te mato — ele sussurra com ferocidade em seu ouvido. Seus dedos formam crateras no braço dela, e ela se encolhe sob a pressão, antes que ele a solte. Ouço-a correndo escada abaixo, e para fora da casa, batendo a porta da frente com violência. É o primeiro som alto contido nesta lembrança, e me faz estremecer.

Então, Jarek investe contra Sarah. Fico parada à entrada, minha mão apertando a boca, enquanto o vejo esbravejar. Aproxima-se dela no que parece uma arrancada, mas que só cobre alguns metros. Ela se curva, as mãos ao lado da cabeça. Olho, impotente, enquanto ele levanta a mão e desce-a com força sobre o rosto dela. Meu coração recua com o som que aquilo faz, forte e úmido, sobre sua face. O gesto a derruba na cama, e um princípio de náusea atinge meu ventre. Dou-me conta de que nunca vi ninguém tão zangado. Eu mesma nunca senti esse grau de fúria. A raiva que sinto em relação a Jarek só está começando a se arrastar pelos meus tornozelos, uma emoção que começa a ganhar vida lentamente. Não é a loucura chamejante, feito adaga, que o domina aqui.

Recuo um passo. Mal consigo suportar ver aquilo, mas sei que não tenho escolha.

— Como você pôde fazer isto comigo? Depois de tudo que fiz por você! — As palavras golpeiam-na, juntamente com os punhos. Travo os dentes e lembro a mim mesma de que tudo isto é passado. A lembrança é fraturada por adrenalina. Nem sempre vejo isto pela minha perspectiva; muitas vezes, minha consciência não consegue se dispor corretamente, segundo os pensamentos de Jarek. Nem sempre ela consegue fazer os ajustes necessários. Vejo o respingo de gotinhas de sangue no linho branco. Tenho um lampejo do punho de Jarek enfiado no cabelo avelã da esposa, como se estivesse bem na minha frente, e não do outro lado do quarto. Nunca sei o que virá a seguir, e o choque me invade, destaca-me do que estou vendo; isto é necessário, caso contrário eu sairia correndo, aos gritos.

— Por que você sempre me leva a isto, Sarah?

Com mal-estar, vejo-o desafivelar o cinto. Espero vê-lo fustigá-lo contra o corpo nu dela, sobre a pele macia e clara, mas ele o joga no chão com a calça. Eu poderia vomitar. A bílis sobe no fundo da minha garganta, e minhas mãos cobrem a boca, para fazê-la voltar. Este é o momento em que Jarek desmorona e os dois sucumbem. Ele se força para dentro dela com uma determinação impiedosa. Eu deixei esse homem passar os dedos com ternura pelo meu cabelo. Nunca imaginaria que fosse capaz disto.

Paro de ouvir qualquer coisa que não seja o rangido da cama. Pergunto-me se Sarah está de fato muda, se realmente ficou completamente em silêncio durante tudo isso. Estaria tão pouco surpresa com ele? Esse tratamento teria se tornado uma maneira de vida para ela? Talvez Jarek não a tenha escutado, com o sangue que latejava e gritava em suas têmporas. A coisa dura tanto tempo que acabo percebendo que já vi o suficiente. A barbaridade de alguns segundos teria sido suficiente. Fecho os olhos; queria tê-los fechado antes, e conto minha pulsação, até ela se acalmar e diminuir.

Surgem fragmentos. Pedaços discordantes de uma história que reconheço, combinados com outros que me são desconhecidos. Abro a porta para Jarek. É de tarde, e o sol entra pela janela da sala de visita e incide em seu cabelo. Ele parece surpreso ao me ver em meu próprio apartamento. Enquanto me agarro às lembranças, elas resvalam e escapam pela ponta dos meus dedos.

Não me lembro de ter aberto os olhos, mas estou parada em uma rua banhada de sol, olhando o arranjo em frente a uma floricultura. A imagem está emoldurada como um retrato, contra uma parede vazia. Pulo ao perceber que Jarek está parado bem a meu lado, quase me tocando, porque seu corpo inclina-se desse jeito, vergando para a esquerda. É o Jarek que conheço. Do seu outro lado, vejo uma mãozinha esticar-se e apontar a flores. É Helena, sua filha. Ela o puxa para frente, e também sinto isto.

— Estas, papai, estas daqui! — Ela aponta para o balde cheio de anêmonas, seus núcleos pretos focados em nós, como olhos zangados.

Jarek cruza os braços e sorri.

— Você acha que a mamãe vai gostar?

Helena vira-se para ele, sua trança balançando sobre o ombro, e concorda com um gesto enfático de cabeça. Ao virar o rosto para cima, no sol, noto as crostas que pontilham sua testa. *Catapora*, penso. É o mesmo dia em que os vi no cemitério. O mesmo dia em que Jarek telefonou para cancelar a hora marcada, minutos antes da reunião começar.

— Você acha que elas farão a mamãe me deixar entrar no Paraíso dela?

Helena franze o cenho, confusa.

— Acho — diz, incerta.

Olho para o rosto de Jarek e tento decifrá-lo. Está sorrindo para a filha, mas suas palavras me desestabilizam. Estou confusa. Sarah teria se recusado a permitir que Jarek tivesse acesso a seu Paraíso?

Uma senhora sai da loja e se oferece para embrulhar as anêmonas. Ele puxa as hastes que sei que puxará: seis brancas, seis roxas. Penso em Sarah naquele dia, na loja, escolhendo os maços aleatórios, e depois os trocando pelas minhas peônias. Estava escapando ao controle dele, aventurando-se sozinha. *Olhe só pra nós, hein? Comprando nossas próprias flores.*

Ele paga e depois segue pela rua. Caminho ligeiramente atrás deles, protegida das pessoas, no rastro do andar esquisito de Jarek. Faço uma tentativa de tocar numa mulher que está passando. Minha mão não toca no seu blazer, passa através, como se ela fosse uma miragem. Ou como se eu fosse.

— Não temos muito tempo, mas vamos brincar de espionagem com a mamãe? — Jarek diz a Helena. Posso ouvi-lo claramente, como se ele estivesse cochichando diretamente no meu ouvido. Helena concorda, empolgada.

— Diga-me o que você sabe, agente Helena — ele diz. Puxa-a para mais perto dele, e se agacha no meio da rua, largando o ramo de flores na calçada.

— Ela disse que ia levar a Eden no playground — Helena diz, esperançosa. Suas sobrancelhas levantam-se em direção ao pai, e vejo a ansiedade por agradá-lo. Lembro-me de ter sido assim.

— Bom, a esta altura isso já vai ter acabado, mas talvez ela esteja em algum lugar por perto. Vamos rastrear o chip dela?

— A mamãe não gosta disto.

— Não? Bom, se isto a deixa triste, não temos de contar a ela, temos? Helena sacode a cabeça, e o tempo deve ter avançado porque, de repente, estamos na friagem de uma avenida sombreada.

— Aqui — murmura Jarek, olhando para o outro lado da rua. Há uma pequena cafeteria um pouco adiante, aonde ele pousa o olhar. Daqui, posso ver algumas pessoas sentadas nas mesas de bistrô, do lado de fora, mas não vejo Sarah e a filha.

— Fique perto — Jarek diz, e aceno a cabeça antes de me lembrar que ele está falando com Helena. — Vamos entrar.

Existe algo de sinistro na maneira como ele está fazendo disto um jogo, e me sinto cúmplice conforme nos movemos, de modo a estarmos diretamente em frente à cafeteria. Jarek puxa Helena contra suas pernas, enquanto ele se esgueira atrás de um ponto de táxi. Olho, enquanto eles fazem isso, através da tela de plástico riscada, além do trânsito, para a ampla vitrine da cafeteria. Ali, na primeira mesa à esquerda, está Sarah sentada. A filha mais nova está sentada no colo dela, feliz, e ao lado dela está um homem, cuja cabeça, assim que o vimos, está inclinada para trás, rindo. Quando o homem volta a cabeça para frente, passa a mão sobre o cabelo loiro e coloca a outra sobre a mão de Sarah.

Poderia ser apenas um toque amigável. Mas a mão do homem permanece ali, em cima da de Sarah, e embora estejamos do outro lado da rua, tenho certeza de que posso ver seus dedos se entrelaçarem. Talvez eu esteja enganada. Talvez Jarek esteja enganado.

Vejo-o dar uma arfada, que soa como se tivesse vindo de dentro da minha própria garganta.

— Ai, papai! — Helena grita. Acho que ele está apertando a mão dela. Posso senti-lo tremendo a meu lado.

— Você conhece aquele homem, Helena?

Ela sacode a cabeça com veemência.

Analiso o rosto dele. O maxilar travado trai sua fúria. Seus olhos apertados estão focados, observando cada detalhe da cena. Está usando o tempo para absorver o rosto desse homem, suas roupas, seu comportamento. Acho que nunca o viu. Ele também deve ver o sorriso tenso, reservado de Sarah. Acho que é um sorriso que mudará quando Jarek se for, e ela, finalmente, estiver livre. Lembro-me do que Daniel disse sobre a possibilidade de ela já ter decidido terminar seu casamento. Talvez ela já tenha ido embora. Talvez seja por isso que Jarek esteja falando sobre Sarah não deixá-lo entrar em seu Paraíso.

— Podemos ir brincar com a mamãe, com Eden e o amigo delas? — A voz de Helena está clara, ansiosa.

Amigo delas. Acho que é aí que está a questão. O homem naquela cafeteria não fará apenas parte da vida de Sarah, depois que Jarek se for; ele fará parte da vida das filhas deles também. Quando Jarek morrer, logo, muito logo, aquele homem também conhecerá Helena. Aquele homem ocupará o lugar de Jarek na família, o substituirá. Para Jarek, esse homem apresenta uma ameaça ainda maior do que a mulher que ele encontrou no quarto.

— Eu já te disse — Jarek diz, com a voz irritada. — A mamãe não quer mais brincar com o papai.

Fico de queixo caído e olho de novo para o rosto de Sarah, do outro lado da rua. Agora ela está rindo, sem defesa. Daniel tinha razão. Ela já o deixou.

Observo com tristeza enquanto Jarek, trêmulo, leva a ponta do dedo ao ouvido. Está prestes a telefonar para a clínica. Em poucos segundos, estará falando comigo, dizendo que não poderá vir para a nossa sessão porque teve um contratempo à tarde. Estou prestes a lhe dizer que estava ansiosa para vê-lo, com um inconfundível desejo na voz. Estou prestes a dizer-lhe que ele será intocável em seu Paraíso. *Prometo* a ele. Sem saber, convenço-o de que tudo o que ele quer fazer está certo. Dou-lhe força. Planto uma semente em sua mente.

CAPÍTULO TRINTA E DOIS

Minha culpa transforma-se em silêncio. Um silêncio de um tipo que nunca conheci. Um verdadeiro vazio, uma ausência de tudo. Não ouço nem mesmo meu próprio corpo, mexendo-se sob a roupa, ou subindo e descendo enquanto os tecidos que me formam ajustam-se, expandem-se e contraem-se. Sou só pensamento. Só restou a minha mente, e mesmo isso se acha num estado de meditação forçada.

Durante esses poucos momentos, enquanto Jess separa minhas conexões e me liga aos neurônios que contêm a terceira e última memória fantasma de Jarek, o nada toma conta. Não há beleza, não há escuridão. Não é aterrorizante nem revigorante, mas há *alguma coisa* nisso. Há paz. Antes que eu abra os olhos para a nova lembrança, sei, de algum modo, que verei ou uma brancura que cega, ou um negrume total. O que acontece é estranhamente os dois. Como uma ilusão ótica, o vazio que me cerca, que *sou* eu, se desdobra de um para o outro, enquanto o absorvo.

Momentaneamente, sou Jarek fechando a mão em volta de um tubo de comprimidos, olho para a minha mão, com medo de que a simulação mostre a coisa errada. Mas estou olhando para a mão de um homem, grande demais para ser minha. Parece que estou usando uma luva, pintalgada de sardas e dotada de pelos grossos, que avançam do meu pulso, surgindo na pele clara. Afasto esta lembrança. O vazio preto-branco volta e então mergulho em algo novo, tão claro e real quanto a cena em que eu estava antes.

Estou parada atrás dele, em uma escada rolante na saída de uma estação de metrô. Não consigo ver muita coisa, a não ser os sulcos de metal dos degraus que se movem, e as costas de Jarek, alguns degraus à frente. Sei que é uma estação subterrânea de Londres por causa do cheiro: o odor imperioso, rodopiante de corpos retidos e calor humano, o aroma úmido de chuva aderindo a azulejos velhos, e o ranço de um ar que fica tempo demais debaixo das ruas.

Jarek sai perto dos anúncios luminosos e um pisca contra seu rosto. Mas não contra o meu, então esgueiro-me sem ser notada. Olho para a placa vermelha, branca e azul. *Estação Maida Vale*, diz, com orgulho, junto aos azulejos antigos do local. Enquanto ele caminha para a rua, inclinado de lado, me surpreendo com a escuridão do céu e o brilho da iluminação pública. É tarde. Se for este o dia em que ele veio ao meu apartamento e eu lhe dei os comprimidos, então faz muito tempo que ele se foi. Quando ele agita seu casaco, prestes a abotoá-lo, minhas narinas captam o odor de álcool que emana a volta dele. Ele puxa um capuz sobre a cabeça. Isso não disfarçará o peso característico de seu andar, induzido pela doença. Mesmo sem ver seu rosto, sei que agora está esquelético; seus ombros perderam a força que tinham, quando ele jogou a furiosa energia do seu peso sobre Sarah, no quarto deles.

Atravessamos a rua. Ele não anda rápido. Quase tropeço nos meus pés, num esforço para ficar atrás dele. Sua inclinação está pior do que eu me lembro. No alto da avenida, ele para e descansa junto a uma árvore. Apoia-se nela; uma visão triste. Vejo seus ombros subirem e descerem. Ele pressiona o lado esquerdo da cabeça com a mão, encolhendo-se, e nós dois olhamos para a lasca de lua que enfeita o céu turvo.

Se esta for a noite, a noite de sexta-feira em que Sarah morreu, então o próprio Jarek morrerá daqui a poucas horas. Pergunto-me como ele teve forças para fazer amor comigo naquela tarde. Talvez não fosse paixão, mas desespero, necessidade de fazer seu plano acontecer. Eu jamais vou saber com certeza.

Pedestres passam por mim, me atravessam. Ser um fantasma deve ser assim. Parte de mim, uma parte maior do que eu poderia admitir, quer abraçá-lo. Sei que não posso, não é possível. Ele nem sequer me veria, ou ouviria; isto é como assistir a um filme. Digo não a mim mesma, e mantenho os pés firmes na calçada. Por fim, ele se lança em frente, pela rua.

Enquanto o sigo obedientemente, o peso da noite começa a me pressionar. É como se eu pudesse sentir a tensão se enrolar e saltar nos músculos que restam nas costas de Jarek. Suas mãos estão bem enfiadas no casaco, cabeça abaixada e, se você não soubesse que ele estava morrendo de um terrível tumor cerebral, pensaria que ele estava bêbado. Talvez esteja. Ele vira à esquerda e depois se corrige várias vezes, enquanto caminhamos pela rua. Começo a reconhecer o bairro. Lembro-me de esperar aqui, desejando vislumbrar Sarah. Mal eu sabia que ela já tinha posto um fim em seu casamento. *Que tristeza, isso*, a florista havia me dito. *Ele vinha bastante aqui.*

Jarek para novamente, pousando a mão no mourão de ferro forjado do portão da sua casa. Meu estômago contrai-se e se retorce. Ele olha de um lado a outro da rua, direto através de mim, e sinto um tanto de tristeza, ou possivelmente arrependimento, escoando dos seus olhos. Procuramos mais uma vez a lua, presa nos ramos nus do limoeiro acima das nossas cabeças, antes de entrar.

Enfio-me pela porta, atrás dele, e vejo quando ele coloca suas chaves num ganchinho, pendurando o casaco sobre elas, e tirando o tubo do bolso. Enfia-o no fundo do bolso da calça.

Ladrilhos vitorianos brilham a meus pés. Um retrato emoldurado pende a minha esquerda. Embora esteja borrado para mim, há muito esquecida, pelo lampejo de branco, cinza carvão e rosa percebo que é uma foto de casamento. Os degraus largos abrem-se ao chegar ao corredor. Um pequeno par de sapatos roxos está perfeitamente colocado no degrau debaixo. Sapatos infantis. Aguço minha audição, como Jarek faz, prestando atenção aos sons da casa e das pessoas dentro dela. Por alguns segundos não há nada, e então há o som de um instrumento de metal batendo contra esmalte. Há uma sensação palpável, então, que formiga em mim como estática. É a percepção desalentadora de que Sarah está aqui, de que vai acontecer. Fico na dúvida se os sentimentos são de Jarek ou meus. Talvez sejam dos dois. Sinto minha pulsação começar a aumentar, conforme avançamos pelo corredor.

— Jarek, é você? — uma mulher pergunta por detrás das portas duplas envidraçadas. Jarek empurra-as e elas se abrem, e somos recebidos pelo cheiro de capim-limão e coco. Detesto comida tailandesa. Não suporto os pedaços ardidos de gengibre e a sensação floral que deixa em minha boca. Sarah olha para ele, levemente espantada. A lâmina reluzente em sua mão paira sobre a berinjela meio cortada. Esta é a Sarah que reconheço. Ela se parece muito com a anterior, mas talvez esteja ligeiramente mais roliça, e seu cabelo está mais curto, cortado na altura do queixo, fios retos, terminados em ponta. Passado um tempo, Jarek aproxima-se e põe a mão no ombro dela.

Sarah abaixa a faca, e se recolhe levemente em si mesma, curvando a espinha, como se protegesse seu coração do toque dele.

— O que você está fazendo aqui? — pergunta, os ombros tensos. — Pensei que você viesse de manhã, para passar um tempo com as meninas.

— Só pensei em dar uma passada.

Jarek passa desajeitado pela ilha de mármore, e se larga em uma poltrona ao lado da lareira, seu interior golpeado por chamas. Os olhos de Sarah acompanham o movimento dele, e ela aperta os lábios entre os dentes. Fico onde estou, junto à porta da cozinha, onde posso ver os dois, embora os contornos e as beiradas dos cômodos estejam borrados. A faca volta a bater repetidamente na tábua de cortar, e não consigo deixar de olhar para a lâmina. Penso no respingado de sangue do rosto dela, nos lençóis da cama. Penso em como tudo isto deve se desdobrar.

— Você teve uma reunião com seu arquiteto hoje? — Jarek resmunga.

Então, Sarah estava planejando criar seu próprio Paraíso, antes da hora, como se escrevesse um testamento. Como alguns dos meus antigos clientes, ela não queria esperar até quando estivesse morrendo.

— Tive. Eu te disse que ia. Esta manhã, como te disse. — A tensão transparece em seu rosto, enquanto ela joga os vegetais na panela. O vapor sobe chiando até as rugas que contornam seus olhos, amenizando os anos de preocupação.

— E você não mudou de ideia?

Vendo-os aqui, em sua casa luxuosa e aconchegante, é quase impossível acreditar que não sejam um casal feliz. Mas então, tenho um lampejo do rosto dele, quando ele se vira do fogo. Olha fixamente para as costas de Sarah, e arde de raiva. Faz com que eu estremeça, e me pergunto se ela também é capaz de sentir isto.

— Jarek. — Sarah larga a faca e se vira para encará-lo, cruzando os braços, impondo-se. Mesmo como observadora externa, não tenho certeza se ele desmancha a expressão do seu rosto com rapidez suficiente. Noto que ela dá uma olhada em direção às portas da cozinha, como se estivesse verificando se sua rota de fuga está liberada. — Já conversamos sobre tudo isto. Não fazemos um ao outro feliz. Acho que nunca fizemos.

— Depois de tudo que passamos juntos, você não acha que me deve isto, estar no meu Paraíso? Que eu esteja no seu? Você sabe que ainda te amo, Sarah.

E a coisa se cristaliza. Foi uma mentira melosa quando ele me disse que não a queria em seu Paraíso. Uma mentira que obscureceu sua falta de controle. Uma mentira que escondeu um motivo.

— Ama? Jura? Depois do que fez comigo? — A voz dela vacila com o que interpreto como medo ou raiva, ou os dois.

Meu estômago revira-se, enquanto imagino o quanto de violência fez parte sua da vida. Ela deve ter mantido isto em segredo por muitos anos. Arrasa-me perceber que não apenas ele não me amava, como também não tinha ideia do que era o amor. Apenas obsessão.

— Olhe, se você quiser ficar aqui esta noite, eu saio — Sarah diz. — A mamãe vai trazer as crianças de volta, logo cedo. Não se preocupe, não vai ser tarde. Eu disse para ela não se atrasar de novo. E eu volto amanhã à noite, como planejado.

As crianças não estão aqui. Queria que ela não tivesse dito isto. Gostaria que elas estivessem brincando juntas, no andar de cima. Isto poderia ter mudado tudo.

— Você não precisa sair — ele diz, observando-a com atenção, enquanto ela pega seu Codex e coloca a bolsa sobre a bancada.

— Pode comer, se quiser; só precisa refogar. Eu pego alguma coisa pra viagem, ou dou outro jeito. — Ela fala rapidamente, tropeçando nas palavras.

— Sinto ter vindo assim de surpresa — Jarek diz. — Foi um dia difícil. Agora, cada dia é mais difícil. — Ele fala baixinho, mas não tem nada do charme que eu costumava adorar. Não há brincadeiras descontraídas, piscadas, carisma. Ele gastou toda sua energia comigo. E o que restou, está conservando. Está se recolhendo para dentro de si mesmo, centrando sua força para uma última tarefa. Talvez exista uma última coisa para verificar.

— Como estão as meninas?

— Estão bem. Ainda não precisamos contar nada sobre nós. E vou ter uma conversa com a mamãe na semana que vem.

Olho de novo para Jarek, mas não há nada para me perturbar no que vejo. Seu rosto não é o de um homem se preparando para cometer um crime tão abominável. Ele parece doente, mas está relaxado no brilho do fogo. Suas mãos estão à vontade, cruzadas em seu colo, e a cabeça repousa no encosto da cadeira. E ele está sorrindo, sorrindo de amor por suas filhas.

Mas ele está apenas me enganando mais uma vez porque, na próxima batida do meu coração, ele se levanta da cadeira e volta a caminhar pela cozinha. Sarah remexe na bolsa, enquanto vejo Jarek movimentando-se, fechando totalmente todas as persianas. Vejo-o tirar a tampa do tubo do seu bolso, e colocá-la sobre a bancada. Ele pega uma das colheres de madeira de uma das gavetas, e enfia-a no bolso traseiro, indo ficar bem atrás de Sarah.

Não há recriminações, não é dado nenhum motivo. Jarek é o que um advogado chamaria de frio, calculista. Parecem os gestos de um marido romântico, quando ele tira a bolsa da mão dela e a coloca no chão. Com a outra mão, ele desliga o fogo.

— Você deixou o fogão ligado, boba — ele diz. Mal reconheço sua voz. Está de frente para ela. — Aonde você vai esta noite? Vai se encontrar com ele?

— Com quem? Não sei do que você está falando. — Ela é uma péssima mentirosa.

— Você já conheceu alguém, não conheceu?

— Jarek, por favor. — As mãos de Sarah curvam-se em punhos frouxos sobre o estômago.

Ele não fala. Sua boca está rígida, enquanto ele se concentra no que vem a seguir. Ele a vira segurando em seus ombros e pressiona suas costas contra o fogão. Estou muito perto deles, a alguns centímetros de distância. Tropeço para trás, me preparando. Agora ele usa luvas, e vejo que Sarah nota no mesmo momento que eu. *Isto é esquisito*, vejo-a pensar. E então, ela deve ter visto a expressão do rosto dele, porque um véu de horror descontrolado cai sobre ela. É tarde demais para que ela se mexa, porque as mãos dele estão pressionando seu pescoço.

— Por quê? — ouço-o dizer. — Depois do que você fez, por que só eu não vou ver as crianças crescerem? Como você pode me deixar agora?

Sarah vibra. Todo o seu corpo se contorce e resiste a ele. Ela arranha o ar em frente aos olhos dele, mas os braços dele estão travados, esticados, e ela não consegue alcançá-lo. Vejo o braço esquerdo dele sacudir, seu joelho vacilar. Ele cai ao chão e arrasta-a junto. Ela chuta suas canelas e empurra os cotovelos em seu peito e rosto, e por um momento me alegro em pensar que ele está fraco demais para ir até o fim. Enquanto eles estão deitados lado a lado, resistindo e se contorcendo, é como se pudessem estar fazendo amor. Mas, por um momento, esqueci que sei como esta história termina. Jarek acaba se levantando, e o corpo de Sarah quase desaparece completamente, sob ele.

— Como é que isto é justo, Sarah?

Os balbucios de seu sufocamento enchem meus ouvidos. Sua pele empalidece a cada segundo, além das enrugadas meias-luas róseas debaixo dos olhos, que parecem estalar com sangue. Ela arranha os braços dele, mas não consegue chegar em sua pele através do suéter grosso que ele está usando. O que mais me perturba é a maneira como eles se encaram. Ela implora, sem acreditar, e Jarek apenas olha de volta para ela, através dela, registrando sua inconsciência segundo a segundo. Levo as mãos a minha própria garganta, sentindo sua delicadeza, tentando imaginar quanta força seria realmente preciso para esmagá-la.

Ele só relaxa o aperto quando ela para de fazer barulho, e então, com uma das mãos, tira rapidamente o tubo do bolso. Soltando o pescoço dela por um décimo de segundo, derruba o conteúdo no fundo da garganta de Sarah. Isto acontece no mesmo momento em que ela arfa, procurando ar. Imagino os comprimidos, recobertos de açúcar, lutando entre si para chegar a seu estômago, enquanto ela tenta tossi-los para fora. Olho para o chão, mesmo sabendo que Jess e Daniel ficarão aborrecidos comigo. Não suporto olhar mais nada, mas os barulhos são piores por si só. No final, a respiração de Jarek entra e sai de sua narina com esforço. Os gemidos de Sarah vêm do estômago, ela se sufoca e cospe. Quase consigo ouvir sua pulsação desenfreada e desesperada. Todo o cômodo treme. Preciso acalmar minha própria respiração para continuar em pé, agarrada ao batente da porta.

Por fim, tudo se aquieta. Os legumes já estão esfriando na panela. O cheiro de alho queimado e terror flutua a minha volta. Eu me preparo, antes de levantar os olhos. Jarek estica Sarah no chão, e abre sua boca com os dedos enluvados. Fervo de raiva enquanto o vejo tirar algo do outro bolso da calça. Aproximo-me. Os fios de cabelo escuro, ondulado — meu cabelo — parecem uma nuvem negra em sua mão. Ele a pressiona na ponta do cabo da colher, enfiando-a até o fundo da garganta de Sarah, e comprimindo a colher para cima e para baixo, como um êmbolo, antes de deixá-la tilintar no chão. Não há satisfação em seu rosto, mas também não há tristeza, apenas o que presumo ser um vazio psicótico. Jarek levanta-se e olha para ela.

— Você não vai me substituir — diz baixinho, com mais calma do que antes. Depois, volta a se ajoelhar e corre as pontas dos dedos pelo contorno do corpo dela, como se verificasse alguma coisa. Por cerca de meio minuto, segura o indicador e o dedo médio na lateral da garganta de Sarah. Levanta-se novamente, de costas para mim. Fico aliviada por não ver seus olhos. Ficamos ali por um tempo, só esperando, só olhando.

Tudo está se desvanecendo, e noto que os últimos minutos foram perfurados por uma intensa claridade, em que pude ver, cheirar e ouvir cada pequeno detalhe. O gosto da berinjela frita perdura na minha língua. Enquanto saímos da cozinha e chegamos ao corredor, o espaço a minha volta pulsa num branco chocante. As paredes sumiram; a porta de entrada é vaga, como que encoberta por nevoeiro. Fico parada à entrada, enquanto Jarek segue pela passagem e chega à rua. Seu capuz está novamente levantado. Ele olha ao redor, uma, duas, três vezes, e então vai embora. Espero ali, guardando o corpo de Sarah, desejando que alguém, que não seja a mãe e as duas filhas, pudesse encontrá-la.

Ele vai morrer em segurança, onde garantirão que chegue a seu Paraíso. Esse pobre moribundo, com uma esposa amorosa e uma amante loucamente ciumenta. Mas vi a verdade. Vi um moribundo obsessivo, com uma esposa que finalmente reuniu coragem para se separar dele, tanto na vida, quanto na morte, e uma amante conveniente, ingênua, com quem ele se fez de vítima.

Conforme caio em mim, sinto-me como se estivesse acordando em um terremoto, ou em um bombardeio, até perceber que Daniel, Jess e Luke estão me segurando na cama. Tremo com uma violência que se iguala à pressão dos polegares de Jarek em volta do pescoço de Sarah. Não consigo respirar, e não consigo fazer nenhum som. Só engulo inutilmente no vazio, e me deixo convulsionar até que a coisa começa a acalmar. Concentro-me na pressão insistente das mãos de Daniel na parte superior dos meus braços. Deixo-o me deitar de volta no banco e, gradualmente, o oxigênio volta a meus pulmões. Olho o rosto deles ao redor, e eles olham de volta para mim, de olhos arregalados, como se eu fosse uma criatura bizarra, desconhecida, que eles trouxeram de uma selva fechada e distante.

Todos me encaram, boquiabertos.

— Vocês conseguiram, certo? — gaguejo. — Viram tudo.

Eles assentem em conjunto, e respiro fundo várias vezes. Escuto as batidas do meu coração. Com os olhos injetados, olho ao redor as partes da sala que consigo ver, sem mexer a cabeça. Tudo está um pouco mais escuro do que me lembro, mas está ali, é real. Aperto as pontas dos dedos no banco sob mim, e sinto conforto na dureza fria.

— Você foi bem — diz Daniel. — Não tenha pressa. — E, no entanto, eles continuam a me observar, como se esperassem que eu fizesse alguma coisa.

Deslizo o braço sobre o peito e o rosto, até a cabeça. Ele parece pesado demais para ser erguido.

— Quero que tirem isto — digo, correndo a mão em meu couro cabeludo.

— Não tem mais — Jess diz. — Já tirei. — Ela indica uma proveta sangrenta do outro lado da sala. Vejo o metal junto ao vidro, ao mesmo tempo em que percebo que não consigo sentir os círculos frios sob o cabelo.

Jess inclina-se sobre mim e passa os braços desajeitadamente ao redor do meu pescoço, apertando-me com delicadeza. Diz como sou corajosa e como tem orgulho de mim. Murmuro em seu ouvido.

— Agora, você precisa descansar, Isobel — ela diz. Depois, se vira para Daniel: — Você precisa deixá-la ir para casa.

Daniel olha para mim, e depois de volta para Jess.

— Primeiro, preciso levá-la de volta para a delegacia, mas com sorte...

— Se ela precisar de fiança... — Jess acrescenta.

— Neste estágio, é acusação ou soltura. Mas isto... isto deve bastar.

— Se precisar que eu vá e converse sobre isto, explique para as pessoas... o que for, fico feliz em fazê-lo — Jess diz.

Sinto-me como uma criança entre os pais, enquanto olho de um para o outro, deixando que discutam meu futuro à minha frente.

— E se precisar de um lugar para ficar, Izz... — ela diz, apertando-me ao redor dos ombros. — Bom, você sabe onde me achar.

— Acho que não quero passar nem mais uma hora num laboratório — digo. Sinto um leve sorriso passar pelo meu rosto, ao perceber que fiz uma piada.

— Eu tenho *mesmo* uma casa, sabia? — Jess revira os olhos para mim. Ela também precisa descansar. A pressão sobre ela tem sido imensa, assumindo responsabilidade por mim, pela minha vida, pelos Paraísos das pessoas que ela supervisiona. Não sei como ela faz isto.

CAPÍTULO TRINTA E TRÊS

Seis semanas depois

Toda esta tecnologia, e ainda assim algo tão simples quanto remover uma tatuagem exige tempo e é desconfortável. Tenho esfregado creme há semanas, toda manhã e noite. Com meu dedo mindinho, empurrei-o dentro das linhas, até a pele do meu tornozelo empalidecer sob a pressão. O preparado apela para meus glóbulos brancos, pedindo-lhes que venham e limpem a tinta que me corrompe. Partícula por partícula, a tinta tem sido levada para meus nódulos linfáticos e apagada. É quase como se nunca tivesse existido. Agora, meu anjo desbotou para um contorno cinza-claro bem parecido com a lembrança, em minha mente, dos meus últimos meses. Chegou a hora de me livrar disto completamente, remover as linhas que desenhei ao longo da vida.

Imagino que esteja trilhando o caminho mais longo. Terminei minhas compras, mas as luzes da Regent Street são lindas demais para não caminhar em uma noite de inverno tão seca e fresca. Acabei de comprar meu último presente, e apalpo o bolso para sentir as bordas da caixinha. Lela sempre quis este colar. Talvez eu o use por ela. Movo as mãos no ar gelado, e agarro as lapelas do casaco, puxando-o bem para junto do pescoço. A pele sintética faz cócegas reconfortantes nas minhas faces, sensíveis ao ar gelado. Apesar das lágrimas nos olhos, a atmosfera frenética me atrai, e é fácil me deixar levar por todos os rostos corados e fustigados pelo vento despontando de casacos pesados e reluzindo com uma alegria febril. Posso sentir o aroma tentador de barracas ao ar livre, que se aglomeram em cada esquina, amêndoas torradas com açúcar e castanhas doces. Famílias e casais passam por mim, cheios de sacolas e deslumbrados pelas elaboradas exposições nas vitrines que ladeiam a rua. As luzes deste ano pendem acima de nós, parecendo uma versão ampliada do céu noturno. Crianças mais velhas apontam as constelações para os irmãos mais novos, indicando Orion e Ursa Maior. De vez em quando passo debaixo de um planeta. Quase sinto a necessidade de me abaixar debaixo de Júpiter, que flutua acima da minha cabeça, rodopiando em vermelhos e laranjas cremosos, como um enfeite gigante.

A cena londrina que me cerca é quase uma distração excessiva para meus propósitos. Mas então, tenho um vislumbre de um homem empurrando o cabelo ruivo para trás, fico abalada pensando que é Jarek, e sou levada diretamente de volta para aquele lugar sombrio. A certa altura, passo por um prédio com amplos e majestosos degraus de pedra, e portas antigas de madeira, almofadadas, e isto me lembra o forum, que não é muito longe daqui, e nunca longe demais da minha mente. Se me vejo caminhando atrás de uma senhora de mãos dadas com duas meninas pequenas, de cabelo castanho, sempre me pergunto se são elas, as filhas de Jarek e Sarah, e se eu as reconheceria caso fossem.

Eu reconheceria a mãe de Sarah, se voltasse a vê-la. Era pequena e estava elegantemente vestida em todas as sessões no tribunal. Seus olhos cinzentos estavam sempre calmos, e isto me surpreendeu. Ela se portava com grande dignidade. Era desconcertante, mas admirável, a maneira como se mantinha. Nunca a vi praguejando baixinho, nem deixando que lágrimas escorressem pelo rosto — ao contrário de mim. Não ficou boquiaberta de incredulidade, ao escutar a promotoria descrever Jarek como um narcisista violento, embalado por um ciúme sexual, e incapaz de suportar a ideia de que, nas últimas agonias da sua vida, sua esposa, sua propriedade, estava finalmente deixando-o, escapando do seu abuso mental e físico, para estar com alguém mais gentil. Tive que ficar em pé naquele banco de testemunha, e descrever minha visão de como sua filha fora morta, no entanto ela nunca pareceu chocada. Mas poderia ter ficado, se tivessem apresentado as simulações no julgamento. Fiquei arrasada na acareação. Foi uma destruição de caráter e, no entanto, senti os olhos dela sobre mim, observando sem julgar. Eu teria falado com ela, se soubesse o que dizer. Em vez disto, sorri para ela, enquanto descíamos a escada, no final. Ela estava prestes a fazer um pronunciamento à imprensa, posicionada em seus saltos altos, mas sorriu de volta, com um calor que meu coração desejoso sentiu ser perdão.

Como sabíamos que seria, foi um caso histórico. Com rapidez e por unanimidade, Jarek foi considerado culpado, com base em suas lembranças fantasmas, poucos dias depois que a nova lei entrou em vigor. Apesar de morto, foi postumamente acusado de assassinato, e sua punição foi a desativação do seu Paraíso. Ele teria que morrer uma segunda vez.

Dou uma olhada na hora. A esta altura, a destruição sistemática do Paraíso de Jarek está quase completa. Jess convidou-me a estar lá, o que me pegou de surpresa. Recusei a oferta imediatamente, não chegando a pensar nela nem por um minuto. *Cansei de brincar de Deus*, disse-lhe. Imagino-a desconectando tudo no Laboratório Elétrico, enquanto meus pés golpeiam a calçada e meu casaco bate contra meus joelhos. Ela está tirando seus neurônios-espelho de seu pequeno cartucho preto, e para fora da solução que os mantêm vivos. Eles serão cremados e enterrados com os restos dele. Isto é justiça? Não sei. Mas acabou. Finalmente, acabou, e a escuridão já não é abismal e desafiadora, mas límpida como o céu noturno.

Construí uma carreira adiando o inevitável, empurrando aquela obscuridade para um pouco mais longe a cada momento, mas agora não sei onde encontrar a luz que me guie. Será que o Paraíso de Lela é tudo que lhe prometeram? *Parece estável*, Jess disse. Nenhuma lembrança fantasma. Ou, pelo menos, nenhuma que ela tivesse visto até agora. Suspiro de alívio, mas isto não serve de nada para acalmar a dor que sinto. Lela não queria morrer, era jovem, feliz, mas lembro a mim mesma que o que importa é ela ter vivido, e ser lembrada. Isto não significa que o luto por ela seja fácil. Lembranças não podem preencher sua falta, nem amenizar a tristeza que me acompanha ao longo dos dias. Pessoas como Lela nos deixam para sempre, ainda que possam brincar nos campos de suas férias de infância, e dançar em um bar com seus melhores amigos, dar um beijo de boa-noite no marido, mais uma vez, mais uma vez e mais uma vez. Ainda assim, se foram.

Corto caminho por uma travessa, em direção à praça Cavendish. Ao chegar ao fim do Henrietta Place, posso ver à frente que a grama está coberta de tendas, e as árvores estão enfeitadas com luzes. Ao me aproximar, o cheiro de vinho com especiarias aquece o ar. Dou uma olhada na hora em minha visão e decido atravessar a feira, rumo à rua Harley. Um antiquado carrossel me recebe, cercado por pais que acenam para seus pequenos, estimulando-os a manter as mãos enluvadas nos canos dos cavalos. Em algum canto, uma banda de metais toca uma versão instrumental de uma canção de Natal. A queixa gutural da tuba soa ao vivo, mas não consigo vê-los, nem identificar o nome da canção. Cantarolo-a na cabeça com uma alegria forçada, esperando que as palavras venham, mas isto não acontece. Há barracas vendendo presentes e comida, e paro em uma delas para comprar uma caneca de cidra quente. Vejo pessoas fazendo fila, em frente, para os waffles belgas, e deixo o perfume de chocolate derretido e baunilha misturar-se com o aroma da minha bebida. Sorvo o líquido quente, sugando-o devagar sobre a língua, para que as especiarias recubram minha boca. Tem gosto de Natal. Sinto-me bem sozinha, parada no balcão redondo ao lado da barraca. Mas não deveria. Neste ano, vou passar as festas com a família da minha irmã. Algumas pessoas não têm ninguém. Penso no marido de Lela, e nas duas filhas de Jarek e Sarah, sem a mãe e o pai pela primeira vez, e sinto uma intensa tristeza acumular-se no fundo da minha garganta. Tomo a bebida em mais alguns goles, para tentar eliminar o nó da minha garganta, e deixo a caneca no balcão. Apertando meu casaco, sigo em frente, deixando a praça para trás.

A clínica fica a uma curta distância pela rua Harley. Passei por ela muitas vezes, indo e voltando do trabalho. Ainda tenho dez minutos antes do meu compromisso, então decido continuar caminhando. A Oakley Associados fica a dois quarteirões de distância. Estou absurdamente sentimental nestes dias. Passo pelos prédios altos e inteligentes, cercados por cercas pretas de ferro. Olho para algumas das janelas lá em cima, e vejo o ocasional conjunto de luzinhas decorativas, ou galhos verdes de árvores de Natal. A velha B. T. Tower pisca atrás de mim como um farol alertando navios que passam. As ruas aqui são bem ordenadas. Não levo muito tempo para chegar à clínica da Oakley Associados, e fico parada do outro lado da rua, em frente às portas de correr, admirando o limoeiro que emoldura a entrada com seus galhos. Por hoje, os manifestantes foram embora, mas as luzes ainda estão acesas lá dentro, e pelo vidro das portas de correr, vejo uma mulher sentada atrás do balcão da recepção. Está usando um vestido da cor do batom de Lela, e, enquanto olho, ela gira em sua cadeira para pegar alguma coisa em sua mesa. Estupidamente, meu coração despenca quando é um rosto que não reconheço. Daqui, posso ver a janela da minha sala, dando para os fundos do prédio. Imagino quem esteja dentro dela agora. Talvez Harry. Espero que sim. Nunca lhe disse, mas ele era realmente bom no que fazia.

Eu me pergunto como algo que antes me motivava tanto, agora pode me parecer tão inútil. Eu punha minha alma na criação de Paraísos. Ao longo do caminho, apaixonava-me um pouquinho por todos os meus clientes. O que eu fazia é errado? Não sei. Olhando para a clínica agora, do lado de fora, não consigo mais enxergar seu valor. As linhas elegantes de sua arquitetura, os resplandecentes pisos de mármore, as obras de arte originais nas paredes, tudo é uma fraude. A vida é a única coisa de valor neste mundo, principalmente quando a guerra é tão iminente. Aperto os lábios numa despedida silenciosa. Não voltarei aqui. Poderia fingir que não ligo, mas é claro que ligo. Viro-me e refaço o caminho que fiz, sentindo o ar gelado pinicar as minhas orelhas.

Às vezes, ainda acho que os últimos quatro meses foram um sonho, que nada daquilo de fato aconteceu. Mas Lela foi-se, e isto é um lembrete constante de que o conflito é real, e chega cada vez mais perto de casa. Os ataques aéreos britânicos começarão para valer na próxima semana. Curiosamente, quanto mais sério fica, melhor eu durmo. Faz semanas desde a última vez que acordei ao som imaginário de drones ou bombas. Na maioria dos dias, nem penso nisso. Será por ter visto o que há além? Meu Paraíso ainda dá tapinhas no meu ombro, cochicha ao meu ouvido. Salta sobre mim quando me sinto desanimada, oferece-me uma muleta. E é tentador pensar que poderia cair de volta naquele esquecimento que parece um sonho. Tenho que falar comigo mesma com firmeza. Tenho que me lembrar que tenho uma vida para viver. E que a ideia de Paraíso não é tão doce quanto parece.

Volto para o prédio da rua Harley e passo pelas portas giratórias até uma recepção mínima, da era eduardiana. É acarpetada e forrada com um revestimento de madeira e estantes. Surge um monitor em frente à porta que leva adiante. *Olá, Srta. Argent*, ele diz. *Por favor, sente-se e logo alguém irá atendê-la.* Faço o que ele sugere, sentando-me na poltrona que imita couro, no canto. Mal me sentei, e o holograma ainda está se apagando, quando uma mulher envolta numa túnica branca entra na recepção para me receber.

— Por favor, por aqui — ela diz, com polida eficiência.

Acompanho-a sem dizer nada, passando pela porta, para dentro do prédio, e entramos na segunda porta à direita. Vejo-me em uma clínica de proporções claustrofóbicas. Ela gesticula para que eu me deite na cama que ocupa o lado mais comprido da sala. Metade do espaço que sobra é ocupado por uma máquina a laser que fica ao lado da cama, como uma luminária articulada gigante.

— Por favor, pode enrolar a perna da sua calça até o joelho e tirar os sapatos?

Chuto os sapatos para o chão e puxo o tecido da calça, dobrando-o acima do joelho. Descalço as meias e jogo-as sobre os sapatos. A mulher lança-se sobre meu tornozelo.

— Agora, vamos dar uma olhada. Você está usando a loção há um mês, correto? — ela pergunta.

— Sim.

— Funcionou! — Ela corre o dedo sobre os contornos que restam. — É, acho que vamos conseguir tirar os últimos traços com uma sessão. Por favor, deite-se de costas.

Ela pega um suporte e o coloca debaixo do meu calcanhar, de modo a elevar o meu pé. Depois, posiciona o braço mecânico num ângulo de frente à tatuagem.

— Só fique relaxada por quinze minutos — ela diz, antes de deixar a sala.

As luzes principais diminuem, e fecho os olhos enquanto a máquina ganha vida num zunido. Sinto algo pontudo mover-se sobre a pele do meu tornozelo. O robô traça as linhas que ali estão uma, duas, três vezes, até ter certeza e se decidir quanto à força e espessura da tinta que resta. Zune brevemente, enquanto o laser gagueja para a vida. Mal o sinto riscando minha pele, e me lembro da dor que Brooke infligiu em mim. Naquela época, eu conseguia suportar dor; agora, não tenho certeza de que pudesse ser tão valente. Talvez eu esteja errada. Talvez eu esteja mais forte de maneiras diferentes. Faço o que a mulher sugeriu e fecho os olhos, sentindo o calor do meu corpo acumular-se entre as minhas roupas e a cama.

Se eu estiver mais forte, então ninguém saberia. Tenho achado difícil falar com quem quer que seja sobre o que passei. Minha irmã não sabe quase nada, mas ela não perguntaria. Tem algumas outras pessoas a quem contar, embora, na minha mente, eu tenha tido inúmeras conversas com Lela — até mesmo com Jarek, se for para eu ser completamente sincera comigo mesma. Nas últimas semanas, tomei café com amigos, mas fui eu quem fez a maioria das perguntas. Mantive-os falando. É difícil demais saber por onde começar. Eles me perguntaram sobre trabalho, que é a única coisa sobre a qual eu costumava conversar. É só o que realmente sabem a meu respeito. E esbarrei ali, mais do que em qualquer lugar, percebendo, pela primeira vez, de onde vinha minha depressão; desta súbita falta de propósito. *O que você vai fazer daqui pra frente?,* todo mundo pergunta. Eu me ouvi falando alguma besteira sobre viajar por um tempo, ou prestar algum serviço voluntário, mas só para preencher o que, caso contrário, seriam lacunas enormes em nosso diálogo. Deveria admitir a eles que não sei. Deveria lhes pedir ajuda, mas não peço. Não sou esse tipo de pessoa.

De tudo isso, conquistei uma habilidade. Minha capacidade para meditar é fenomenal. Agora, deixo que aconteça. Escuto meus batimentos cardíacos e imagino-os desacelerando. Talvez desacelerem. A cada batida, meus pensamentos se desvanecem nas beiradas da minha visão cerebral, fora do alcance. Fico ali deitada, respirando, e naqueles momentos estar viva é o que basta. Tudo bem ser eu.

— Certo, vamos dar uma olhada, então!

Mal notei a porta se abrir, mas a mulher está de volta a meu lado, e o robô está recuando da cama. As luzes ficam mais fortes, e ela se inclina para avaliar meu tornozelo.

— Espero que não sinta falta dela. Era linda.

Coloco-me na posição sentada, e viro a cabeça para olhar. Você nunca saberia que já tinha havido algo ali. Só vejo uma pele limpa, ainda mais escura do que o normal, por causa do sol de Goa. Decido que vou colocar minha tornozeleira, quando chegar em casa.

— Não, não vou sentir falta dela — digo. — Obrigada.

Torno a calçar as meias e os sapatos, e sigo para a noite cristalina de dezembro. Eles estão fechando a clínica, quando saio. O holograma tremula e escurece, e as luzes se apagam. Fico parada na entrada, abotoando o casaco, e enfiando o queixo na gola. Minha respiração aquece meu pescoço, só servindo para levar o restante de mim a um frio mais intenso.

— Oi — diz uma voz que me causa um sobressalto. Não o tinha visto antes, mas ele está encostado em uma parede, envolto numa parca grossa, uma pele cinza-clara emoldurando seu rosto.

— Daniel?

Ele empurra o capuz para trás, assim que o reconheço. Estou surpresa, mas não tanto como teria esperado.

— Acabou? — pergunto-lhe, e é como se pudesse sentir a mão de Jarek fazendo carinho na pele do meu pescoço.

Sacudo a imagem para longe. Ela me lembra que estou afetada, e que há linhas gravadas em mim que não podem ser removidas com um creme sofisticado ou um laser. Elas me marcarão para sempre.

— É, acabou. Os neurônios-espelho dele foram devolvidos à família.

Fico agradecida pela gentileza na voz de Daniel. Ele abaixa os olhos, e sei que, mesmo depois de ver o que Jarek fez, respeita a solenidade do que aconteceu hoje.

— Mas não é por isto que estou aqui — ele continua.

— Não?

— Você disse que ficaria em contato — ele diz, baixinho. Parece magoado. A luz da rua brilha em seu rosto, e seu sorriso é extraordinariamente aberto. Vejo-me fazendo o mesmo, contra a minha vontade.

— Mas não fiquei.

— Não. — Ele olha para o chão. — Achei que seu Codex poderia ter corrompido meus dados, ou...

— Ou?

— Ou que eu estava enganado.

— Em relação ao quê?

— A você.

Ele ergue o olhar para mim, e tenho que piscar para afastar a intensidade dos seus olhos; eles falam de coisas que deixei para trás há muito tempo. Quando torno a olhar para ele, há algo de Jarek em sua expressão, por trás da luz dos seus olhos. Engulo o choque e sinto como se tivesse engolido vodca.

— Quis ver se você estava bem. — Ele dá de ombros. O ar que ele solta condensa-se em uma névoa em frente ao seu rosto, suavizando-o.

Estreito os olhos para ele. É de uma lógica tão fria quanto eu normalmente sou. Não, ele não teria vindo me procurar sem uma boa razão para isso.

— Bom, estou bem, então acho que é só. — Solto uma risadinha, e ela sai esquisita, como se meu diafragma tivesse esquecido como se comportar, ou minha garganta de chocasse com o som.

Tiro o cabelo de dentro da gola do casaco e jogo-o por sobre os ombros, passando direto por Daniel, seguindo pela rua. Ele se vira e caminha a meu lado, é claro. Nossas mãos estão enfiadas no fundo dos bolsos, mas o ombro de Daniel roça no meu enquanto andamos.

Ouço-o suspirar. É para eu ouvir. É para eu saber que ele está desistindo de uma parcela minha, pelo menos por enquanto.

— Queria que você soubesse que tem um trabalho para você, caso queira. — Sua voz perdeu a suavidade.

Ele é sempre um Daniel ou o outro. Especulo se sua metade gentil sempre será recuperável ou se aquele suspiro foi definitivo. Talvez aquele tenha sido seu último esforço para um pedido de desculpas, alguma sugestão de amizade.

— Poderíamos usá-la, Isobel.

Dou um grunhido nem um pouco feminino, que me constrange assim que chega aos meus ouvidos.

— Pode ser que você não perceba, mas você poderia ser um grande recurso para muitas pessoas. Para nós agora, considerando a autorização única, considerando as mudanças que virão na lei.

— Um *recurso*. — Reviro na boca sua escolha de palavra, envolvendo-a com sarcasmo. Sinto seus olhos sobre mim. — Um recurso numa caça às bruxas? Para demolir os Paraísos das pessoas?

— Você deve estar entediada, não está? — Ele volta a sorrir, agora, e isto me oferece um tipo de ponte entre suas duas versões. Pela primeira vez, posso ver ambas. — Não posso afirmar que te conheça bem, mas sei que você é uma mulher inteligente, Isobel. Deve estar desesperada para fazer alguma coisa.

Penso nas repercussões que o julgamento de Jarek terá na mídia. Imagino um grande número de manifestantes em frente à clínica, exultantes com a prova que reforçará seu ódio contra uma pós-vida artificial. Quem irá querer um Paraíso agora? Penso no que poderia acontecer se a Valhalla não arrumar um jeito de apagar as lembranças fantasmas. Pior de tudo, me pergunto qual é a probabilidade de eles descobrirem uma maneira de simplesmente tirarem-nas da vista, esconderem-nas de suas simulações, de modo que apenas os mortos as suportem. É concebível. E se existe um risco de isto acontecer, quem irá impedi-los?

Chegamos à esquina e eu paro, meus pés apontando para fora no cruzamento. Daniel para e fica a meu lado, nossas respirações se misturando no ar entre nós.

— Vou pensar nisso — digo, com a mesma delicadeza cuidadosa que sinto.

E estou falando sério, porque isto é exatamente o que faço, como ajudo as pessoas. Reflito sobre as coisas. Repasso-as pela mente, reviro-as vezes sem conta, formatando-as, transformando-as em lembranças, antes que qualquer coisa chegue a acontecer. É assim que se mantém o controle. É assim que se chega à perfeição.

AGRADECIMENTOS

Quando me comprometi comigo mesma a completar o primeiro esboço deste livro para o National Novel Writing Month, em novembro de 2015, não fazia ideia de que ele seria preenchido com tanto amor e tanta perda. Nos dez meses subsequentes, eu ficaria grávida, faria um contrato com minha agente literária, perderia meu pai repentinamente, daria à luz o meu filho, e firmaria um acordo para publicação. A jornada de *O paraíso das lembranças* tem sido um rodamoinho. Às vezes, um tornado.

Sendo assim, um enorme agradecimento a minha incrível agente, Sue Armstrong, na C + W, por não me esquecer, e me enviar o e-mail mais empolgante da minha vida. Também, a maior ovação para o resto da equipe da C + W/Curtis Brown, por seu empenho, entusiasmo e *tweets* divertidos.

Na primeira vez em que falei com minha editora na Quercus Books, Cassie Brownne, soube que este livro precisava da sua confiança tranquila e do seu insight apurado. Agradeço por fazer dele o melhor que poderia ser, e por tornar o processo tão agradável.

Tenho sorte por ter tido a melhor dupla paternal possível, contando com meu pai, que sempre disse que eu seria escritora, e minha mãe, que me instilou a confiança para que isto acontecesse.

Tim, minha joia de marido; se não fosse pelo caminho que tomamos juntos, largando nossos trabalhos, percorrendo o mundo, embarcando em projetos de mudança de vida, eu ainda não teria terminado um primeiro esboço de nada. Você me inspirou a manter a cabeça erguida e continuar sonhando.

E, por fim, agradeço a minha maior distração, o pequeno Rafe. Todos os dias, você abre câmaras no meu coração e na minha mente, que eu nem sabia que estavam vazias.

Impressão e Acabamento:
BMF GRÁFICA E EDITORA